本书系国家社科基金青年项目"当代美国犹太作家菲利普·罗斯身份探寻与历史书写"（12CWW038）的研究成果。

美国犹太作家菲利普·罗斯的身份探寻与历史书写

THE IDENTITY SEARCH AND HISTORICAL WRITING
OF AMERICAN JEWISH WRITER PHILIP ROTH

苏鑫 著

中国社会科学出版社

图书在版编目（CIP）数据

美国犹太作家菲利普·罗斯的身份探寻与历史书写/苏鑫著．—北京：中国社会科学出版社，2019.3
ISBN 978 - 7 - 5203 - 3951 - 3

Ⅰ. ①美…　Ⅱ. ①苏…　Ⅲ. ①菲利普·罗斯—文学研究　Ⅳ. ①I712.065

中国版本图书馆 CIP 数据核字（2019）第 013137 号

出 版 人	赵剑英
责任编辑	刘　艳
责任校对	陈　晨
责任印制	戴　宽

出　　版	中国社会科学出版社
社　　址	北京鼓楼西大街甲 158 号
邮　　编	100720
网　　址	http://www.csspw.cn
发 行 部	010 - 84083685
门 市 部	010 - 84029450
经　　销	新华书店及其他书店

印　　刷	北京明恒达印务有限公司
装　　订	廊坊市广阳区广增装订厂
版　　次	2019 年 3 月第 1 版
印　　次	2019 年 3 月第 1 次印刷

开　　本	710×1000　1/16
印　　张	15.75
插　　页	2
字　　数	224 千字
定　　价	68.00 元

向菲利普·罗斯（1933.3.19—2018.5.22）先生致敬！

前　言

菲利普·罗斯（Philip Roth，1933.3.19—2018.5.22）是当代美国文坛最具代表性的犹太作家，是少数仍健在其作品就被收入"美国文库"①的作家之一。罗斯十多年前就曾多次被预测为诺贝尔文学奖最有竞争力的热门得主，但却一次次与其失之交臂。当然，我们从事文学研究固然要看所研究作家的名气，但更应该看重的是这位作家究竟写了哪些传世的杰作，罗斯虽然与诺贝尔奖无缘，但是并不说明他的创作没有达到应有的高度，国内外学者高涨的研究热情足以证明其价值所在。美国国内成立有"罗斯研究社区"（Philip Roth Society），几乎汇集了所有的罗斯研究资料，为罗斯爱好者和研究者提供了丰富的资源和可以讨论的网络社区（Facebook），该组织定期出版刊物《罗斯研究》（*Philip Roth Studies*）（包括电子杂志和纸质杂志），对罗斯作品进行主题研究或比较研究，推出了许多优秀的研究论文。在我国国内学术界对罗斯的研究是当今美国犹太文学研究的一个新兴热点，仅2010 年至 2014 年国内以罗斯为研究对象的博士论文就超过了 10 篇②，

---

① "美国文库"是一个比较特殊的出版社，由一批学者和评论家发起，成立于 1979 年，依靠各种私人捐助、基金会资助，是一家非营利性出版社。"美国文库"所收的作者大都是已经过世的、在美国文学史上已经盖棺定论的经典作家。迄今 30 年来，只有三位作家在活着的时候其作品被收入"美国文库"：索尔·贝娄、尤多拉·韦尔蒂和菲利普·罗斯。

② 高婷、薛春霞、姜振华、苏鑫、孟宪华、金万锋、申劲松、文圣、曲佩慧、胡蕾、洪春梅。2016 年国家社科一般项目中，洪春梅、薛春霞博士获得立项，分别是"以菲利普·罗斯为个案的后大屠杀时代犹太小说创伤叙事研究"和"20 世纪美国犹太文学中的社会融合问题研究"，都直接或间接以罗斯为研究对象。

研究的角度非常广泛，有针对后期创作的研究，有创伤叙事研究，有大屠杀记忆研究，有身份问题研究，有公共视域的社会批评研究等，这些研究者通过自己的研究发现罗斯未被常人发现的潜在价值。可见罗斯研究正在逐步深化和细化。本人的研究也正是在不断吸纳国内外同行的意见，深入思考，进而积极参与讨论的研究中得到的结果。

　　本课题最初的着眼点是如何能够串联起罗斯漫长的创作历程以及众多的文学创作，尤其是国内研究比较重视单部作品以及某一阶段内的创作所呈现出来的特点，缺少一种整体性的理解，很容易导致认识上以偏概全。本人博士期间主要针对罗斯创作观念以及整体创作特点进行把握，从而对罗斯有了较为完整的认识。然而随着研究的深入，发现先期的理解和研究还较为浅显，仍停留在作品内容和艺术层面，就决定继续开拓罗斯研究的新领域。研究中发现，要想深入理解罗斯，必须要结合他自身的文化身份特点，因为在美国当代文学中，罗斯始终被认为是犹太作家群中重要的一员，同时又是最具有美国性的犹太作家。罗斯对自我身份的认识与美国多元文化环境中的族裔身份政治相契合，并有自己独特的思考，因此本课题提炼出一条贯穿罗斯创作历程的主线——身份探寻与历史书写，认为罗斯是一位深入历史之中探寻身份的书写者，身份探寻和历史书写贯穿在他的整个创作中。罗斯的身份探寻经历了一个嬗变的过程，即从身份的焦虑到身份的探寻和反思，而历史书写则是身份探寻不断深入的结果，展开形式扩及三重空间：犹太历史、美国历史以及个人历史，其中个人历史沉浸于犹太历史和美国历史之中，使得三重历史空间既相互关联，又相互作用，成为罗斯身份的来源和探寻的主要构成部分。罗斯的身份探寻与历史书写密切关联，身份探寻深入历史的空间，而对历史的想象又丰富了罗斯身份探寻的深度和广度，身份探寻与历史书写的紧密结合赋予罗斯创作以独特的深层意蕴。

　　本课题以罗斯的身份探寻和历史书写为内在主线，本着连续和嬗变的原则，兼顾年代顺序和作品创作主题，聚焦罗斯的三种主要身份：犹太族裔身份、美国国家身份和作家写作身份，这也是本课题最主要的创新之处。第一章主要分析罗斯身份探寻的起点以及对美国身份、犹太身份和作家身份的最初认知。需要注意的是这些身份并非割裂，而是具有逻辑上的对立关系，并在多种途径上发生联系，交织在一起。第二章深入身份与历史的关系，探究身份在不同历史空间中的表现形式和罗斯对两者关系的基本认识，主要是跟踪罗斯不断变化的对立语境，勾勒出罗斯创作的断点和交叉点，体现罗斯身份观念的形成以及自我修正。第三、第四章展现更为具体的犹太民族历史和更为宏观的美国历史全景，指出罗斯从关注单一、具体、确定的民族身份到承认公共场合中身份的开放性和不确定性，最后回归历史中受伤的身份，强调身份不仅是叙述者的建构，更是复杂的历史产物。第五章总结引申罗斯历史书写的多重文化意蕴，强调罗斯历史书写的意义和价值。

目　　录

第一章

菲利普·罗斯的身份探寻

犹太民族失去了固定的生存空间，经历了几千年的流散生活，长期生存在异族文化的夹缝之中，具有"中介性民族的身份"，因此犹太人民族身份的特殊性就体现为"中介性和边际性"①，这种属性已经固化并内化为犹太民族自身的文化模式和思维方式。以色列建国后虽然结束了犹太民族流散的历史，但是却无法从根本上改变犹太民族已经内在化的身份悖论。美国在"二战"之后成为犹太人最大的流散之地，美国犹太人依然继承并继续着犹太民族身份的特殊性，美国犹太人这样的称呼界定本身就表明了犹太人和美国人的双重身份。研究者一般都认识到了美国犹太人的这种双重的文化认同，"既""又"的兼顾特征，但这其实是一种对身份问题的简单化处理，更应该看到身份混杂性的特征。斯图亚特·霍尔在《文化身份与族裔散居》一文中说："文化身份是有源头、有历史的。但是，与一切有历史的事物一样，它们也经历了不断的变化。它们决不是永恒地固定在某一本质化的过去，而是屈从于历史、文化和权利的不断'嬉戏'。"② 美国犹太人身份的特殊性与后现代语境中对文化身份的关注不谋而合，关于身份的认识基本上达成了共识，即身份并非一个完成的、固定不变的本质存在，而是变化、发展的，是特定时空背景下的生成物。但是

---

① 顾晓鸣：《犹太——充满"悖论"的文化》，浙江人民出版社1990年版，第66页。

② ［英］斯图亚特·霍尔：《文化身份与族裔散居》，罗钢、刘象愚主编《文化研究读本》，中国社会科学出版社2000年版，第211页。

这样一种观念表现的方式并不相同，或者说探寻的道路各有特色。

在美国犹太文学发展脉络中罗斯属于较晚的世代，他出生在30年代，主要成长阶段是四五十年代，正如剑桥美国文学史中所说，罗斯没有经过战乱的世代，和辛格（Isaac Bashevis Singer，1904—1991）、马拉默德（Bernard Malamud，1914—1986）、贝娄（Saul Bellow，1915—2005）等知名犹太作家不同，他属于较晚的一个世代，而他的经历也就决定了他所关注的问题，罗斯的作品特别关注犹太移民同化于美国生活的最后一个阶段。犹太人进入美国社会后的经历，正如欧文·豪在《父辈的世界》中所梳理的，犹太移民由边缘化逐渐融入美国社会，从弱势的经济地位到从事较有社会地位的职业，社会地位逐渐提高，具有了更多的自由，豪指出美国犹太人与欧洲大陆的犹太人最本质的区别是能够在较为安全的环境中生存，虽然不排除反犹主义的存在，但是在多元文化的美国社会中，犹太民族感受到了前所未有的自由。尤其是对于出生在美国本土的犹太青年人，罗斯也属于这一群体，他们的生活方式发生了改变，生活地点也发生了变化，迁往陌生的郊区，50年代后达到了顶点，这是犹太人在美国社会地位提高的表现，但是诚如豪所说，"他们终究是犹太人……它的开始或完成绝非易事"。①

第一节　踌躇在犹太社区与美国天堂
之间的犹太浪子

罗斯在文章"书写美国小说"②中强调了他作品中的犹太人物与豪的传统犹太人不同，与马拉默德笔下没有时间感、永恒的犹太人也不同，与贝娄笔下优雅、充满都市雅致风格的犹太知识分子也不同，

---

① ［美］欧文·豪：《父辈的世界》，王海良、赵立行译，上海三联出版社1995年版，第559页。

② 收录在罗斯的随笔集 *Reading Myself and Others*，Farrar，Straus and Giroux，1975：117－135。

他笔下的犹太人与他们作为美国人的处境格格不入，同时也拒绝了公认的犹太人身份的要素。罗斯的作品中没有犹太教经典读物《塔木德》，没有犹太哲学，也没有神秘主义，没有犹太教。在罗斯早期的作品中聚焦的不是欧洲犹太人，不是以色列的犹太人，也不是移民美国的犹太人，而是这些移民的后代，表面上他们已经成功地融入了美国中产阶级的生活，生活在充满田园牧歌般的美国郊区，进入了大学、军队或其他美国政府机构工作，社会地位显著提高，并且在美国少数族裔统计中，犹太民族已经不再作为少数族裔进行统计。但是在他们的精神及心灵中，一方面始终无法完全放弃那些尽管已经相当遥远却始终如影相随的犹太传统；另一方面又害怕自己在美国被边缘化，被视为美国社会的外来者和闯入者。罗斯完全地记录、保存了美国犹太人这种真实的生活和精神状况，塑造了众多复杂的犹太人物。罗斯"熟知角色的可辨识性和隐藏性"。不管什么时候，他都用审视的眼光仔细检查，却不干预他们的生活。他绝不理想化犹太人。① 因此罗斯的创作成为美国犹太人生活的写照和表征，解说了犹太移民在美国的文化适应和文化变迁。

一　身份的焦虑

罗斯早期小说中的人物大多是非常年轻的美国犹太人，甚至是孩子，例如在《再见，哥伦布》（*Goodbye, Columbus*, 1959）短篇小说集中，《犹太人的改宗》主人公奥兹还是一个十三岁的喜欢问问题的孩子；《信仰的卫士》中马克思中士碰到的是三个 20 岁左右调皮捣蛋的犹太新兵；《再见，哥伦布》的主人公尼尔是一个 23 岁的普通犹太青年；《世事难测》中的"我"是一个涉世不深的青年学生；《疯狂者艾利》中艾利年纪也只不过 30 岁左右；《波特诺的怨诉》（*Portnoy's Complaint*, 1969）中波特诺虽然已经 30 岁出头，但是却仍

① Royal and Derek Parker, ed. *Philip Roth, New Perspectives on an American Author*, New York: Praeger, 2005: 13 – 14.

和孩子一样和爸妈生活在一起；《我作为男人的一生》（*My Life as a Man*，1974）和《鬼作家》（*The Ghost Writer*，1979）中的犹太作家塔诺波尔和祖克曼也都是 20 多岁的青年人。青年人正处于生理和心理的成熟过程中，也正是自我发展和身份形成的关键期，一方面他们张扬个性、彰显自我、叛逆传统、蔑视权威，体现出强烈的反叛性；另一方面他们敏感，依赖，情绪化，心理脆弱，易挫，极易陷入迷茫。有评论家指出："罗斯的这些故事都以敏感的青年人为主角，和塞林格①的作品很相似，他们都被迫面对世界的不完美。作品中运用了自觉的讽刺叙事的声音，对青年人的对话和心理如实地记录。"② 但要注意罗斯并非如塞林格一样着意于揭示青年人的这种普遍共同的心理机制，而是更为具体、更有针对性地彰显青年人对文化差异的敏感性，突出了犹太传统文化与美国主流文化冲突所造成的身份焦虑。

罗斯早期几乎所有的小说都指向了人物的这种身份焦虑，最直接的体现就是人物都具有某种身体上的不适或者精神上的高度紧张，甚至是歇斯底里，如《波特诺的怨诉》中波特诺在心理医生的躺椅上一个人絮絮叨叨，波特诺的父亲杰克被便秘所困扰，整日和波特诺争抢厕所；《我作为男人的一生》中塔诺波尔发现被妻子欺骗之后换上妻子的内衣内裤歇斯底里般与妻子厮打；"祖克曼系列"③ 中罗斯的文学代理人祖克曼遭受了颈椎痛、心脏病等多种疾病的折磨。罗斯正是以这种身体上的不适表征人物的身份焦虑，同时更深刻、更准确地呈现出犹太人所特有的"犹太性疾病"，这种不适就有别于真正身体器官或者心理上的疾病，并不是病理学意义上的疾病，因为他不寻求有效的治愈，不需要进行手术或者其他的医疗救助。这种不适就其本身来说更像是一种表演，是犹太人表达自我痛苦的一种方式，或者说

---

① 塞林格（David Salinger，1919—2010），美国作家，父亲是犹太进口商。他的著名小说《麦田里的守望者》被认为是 20 世纪美国文学的经典作品之一。

② Rodgers and Bernard F.，*Philip Roth*，Boston：Twayne，1978：20.

③ 主要包括祖克曼三部曲《鬼作家》《被释放的祖克曼》《解剖课》和尾声《布拉格缩宴》，此外祖克曼还在多部作品中作为叙述者，例如"美国三部曲"等。

是一种神经官能症。神经官能症（Neurosis）这个词最早出现在弗洛伊德的精神分析理论中，是一组精神障碍的总称，主要表现为烦恼、紧张、焦虑、恐惧、强迫、疑病、心情抑郁、神经衰弱等。随后被荣格、霍妮、佛洛姆等心理学家们发展成了心理名词，还有阿德勒、齐泽克等哲学家社会分析的解释，可以说神经官能症经历了从生物学过渡到社会人再到文化人的分析过程。但是回到源头，弗洛伊德自己正是犹太人，这种神经官能症的症候是弗洛伊德根据自身以及犹太民族的特性所提出的，但是随着精神分析与心理学等一般性研究的深入，反而让人遗忘了这个词正是来源于犹太人特殊的民族境遇，或者说犹太民族由于自身文化的特殊性更容易产生这种神经官能症的症候。罗斯笔下人物的神经官能症更强调其文化差异和文化冲突的诱因，表面上看来罗斯笔下的人物是无身心疾病的，是健康正常的人，但是在文本中他们却呈现出心理、精神上的神经官能症，他们似乎都遵循了弗洛伊德对歇斯底里患者原型形成的轨迹，这种遵循更是罗斯自觉地对弗洛伊德理论的"有意戏仿"，"通过对弗洛伊德理论的戏仿，以此来揭示美国犹太人在美国化的进程中存在的心理焦虑问题"，从而能够"反映时代病症"。①

《波特诺的怨诉》是罗斯最轰动的作品，其中大胆的突破禁忌的性爱主题引起了广泛的讨论。小说情节看似简单，一直都是主人公犹太青年波特诺对他的心理医生喋喋不休地诉说，犹太家庭压抑的生活、交往的一连串不成功的白人女朋友、失败的以色列性爱探险等，反映了作为美国出生的犹太年轻人自我身份归属的痛苦。值得注意的是小说表现形式采用了心理分析的治疗形式，突显了身份焦虑所导致的心理病态。主人公波特诺作为病人去看心理医生，从表面上来看波特诺在精神或心理方面已经出现了病态，自己没有办法解决，只能去找心理医生，希望通过医生的治疗来缓解精神上的痛楚。"是谁把我

---

① 薛春霞：《成为美国人的焦虑——波特诺伊的怨诉对弗洛伊德理论的戏仿》，《山东外语教学》2014年第5期。

们搞得如此病态、神经和孱弱？他们为什么还在吆喝'小心！别动！亚历山大——不行！'为什么我独自一人在纽约躺在床上，为什么我还在绝望地手淫？医生，你怎么来称呼我的病？这就是我曾经说过的犹太人的痛苦？这就是从大屠杀和迫害遗传到我这儿的吗？"①

二　陌生土地上的陌生人

罗斯早期作品中的身份焦虑并非仅仅局限在身体、心理等个体层面，而是与具体的社会经济和文化语境密切联系，对罗斯而言身份是社会、政治和文化力量的产物，因此去探寻身份的焦虑就一定要与人物所处的具体社会语境结合起来，也就是犹太人在"二战"后的美国这个特定的历史时空。罗斯早期的小说正是专注于探索生活于纽瓦克地区的美国犹太人的特殊性，反映他们的犹太身份在美国的社会经济和文化氛围中的改变，或者说"犹太性在'二战'后美国文化的表面上具有的流动性中允许的自我创造"②带来的结果。"二战"后，犹太人在美国社会中的地位得到了明显改变，经济地位和社会地位都有显著提升，表面上似乎已经完成了美国身份的再造，同化于美国社会中，也就是犹太人表面上完成了"自我创造"，成为美国人，但是却有股暗流表明，这种自我创造并不能轻而易举地完成，甚至造成了更加严重的身份认同危机。

《再见，哥伦布》短篇小说集中几乎所有的主人公在开始阶段都在试图确认自己是不是犹太人，这种张力在"是"与"不是"之间来回撕扯着，使犹太人无可置疑的单一身份受到了挑战。其中最具有代表性的就是《疯狂者艾利》，疯狂是身份焦虑的极端显现，主人公艾利是20世纪美国犹太人世俗化的产物，他生活在美国伍登屯这个城郊安全的避风港中，远离欧洲的犹太大屠杀，"我是我，他们是他们"，艾利把自己排除在犹太人的历史之外，试图割裂现在与过去的

① Philip Roth, *Portnoy's Complaint*, New York：Bantam, 1970：36 – 37.

② Parrish Timothy, ed. *The Cambridge Companion to Philip Roth*, New York：Cambridge UP, 2007：10.

联系。但是一夜之间，来自欧洲的难民改变了艾利平静的生活，这些难民甚至要建希伯来文学校，这让艾利和居住在伍德市的犹太人非常担心，这些看上去都"过分犹太化"，将大大威胁到美国犹太人苦心经营的"犹太人与新教徒之间的健康关系"。① 艾利的小心翼翼和偏执多疑看似是个人的心理表现，实则更多地反映出美国犹太人仍然有一种客居、散居在基督徒领地内的不安全心态，暴露出他潜意识中害怕自己被边缘化，害怕永远被视为美国社会的外来者和闯入者，而只要还有这种心态就已暴露出他们仍是美国这块陌生土地上的陌生人了。"他们越是同化，他们越是强烈地想在周围环境中找到家的感觉，他们越是感觉到无家可归。他们对自我隔离的感觉一直提醒他们精神上的无家可归。没有任何的外部强迫力造成了他们独特的疏离。"② 艾利急切地想逃离自己的犹太身份，只能导致偏执的自我热衷，因为这种偏执、否定自我的叙述，反讽似地加强了他扎根在不能否定的过去的身份之上，当艾利被问到"艾利，你知道，你还是你自己，不是吗？"③ 时他不确定自己是否还是，不确定作为艾利意味着什么。

罗斯的小说人物都经受着身份的困惑，他们竭力要驱逐身份的不确定性，但他们生活的背景和居住地却暴露了他们的边缘身份，"这种背景变成了舞台，上演着分离和割裂之感，以及疏离"。④ 这使他们精神上深感不安，他们不情愿地认识到他们该归属哪里的焦虑。艾利试图掩盖自身的犹太人身份，而作为无差别的个体被承认，他不断地自我否定，放弃自我身份的界定，从美国人审视的目光和审视中获

① ［美］菲利普·罗斯：《再见，哥伦布》，俞理明等译，人民文学出版社2009年版，第227页。

② Milbauer, Asher Z. and Donald G. Watson, eds. *Reading Philip Roth*, New York: St. Martin's Press, 1988: 50.

③ ［美］菲利普·罗斯：《再见，哥伦布》，俞理明等译，人民文学出版社2009年版，第297页。

④ Parrish Timothy, ed. *The Cambridge Companion to Philip Roth*, New York: Cambridge UP, 2007: 11.

得自身的意义，过着一种装腔作势的替代性生活，"在别处"成为罗斯小说主人公的身份，他们的本质是建立在对环境的陌生上的，即使他们看上去像是找到了家园，他们强烈、绝望地试图同化，泄露出他们和环境之间的潜在不适。①

三 自我的审判

"他作品中有种自我惩罚的倾向，……自责感和羞耻感是对弗朗茨·卡夫卡病态受虐心理的回应。"② 罗斯的确是卡夫卡的好学生，罗斯的作品具有卡夫卡作品中的那种精神气质，他在 70 年代的《乳房》（*The Breast*，1972）一书更是向卡夫卡致敬和学习的作品。罗斯与卡夫卡拥有共同的文化财富——犹太传统。罗斯小说人物的身份痛苦虽然有直接的社会文化来源：美国文化——犹太文化，但是他们的苦闷并不具有外在性，也就是说他们表面上都非常正常，几乎没有什么过错，但是心理和精神上却异常苦闷，可以说是内伤型的。《再见，哥伦布》中尼尔时常进行自我反省，他对住在下城区的舅妈总有几分不屑，而对自己女友布伦达一家也总是小心翼翼地观察，结尾时候尼尔在图书馆面对前来借阅高更画册的黑人小孩时才觉醒；《疯狂者艾利》中艾利面对来自欧洲的大屠杀孤儿们产生极度的不安全感，害怕自己的犹太身份太过明显，最终自我无法纾解，穿上犹太人的黑袍跑上大街，被注射了镇定剂；《波特诺的怨诉》中的波特诺内心的苦闷更是把自己推上了审判台。

《波特诺的怨诉》的小说题名虽是"怨诉"，有抱怨、控诉、诉说的含义，是波特诺指控、控诉生活的不公，抱怨家人，尤其是母亲对自己的不公，但是却又体现出波特诺复杂的心理，他表面上在抱怨、指责家人，是原告，但实际上波特诺又把自己拉到了被告席上，自己对自己进行着审判。母亲苏菲在波特诺的生活中几乎是无处不在

---

① Milbauer Asher Z. and Donald G. Watson, eds. *Reading Philip Roth*, New York: St. Martin's Press, 1988: 54.

② Brauner and David, *Philip Roth*, Manchester: Manchester UP, 2007: 45.

的，甚至已经内化到波特诺自己的身体里，波特诺承认自己继承了母亲埃及式的鼻子和聪明的嘴巴。在波特诺看来，一方面母亲是非常完美的，是犹太律法的完美显现，波特诺试图模仿母亲的"无所不能"：他用正确的刷子；他说"对不起"；他从不吃"不洁净的食物，不，不，不"。[1] 另一方面波特诺知道自己永远无法成为母亲要求的那样，他为自己无论如何也达不到而内疚，尤其是在食物方面，波特诺在外面吃不洁的薯条、汉堡或龙虾，结果遭到母亲严厉的惩罚。每当波特诺与母亲发生争吵之后，他便立即去手淫，如他所说，"为了自由"，[2] 因为在波特诺看来自己的阴茎归自己控制，而他的喉咙、胃则属于母亲。既依赖、依恋母亲，又想挣脱、逃离母亲，这种自我矛盾的心理加剧了波特诺内心的负罪感，让波特诺感到羞耻，更让他认识到自己才是罪魁祸首。

于是波特诺对自己进行了审判，他在内心判决自己应该受到惩罚，因此他每次接电话都在等待着惩罚自己的坏消息，是否是父亲去世了？因为波特诺必须要承担自己背地里手淫所带来的惩罚；而当他通过违背饮食戒律来对抗母亲时，他也感觉到自己的名字将不会写在来年赎罪日的自己的生命册上了。[3] 波特诺就像是阿特柔斯之子，所有的复仇和血债又都返回到他自身，因此波特诺认为自己就是个罪犯。甚至在 13 岁成年礼时，波特诺出现了幻觉，认为大家在犹太教堂推选他为托拉。他们会告诉自己的子孙，他们的成人仪式大司法波特诺竟然是个皮条客。波特诺所承受的自我审判注定没有任何的结果，作为被告，他必须要为自己辩护，为那些已经来临的判罚做辩解；作为原告，他又按照父母之命起诉以及宣判着自己的所作所为应该遭受的惩罚。这种拉锯战使波特诺的生活没有未来，只有无限的向

---

[1]　Philip Roth, *Portnoy's Complaint*, New York：Bantam, 1970：11.

[2]　Ibid., 1.

[3]　"赎罪日"（Yom Kippur）是犹太人最神圣的节日，他们在这天恳求上帝赦罪。他们捶胸顿足，为自己的诽谤、傲慢、顽固、做伪证等罪行而忏悔……他们祈求，在天堂大门关闭之际，自己的名字能够镌刻在生命册（book of life）之上。

后退缩，波特诺希望返回到他童年胜利的花园，那时候，他还没有足够的欲望和对成年人的见解，他追求的是"无尽的童年"。① 这也正是波特诺在和心理医生进行治疗的过程，而当谈话结束后，他就必然重新再次回到令他恐惧的现实中来，因此整部小说都可以看作是波特诺的躲避，只有在小说结束的时候，才听到医生的一句话，"那么现在我们也许可以开始啦！"。

很多批评者和读者只看到了波特诺放肆的言说内容，把波特诺看作是犹太民族的叛徒，而忽视了波特诺在情感、行为和心理结构方式等方面的矛盾性，尤其是波特诺的负罪感以及由此引发的自我审判，而这些最能彰显波特诺自身的犹太文化特性。犹太民族的思想方式与西方思辨性的理性思维是不同的，其思维方式不是西方式的形式逻辑，而是属于东方式的与生活紧密联系的文化理性。其根源在于犹太教信仰的逻辑不同于西方的基督教信仰，犹太人并非要用上帝的信仰取代现实的生活，而是要时刻面对生活的困难和死亡的威胁，实实在在地感受自己的罪恶，从而确证律法和诫命存在的有效性，也确证自己与上帝之约定的牢固性。犹太民族认定自己是上帝的选民，上帝要把最重要的使命赋予他们，为此上帝就需要先以惩罚的方式磨炼他们，让他们始终生活在恐惧之中，因此对于犹太民族来说，接受惩罚、感受恐惧恰恰是上帝与他们同在的一种证明。

波特诺所有抵抗母亲、父亲和家庭的所作所为的思想基点和思维方式根本上都是犹太方式的，一方面他认为母亲的所有戒律都是可笑的，另一方面他又不得不按照母亲的要求去做；一方面他喋喋不休地抱怨着，另一方面却又深深感到自己才是真正的凶手。家庭生活潜移默化地影响并完成了波特诺犹太式的文化心理结构的塑型，成年之后的波特诺可以逃离却始终留在家庭之中，这是他主动的选择，他更需要家庭生活维系并固化他与犹太文化传统的根本联系。对波特诺来说，手淫是他有形地反抗母亲的主要方式，他从中感受到了身体和精

---

① Philip Roth, *Portnoy's Complaint*, New York: Bantam, 1970: 271.

神上反抗的快感，更重要的是他从中实在地体验到了违抗诫命所产生的负罪感，从而确证了自己与上帝同在；而这样的负罪感成为他怨诉的主要内容，他的抱怨本身就成了他向母亲进行忏悔的最虔诚的方式，这强化和深化了他的犹太式原罪观念的体悟和理解，内化为他最基本的犹太文化心理结构。

作为美国犹太人，罗斯在创作初期就获得了成功，无论是《再见，哥伦布》获得的赞誉，还是《波特诺的怨诉》的毁誉参半，都使罗斯坚信他的作品所关注的美国犹太人的身份问题是一个核心问题，并且由于评论者和读者对罗斯作品的误读，将罗斯的作品解读为自传，将主人公与罗斯本人对等，使罗斯与读者真正获得了互动，"罗斯是一位幸运的作家。在他创作的初期，读者就帮助罗斯找到了日后的写作方向"。① 文学虚构与现实真实的处境都使罗斯切身体验到了在美国多元文化语境中美国犹太人身份的焦灼状态，这种意识是罗斯早期作品的核心，也继而成为罗斯进行文学世界探索的最初动力和内驱力，促使他不断去挖掘隐藏在美国犹太人身份背后的犹太民族的历史与美国的历史，而对历史的选择表明了罗斯的当代姿态，而历史书写之中必然蕴藏了当今的思想资源和想象未来的可能性。

第二节　美国社会讽刺图——美国身份初探

罗斯积极致力于对美国社会的挖掘，而他对美国身份的探索、寻找就是伴随着他对美国社会的挖掘进行的，罗斯对美国身份的探寻从美国文化大的外部语境深入社会内部个体的生存，从形成和塑造美国身份的大众文化、政治和体育运动到知识分子个体身份的展示，如男性气概、欲望等，罗斯以及作品中人物的身份困惑和追寻正是美国多

---

① 曲佩慧：《寻找真我——菲利普·罗斯小说中的身份问题》，博士学位论文，吉林大学，2013 年，第 16 页。

元文化的重要体现。有评论者指出，"研究罗斯 70 年代的作品可以平衡小说的混乱无序和文学传统的关系"。① 罗斯 70 年代作品的题目非常有特色，有两个重点：一是群体性的美国，美国的政治、美国的传统等；二是男性个体，男性的欲望、男性的恐惧等。70 年代的主要作品有《广播》（On the Air, 1970）、《我们这一伙》（Our Gang, 1971）、《乳房》（The Breast, 1972）、《伟大的美国小说》（The Great American Novel, 1973）、《我作为男人的一生》（My Life as a Man, 1974）、《欲望教授》（The Professor of Desire, 1977），还有一些短篇小说，虽然相比较 60 年代书写犹太生活的作品而言，这些作品不那么有趣和生动，但是却也代表了罗斯的一种尝试和努力。

其实罗斯早期的创作还埋有另一条伏笔，就是对美国社会的书写，例如《放任》（Letting Go, 1963）和《当她顺利时》（When She was Good, 1967）是罗斯在创作早期探索美国社会的实践性作品，其中《当她顺利时》是探索 20 世纪 50 年代美国社会道德价值观的现实主义作品，刻画了美国中西部地区一位信奉新教的主妇，致力于改造父亲和丈夫，结果失败了。这部小说写得凌乱不堪，美国评论界认为是罗斯的应景失败之作。但是这部作品可以看作是罗斯对美国社会观察的起点，也是他探索美国身份的开端。《我们这一伙》扩展了罗斯小说的边界，从家庭生活扩展到社会政治等多个领域，正如小说题目所示，不是某个人而是一伙人，是美国的社会现象或者问题，例如美国总统、军队、童子军、媒体、棒球、写作历史、"美国梦"等，"批判了美国发动越南战争时期的社会价值观念"。②，其中很重要的是罗斯对艺术方式的选择并非是犹太式的，而是"将自己置于美国喜剧狂欢化传统中"。③《广播》虽然是一部短篇小说，并且几乎很少被评论界所提到，但是其重要性不可忽视，这部短篇小说是罗斯在 70

---

① Philip Roth, *Reading Myself and Others*, Farrar, Straus and Giroux, 1975：105.

② Banmgarten Murray and Bathara Gotteried, *Understanding Philip Roth*, Columbia：University of South Carolina Press, 1990：103.

③ Lee H., *Philip Roth*, New York：Methuen, 1982：49.

年代的一系列小说的开始，罗斯从关注美国犹太人的生存转向了书写美国现实和美国神话。

一 滑稽模仿美国大众文化

美国作为移民国家，以美国精神、美国性聚合起了民族、国家、文化的认同，这种美国精神又被称为"美国梦"（或者"美国信念""美国神话"），事实上，"美国梦"并非内涵稳定的概念，而是一个意义不断生成又有待阐明的问题，当然"美国梦"具有它的生发基础和核心概念，最早在清教徒寻找应许之地的使命中成型，而它的核心概念是围绕民主、平等、自由的理想，给每一个无论种族、出身如何的人，只要凭自我的努力奋斗就能成功的信念。犹太人由于在欧洲等地受到排斥，美国对他们来说相当于新的应允之地，这里自由、平等，每个人都有成功的机会，对犹太人来说这是新的大陆，哥伦布的时代"每一个犹太人的目光都转向了大西洋彼岸那片新的土地。在那里，没有暴力；在那里，每一个人都有平等的机会；在那里，对那些远方的眺望者来说，似乎每一条街道都是用金子铺成的"。① 但是现实是残酷的，犹太人在美国新的环境中需要面对新的文化和现实，在物质和精神层面都接受了严峻的考验。很多作家都在文学中表现了"美国梦"的主题，有美国本土作家，也有犹太移民作家，例如菲茨杰拉德、德莱赛、马拉默德、贝娄等。

罗斯在初探美国身份之时就指向了"美国梦"的形成机制，尤其是孕育"美国梦"的美国大众文化，指出了犹太人获取"美国梦"的大众文化传媒途径所传达的片面信息造成了犹太人对美国文化的片面解读。收音机、电影等大众媒介为大众文化的运作、流通提供了广泛的活动空间，是物质载体和流通渠道，并且这种传播手段进入大众文化的内层结构，本身就是美国大众文化的一部分。罗

---

① ［英］塞西尔·罗斯：《简明犹太民族史》，黄福武等译，山东大学出版社1997年版，第484页。

斯在《波特诺的怨诉》中就写到了波特诺是"（美国）40 年代的孩子"，是"收音机的孩子"。① 收音机为犹太青年带来了非犹太人、美国人的世界，对波特诺家人来说美国实际上是一个遥远的国家，虽然他们就生活在其中。尽管收音机中塑造的美国可能并不像现在在电视里的美国形象真实可感，但是波特诺并不会知道，他没有其他的途径去认识美国的现实，没有人告诉他在电波中宣扬的生活是真的还是假的，没有人警告他哪些能相信而哪些并不是真的，这或许正是毒害波特诺精神健康的罪魁祸首。波特诺在收音机中听到的不仅和他的生活不同，而且还要好于他的生活，好是因为不同。收音机中的生活是绝对的非犹太人的世界，而他的世界是绝对的犹太人的世界。"那些人们"，"美国人"……我们在吃饭，收音机大喇叭一直响着，直到吃甜点，每晚睡觉前都能看到站台上黄色的灯光——因此不要告诉我我们是和他们一样的美国人。不，不是，这些金发碧眼的基督徒是合法的居民，是这个地方的主人。② 再有代表美国大众文化的就是美国好莱坞电影，在电影中波特诺关心的只有非犹太人的美国姑娘，"哦，美国。"波特诺狂热地说，"美国！也许在我祖父母辈居住的街道上发现黄金，也许在我爸爸妈妈的平底锅里发现一只鸡，但是对我来说，一个孩子最早的电影记忆是卢瑟福德（Rutherford）和爱丽丝·雷伊（Alice Raye），美国是你搂着非犹太姑娘们，然后窃窃私语说，爱爱爱爱爱"。③ 但是波特诺毒害了自己，他被从收音机中听到的和后来电影中看到的毒害了，后来自己变得依赖这些，他成了自己习惯的奴隶，他不能真正地理解这些电影世界中的明星人物以及他们代表的美国。

罗斯通过当时的流行电影、游戏以及人们日常的生活方式营造了美国"二战"时期大众文化的氛围，其中罗斯特别青睐收音机广播节目，不过不同于只能当听众的波特诺，罗斯的想象从收音机的一头

---

① Philip Roth, *Portnoy's Complaint*, New York：Bantam, 1970：265.
② Ibid. , 163 - 164.
③ Ibid. , 164 - 165.

到了另外一头，力图复原当时大众文化中广播的作用，试图再现广播在当时人们日常生活中的重要性，尤其是对于犹太人而言。《广播》①是罗斯1970年发表在《新美国评论》（ *New American Review* ）杂志上的一部短篇小说，虽然是短篇，但是其重要性不容忽视，是罗斯从封闭的犹太意识和令人眩晕的美国性角度书写疏离。他的美国不如犹太小说那么有趣，并且缺乏想象，但是这两种书写是紧密相关的。罗斯并不是毫无征兆地从反映犹太家庭内部矛盾的波特诺的怨诉突然转向美国文学中的尼克松腐败案的。②　《广播》正是转折的征兆，承接《波特诺的怨诉》的主人公类型，都是美国犹太人，同时在处理现实的困惑主题和幽默风格上又与《我们这一伙》和《伟大的美国小说》有相似之处，都是在朝圣之行或者是旅途中串联起众多不可思议的奇怪故事，可以说这篇小说衔接了罗斯60年代的创作，更开启了整个70年代的创作。

小说的题名直接体现了小说的主题——广播。故事主要围绕主人公弥尔顿·李普曼（Milton Lippman）③展开，他在战时是机智的侦察兵，退伍后是个皮鞋销售商，但是不太成功，着迷于"娱乐圈"（show biz）。他每天都听广播，非常相信广播的力量，李普曼被电台一个被称为"精神导师"的白人主持激怒了，"精神导师"号称能够回答听众所有的问题。而李普曼则认为既然有白人的"精神导师"，那么同样在电台还应该有一个栏目叫"犹太人能够解决所有的问题"的"精神导师"，李普曼又发挥他聪明的侦探本领，他想到应该由爱因斯坦作为犹太的"精神导师"来当电台主持，因为在谚语中有"犹太人比非犹太人更加聪明"，李普曼还自封为"爱因斯坦脱口秀"的代理商，要向这个满怀敌意的世界宣布：天才绝大多数都是犹太

---

①　All quotations from "*On the Air*" are from *New American Review*, 10 （August 1970）, pp. 7-49.

②　Lee H., *Philip Roth*, New York：Methuen, 1982：45.

③　李普曼在罗斯八九十年代的作品中出现多次，例如《反生活》《夏洛克行动》，与罗斯笔下的祖克曼、凯普什一样，也构成了一组人物序列。

人！但是他给爱因斯坦写了三封信都没有回音，于是他决定带着全家开始一趟寻找爱因斯坦的旅行，从纽约到普林斯顿去见爱因斯坦，他想，即使见不到也还可以让他的儿子瞥一眼爱因斯坦家的房子。没准还能见到爱因斯坦本人呢，于是开启了一段玄妙的旅程，在虽然仅有一天的旅途中，李普曼和妻儿却经历了一系列的冒险，而这些情节呼应着美国三四十年代流行的广播剧，戏仿了美国警匪广播剧，时而有坏人要陷害李普曼的儿子，时而又发生激烈的枪战，而子弹从李普曼的鼻头飞过，射中了一个警察，就在这时广播员的声音传来，提醒观众节目到此结束，请明天继续收听。原来这是广播剧中的广播剧，讲述的是沃德·斯密斯（Word Smith）创作的小说。

小说中在主人公李普曼眼中美国就像是巨大的娱乐场！"如果世界变成了娱乐场会怎样？你能理解我吗？假如，我只是说假如！"小说反抗大众文化的不真实、美国社会的商业化和低俗化，是对美国严肃话语传统的反感和变形。希特勒、罗马教皇、墨索里尼、罗斯福夫人这些人物竟然也出现在李普曼的游乐场中，他让这些人在他的黑色闹剧中分别扮演着暴力、反犹主义等残酷和谦卑的角色，"全力表演的他们成为一出完美的情景喜剧的受害者！适合他的犹太广播网"！小说中戏虐的反讽口吻，用喜剧的方式梳理美国的社会问题，正如这个世界像娱乐真人秀一样变得越来越疯狂。李普曼说："但是我并不感到惭愧！我也不会感到惭愧！我是个天才的侦察兵！我必须要用锐眼识破骗人的花招和奇怪的事情！平常人不会注意发生在周围的不寻常的事情，直到有人给他们指点出来。这就是我所做的，我也没什么可以惭愧的。机智的侦察兵就是要看到别人看不到的——他不是事情的始作俑者，而只是指出事情的存在！"

罗斯曾在随笔《书写美国小说》中举例了发生在美国的一起谋杀案是如何在大众媒介的介入下从人间悲剧演变成了商业化的表演广告的，其中的荒诞情节堪比小说，双胞胎女孩被谋杀本是人间悲剧，但是在美国大众文化背景中却变得不那么真实，即使女孩们的母亲在流行媒介将现实转化为作秀商业时也变得无能为力，甚至做起了商品代言人。从中罗斯认为当代美国社会生活和价值观念几乎超越了小说虚构的能力，小说家发现几乎没有办法展现文化的疯狂和被扭曲的不可思议的价值观念。现实每天都超出人们的想象，作家发觉自己已经被远远地抛出了现实。罗斯认为，"对写作者来说，他感觉到自己生活的国家那么不真实……之间存在严重的隔阂和阻碍"。"有人甚至开始使用美国这个词尽管只是个名字，不是作为生长的地方和有强烈精神依恋的地方，但是作为外来的入侵者侵入了整个国家，每个人都在拒绝，用尽个人全部的力量和能力，联合起来。瞬间美国变成了他们的"。①

从《我们这一伙》对美国政治的讽刺到《伟大的美国小说》中对神秘和具有英雄主义伟大传统的棒球运动腐败的揭露，罗斯尝试在小说中表现美国的娱乐文化。《我们这一伙》中对美国政治宣传中常用的大众媒体电视广播等大众媒介进行讽刺；《伟大的美国小说》中棒球作为美国大众最喜爱的运动项目，极具观赏性和娱乐性，可以说是美国大众文化的重要组成部分；《乳房》中大众媒介也发挥了很重要的作用，尤其是对性爱的宣传，可以说促成了凯普什教授的变形；《我作为男人的一生》综合了之前小说中出现的棒球、性爱、电视、娱乐业等导致塔诺波尔和祖克曼生活的纠结。

罗斯曾说美国的 60 年代是"祛神的年代"，② 这个时期美国陷入越南战争的泥潭，而国内学生反战运动以及总统肯尼迪被杀等大事件使罗斯和同时代的美国人一样从"美国梦"的美好幻想中醒悟过来，开始与美国文化保持了自我疏远。他们是在美国历史上在大众文化宣传中长大的一代青年人，突然发现以前无可指摘的一切现在变成了亵渎上帝；以前想象的不可毁灭的、不可渗透的、在美国生活中最习以为常的、最自然的东西，一夜之间都变得扭曲崩溃了。尤其是对美国的犹太移民来说美国社会更是光怪陆离和不能理解，以前的希望之

---

① Philip Roth, *Reading Myself and Others*, New York: Penguin, 1985: 11.
② Ibid., 81.

地、自由之邦，如此和平得体的自由主义者的民族，如今变得扭曲。因此罗斯的《波特诺的怨诉》《乳房》《我们这一伙》和《伟大的美国小说》的主题似乎也变得歪曲而超越了个人的想象，如果现实足够离奇，那么小说肯定倾向于荒谬。这也正是罗斯那句经常被引用的话，"20 世纪中期的美国小说家全力以赴地要去理解美国现实……现实总是超越我们的能力，文化几乎每天都会抛出令小说家嫉妒的角色"。① 罗斯将道德的愤怒转化为喜剧的艺术，用漫画、讽刺、滑稽和其他的喜剧手段作为他对美国进行攻击的策略。

二 讽刺揭露美国政治

美国的政治是美国安全和社会稳定最有力的保障，对外美国政府凭借着得天独厚的大陆优势以及政治策略使自己置于战争之外，对内美国政府"从政治思想上框定美国人，认同美国也就是认同其基本信条，成为一个美国人就意味着接受和认同美国的社会、政治价值观与制度"。② 因为美国与欧洲不同，"美国人没有一个共同的曾经生活在一起的地域，也没有一个共同的文化背景和语言，他们所有的共同的东西只有思想"。③ 因此美国国家认同的核心是与国家及其社会、政治相关的自由、平等等观念和信条。虽然罗斯在 70 年代的创作中似乎有意地淡化了犹太性，强化了美国性，但是犹太性的细节却始终存在着，例如这个时期的作品中都或多或少存在一些犹太人物角色，如塔诺波尔、凯普什等，可见罗斯的美国身份探寻并没有完全脱离犹太民族身份，两者是密切相关的。从这样的混合角度出发去发现美国，定会有独特的认识。犹太民族是一个多灾多难的民族，他们在欧洲大陆经历了无数次民族灾难，"二战"的纳粹大屠杀更是犹太民族在当今时代不能忘却的创伤。而几乎处于同一时期，跨越大西洋的美国成

---

① Philip Roth, *Reading Myself and Others*, New York: Penguin, 1985: 120.

② 路宪民：《美国的民族认同模式及其启示》，《西北师范大学学报》2013 年第 2 期。

③ Norbert Finzsch and Dietmar Schirmer, *Identity and Intolerance Nationalism Racism and Xenophobia in Germany and the United states*, Cambridge University Press, 1998: 12.

为犹太人最安全的栖息地，这里没有屠杀，犹太人起码的生存权利得到了保护。因此犹太人的"美国梦"中较之其他移民而言有更为具体实在但是却更为深层隐秘的要求就是人身的安全，这层含义也是最基本的，似乎在普遍的"美国梦"中不被提及，但是对犹太人来说却是非常微妙并非常实际的要求。

在 70 年代美国陷入了越南战争的泥潭，国内的政治局势也瞬息万变，甚至荒诞离奇，这些都加剧了罗斯与美国社会的疏离感，而罗斯在 70 年代的作品也"加强了对政治的嘲讽，最初的动力来源只有一个词——尼克松"。① 尼克松是美国历史上最有争议的总统，正是他在政时期，由于越南战争与"水门事件"等政府政策或者行为最终导致美国公众对政府失去了原有的信任，在质疑声中美国公众发现更加光怪陆离的政治图景。那些被宣传并早已深入人心的词语——胜利、爱国、正义等都被剥去了神圣的外衣，代之以贪婪、恐惧、种族主义。当政治黑幕终于被披露，自由、平等等美国信念随后坍塌，不被约束的政治权利似乎随时都能修改，甚至重写历史。由此来看罗斯《我们这一伙》作为政治讽刺的小说非常具有时代性和历史性，成为对"驱魅年代"的记录，罗斯也曾说过，"总的说来，尽管讽刺、处理那些持久的社会和政治问题，它的喜剧感召力还是在于对当时形势的利用。即便是读另一个时代最好的讽刺文章，也不会像同时代读者在阅读中所能感受到的快乐或愤怒"。②

《我们这一伙》讽刺尼克松政府，发表在"水门事件"和对尼克松的弹劾之前，足以看出罗斯的政治敏感性和预见性。"罗斯显示了自己作为美国社会政治观察家的敏锐"，③ 罗斯的作品像一幅漫画，以想象、虚幻的变形和夸张的方法展现美国政治的光怪陆离，而不是现实主义文学传统中把男女人物固定在特定的历史时代和物理空间。有评论家认为这些作品不是小说，也不是讽刺剧，更不是

---

① Philip Roth, *Reading Myself and Others*, New York：Penguin, 1985：45.

② Ibid. , 43.

③ Jones J. P. and Nance G. A. , *Philip Roth*, New York：Ungar, 1981：161.

寓言，而是"实验性作品"，① 将会帮助我们了解更多。如果说罗斯在《波特诺的怨诉》中胡乱作为，他想展示自由和有趣，那么在《我们这一伙》中他如幻想家和滑稽剧演员一样，首次展示了严肃喜剧创作的才能，更加的自由，纯粹的游戏和书写的快乐。

《我们这一伙》中虚构了一个叫崔奇·迪克松（Tricky E Dixon）的美国总统，围绕着他的执政观念描述了五个场景：围绕崔奇所倡导的"保护未出生的生命权利"，即反对堕胎的政治态度，展开了与难缠的民众的对话；崔奇召开记者招待会，围绕着他如何展示并维护自己的政治形象；他的秘密内阁的会议；他的政治顾问、精神顾问、法律顾问等的建议；他发表了著名的告国民演说"在丹麦有些东西正在腐败"。罗斯善于运用英语语言的讽刺技巧，从总统的名字的选择可见一斑，崔奇（Tricky）从字面意义上就有狡猾、诡计多端的含义，而 Dixon 更是与 Nixon 一音之转，可见罗斯直接把讽刺的矛头指向当时执政的尼克松政府，针砭时弊。罗斯如斯威夫特、奥威尔等社会讽刺家一样，对美国的政治深感焦虑不安，并敢于揭露美国政界最高层政治"秀"的欺诈行为。小说讽刺的锋芒通过当时尼克松政府在堕胎问题和越战问题道德立场上的前后矛盾展开。在罗斯笔下，对尼克松政府的反讽式描写更像是一场荒诞的游戏，同时也表明了罗斯足够的智慧、技巧和勇气，能对真实的事件，尤其是政治事件做这样趣味十足的书写。

罗斯开始尝试书写美国社会光怪陆离的现实，美国人民乐观的信仰和现实观的灰飞烟灭。罗斯看到美国的现实已完全超出了人们的想象，罗斯找到自己合适的方式，通过反讽的滑稽讽刺性，或者黑色幽默的文学手段，将具有压迫性的现实转化为虚构的小说。60 年代困惑"如何做犹太儿子"的青年挣扎于美国现实和美国神话之间，而波特诺这个犹太性爱英雄发现了自己与美国现实的疏离，美国对他而言变成了陌生的土地，加剧了对政治的讽刺力度。罗斯的家庭和许多美

---

① Lee H. , *Philip Roth*, New York：Methuen, 1982：80.

国中下层犹太美国人一样，是满怀着激情支持富兰克林的美国。在"二战"时童年罗斯基本上都是全心全意爱国主义的，并支持美国的战争。在麦卡锡时代罗斯参加支持斯蒂文森夫妇的游行，50年代还参加了朝鲜战争。① 而在70年代罗斯和所有美国当代人一样，从幻想中醒悟过来。在美国历史上受到宣传蛊惑的年轻一代被迫成熟、沉默、拘谨，突然发现受到赞扬的一瞬间竟然变成了亵渎上帝的辱骂，那些"自认为美国本质内坚不可摧、不能改变的品质瞬间破碎倒塌了"。②

三　解构美国棒球神话

棒球运动是美国的"国家娱乐"，也是"美国梦"的标志，享有至高的象征地位和文化意义。棒球强调集体性和对抗性，是竞技与智慧的结合，是集智慧和勇敢、趣味与协作于一体的集体运动。同时棒球强调个人智慧与才能，必须讲究战略战术，每个人都有作为掌控者的机会，给予新人包容和鼓励。值得注意的是棒球从来就不是一种纯粹的竞赛运动，也不是大众减轻生活压力或是打发时间的娱乐，而是享有其他运动无法比拟的崇高政治、社会和文化的重要性。棒球运动尽管崛起于都市文化之中，但美国社会却一直通过田园牧歌的虚构形象和基调理解棒球运动。棒球运动宽广的球场、绿油油的郊外草坪和温暖的阳光，都透露出田园牧歌的景致。棒球俨然成了梦幻般的纯真年代和美好时光的代表，俨然成为建构美国社会归属感的"棒球神话"，成为"美国梦"重要的实践场域。众所周知，美国是典型的多元移民国家，移民面临文化适应和文化冲突等问题，而棒球运动在美国社会中扮演着凝聚美国移民社会分歧认同的重要力量，"在棒球独特的发展经验中其实也深刻反映和体现美国多元移民社会内部的复杂

---

① Philip Roth, *The Facts*: *A Novelist's Autobiography*, New York: Farrar, Straus and Giroux, 1988: 64.

② Lee H. , *Philip Roth*, New York: Methuen, 1982: 81.

演化过程"。① 棒球作为公平比赛获得胜利的公众话语和体育运动成为美国现代生活的象征。将美国棒球文化置放在较为宽广的历史和文化的脉络中，能够阐释美国社会共同的信仰、象征以及仪式。正如著名的运动作家富勒顿（Fuertn）曾说，"棒球，就我看来，乃系美国化最强大的单一力量。没有其他比赛能像它一样如此彻底地灌输运动精神或公平竞争的理念"。② 同时，棒球神话早已渗入大众文化的表达中，很多美国文艺创作都以棒球为主题，有专门的棒球文学的分类，例如马拉默德、马克·哈里斯、罗伯特·库佛都曾写过棒球题材的作品，只不过他们都不是强调喜剧性，而是揭示即使在伊甸园中也有灾难、死亡。而罗斯的小说却与众不同，在《伟大的美国小说》中展现了围绕着棒球、文学等神话的可能性。

《伟大的美国小说》仅从小说命名上看似乎是关于美国小说的，也的确可见罗斯对"伟大的美国小说"这一文学传统的反讽，美国评论家德佛瑞斯特曾这样解释"伟大的美国小说"的具体内涵，"一部描述美国生活的长篇小说，它的描绘如此广阔真实并富有同情心，使每一个有感情有文化的美国人都不得不承认它似乎再现了自己所知道的某种东西"。③ 尽管这个定义有些模糊，也比较宽泛，并且美国作家也没有人公开宣布自己创作的就是伟大的美国小说，但是却成为美国文学界重要的一个概念和文学传统。其实这本小说是以美国的棒球运动为题材的，罗斯曾戏说之所以选择棒球是"因为捕鲸已经用过了"。④ 棒球是为公众赢得公平比赛和体育精神的姿态提供了明显的现代美国人生活的象征。这本小说是由退休的著名体育专栏作家沃德·史密斯（Word Smith）来讲述的，开篇就给读者不断地提醒"叫我斯密特（Smitty）"，他习惯押头韵，他是美国几任总统的密友和发

---

① 张世强：《美国棒球世界中的族群融合神话与现实》，《体育与科学》2010 年第 6 期。

② 转引自张世强《棒球在美国社会中的宗教向度》，《中国体育科技》2010 年第 5 期。

③ 转引自邱华栋《菲利普·罗斯写作"伟大的美国小说"》，《西湖》2011 年第 3 期。

④ 这里指的是麦尔维尔的《白鲸》。

言稿撰写人，已经 87 岁了，退休在家。他有一个痛苦的故事要讲，他决定不顾公众的嘲弄和反对也要讲出来，而且要写成为"伟大的美国小说"，可以和麦尔维尔、霍桑、马克·吐温和海明威等的作品并驾齐驱。史密特讲述了棒球场内怪异的球员们的荒淫无度，讲述了道德的堕落和共产主义的颠覆等荒诞的故事，以至于无法使人相信。根据斯密特的回忆，美国不是有两个而是有三个主要的棒球队：全国棒球联盟、美国棒球联盟，还有被人遗忘的爱国者联盟，他要恢复国家对这个消失的棒球队的记忆。斯密特认为这个球队腐败堕落以至于在"二战"结束之前消失，而包括政府、媒体和公众都加入对这个球队消失的阴谋中，他们删除有关运动员的信息、书籍、报纸卷宗等。罗斯的这部棒球小说颠覆了"美国梦"的崇高地位，将真实的美国历史和反历史（counter-history）结合在一起，虚虚实实，正如吉尔曼（Gilman）指出，"如果故事是对有效神话或者关于神话建构的神话的创造，势必展开对立的世界，模拟世界中存在和发生的具有实际历史的可信性，但是又与历史无关，只是事实而已"。①

　　小说中美国文学和棒球运动分别是塑造"美国梦"的重要媒介，如果说美国文学中推出的"伟大的美国小说"是精神上的美国形象，而棒球运动则推出现实中具体可感的"美国梦"。罗斯巧妙地将两者并置在一起，两者之间形成不协调的对抗关系。罗斯把"伟大的美国娱乐"和"伟大的美国小说"都当作一种神话来加以讥诮揶揄，从而解构了"美国梦"。罗斯自己也曾把文学与棒球媲美，他说："我上了大学后，开始认识文学，我发现了可以与文学审美的吸引力相提并论的感情氛围，那就是棒球，它的专业知识和传奇性、它的简单的规则和多变的策略、它的枯燥无味和强烈的激情、它的空间感、它的紧张气氛、它的独特的沉闷、它的英雄、它的微妙之处、它的神秘性，就是我童年时期的文学。"② 棒球运动是强调集体性、对抗性的

---

①　Richard Gilman, "The Great American Novel", *Partisan Review*, 1973, 40 (3)：468.

②　Philip Roth, *Reading Myself and Others*, Farrar, Straus and Giroux, 1975：182.

球类运动项目，被誉为"竞技与智慧的结合"。棒球运动在美国长盛不衰，成了美国上自总统下至百姓生活中不可缺少的一部分，可见棒球运动在美国民众的日常生活中占有重要位置。他也强调我们是多么容易被现实所困惑，我们是如何在游戏中通过计算分数来塑造国家张力和奋斗的。棒球，事实上所有的体育运动不断地显示他们自身，作为对美国政治生活和我们社会熔炉机会的强制性隐喻，对我们的竞技及精神和向上的驱动力，我们的恐惧失败的心理产生影响。① 在他笔下体育运动具有了"严肃或者深刻性"，罗斯"激烈，狂野，反常地攻击"国家最值得尊敬的职能部门和信念。这些悲剧的结尾帮助形成了"反历史"运动，出现了反神话，他只想发现棒球彰显国家仁慈的自我神话和阴险的、非常贴近魔鬼似的现实之间的张力。②

罗斯最主要的目标不是作为创作"伟大的美国小说"的小说家，也不是那些名噪一时的棒球明星，他所关注的是美国的传统或者说是美国本身，他所写的是一种创造力的，讽刺、好笑的悲伤，其中有社会的真实和国家的狂热导致的伪善，建立在专业的棒球之上的胜利和失败，爱国主义和偏执狂，偏见和粗鲁，虚伪和贪婪，不仅是针对国家社会机构和体育比赛，而且是针对"美国梦"的成功——这显示了罗斯的文学野心。这个时期罗斯对美国历史进行了有益的探索，观察更为仔细，表现更加戏剧化、夸张化，具有浓厚的讽刺嘲弄性，但这个时期在艺术上还处于探索阶段。直到 24 年之后，罗斯推出了更为厚重、清醒、现实主义风格的"美国三部曲"［《美国牧歌》（*American Pastoral*，1997）、《我嫁给了共产党人》（*I married a Communist*，1998）、《人性的污秽》（*The Human Stain*，2000）］，对美国身份、"美国梦"进行了更为彻底的解构，以更为宏大的角度嘲讽并揭示美国繁荣景象的背后，"美国三部曲"涉及的历史背景更为复杂，反思更具有深度，并不仅仅局限于政治、流行文化，更具有普遍性。

---

① William Gass, "The Sporting News", *New York Review of Books*, 31 May, 1973: 8.

② Philip Roth, *Reading Myself and Others*, Farrar, Straus and Giroux, 1975: 179.

第三节 重返犹太主题——犹太身份的回归

1973 年罗斯在采访中曾说道:"我有意识地并且是非常审慎地在我的创作生涯中走'之'(zigzag)字形路线,在曲折中前进,从而使我的每部作品都与之前的作品有极大的不同。"① 正是这种有意为之的自觉写作习惯,使罗斯的创作呈现出了某种秩序性或者是一致性。也正如有评论家所说的罗斯 10 年一个新变化。罗斯 70 年代的创作主题似乎抛弃了犹太资源,而投身到美国传统、美国身份的追求,似乎远离了他的创作起点——美国的犹太群体。而在七八十年代的年代之交的 1979 年,罗斯突然又重归了他的创作之路,但却并不是简单的重复,而是螺旋式的上升过程,所表达的主题和所采用的艺术手法都发生了重大的变化。整个 80 年代可以看作是罗斯创作的中年期,趋于稳定和成熟,有些评论者认为 80 年代是罗斯的第一个创作高峰时期。"在判断罗斯哪段写作生涯最为辉煌时,54% 的作家认为是他中期的'祖克曼系列'和《反生活》",② 可见 80 年代在罗斯长达半个世纪的创作历程中所占的重要地位。

80 年代是罗斯"从时代性的作品向系列性作品过渡的阶段"③,"祖克曼系列"就是这一时期的主要创作,包括"祖克曼三部曲"[《鬼作家》(*Ghost Writer*,1979)、《被释放的祖克曼》(*Zuckerman Unbound*,1981)、《解剖课》(*The Anatomy Lesson*,1983)、尾声《布拉格飨宴》(*The Prague Orgy*,1985)]、《反生活》(*The Counterlife*,1985)、《事实》(*The Facts*,1988)。祖克曼诞生于 70 年代《我作为男人的一生》,延续至八九十年代,结束于 2007 年《鬼魂退场》(*Exit Ghost*)中

---

① Philip Roth, *Reading Myself and Others*, Farrar, Straus and Giroux, 1975:84.

② [美] 菲利普·罗斯:《写作是每天面对的挫败》,《东方早报》2013 年 2 月 28 日第 3 版.

③ Shostak Debra, *Philip Roth—Countertexts*, *Counterlives*, University of South Caraolia, 2004:10.

祖克曼宣布退场，这一系列构成了广义上的"祖克曼系列"，这些作品都是以祖克曼为共同的叙述者。随着时间的流逝，罗斯不断丰富他的材料，创造特定的声音，并不断反转，这成为罗斯整体创作最明显的标志，例如祖克曼在《我作为男人的一生》中作为塔诺波尔的另一个自我登场，后来直接作为罗斯自己的另一个自我在"祖克曼三部曲"和《反生活》中成为主角，而在"美国三部曲"中祖克曼从主人公变成一种框架结构。核心是"祖克曼三部曲"。可见祖克曼在罗斯创作中的重要地位，他被认为是罗斯的"文学代理人"，祖克曼是一位犹太作家。"祖克曼三部曲"都是围绕犹太人在美国社会中寻找自我与身份认同的苦痛与迷茫而展开的，而起点和核心则是犹太民族身份的探寻。

罗斯对犹太民族身份的探寻经历了螺旋式的上升，不再是主人公身份焦虑的自我言说，也不再是对美国社会文化的讽刺，而是去尝试探寻导致其早期作品中人物身份焦虑背后的原因，试图多方位展现美国犹太人如何对待自身的犹太民族身份。这个时期包含有两部转折性的重要作品，在罗斯探寻犹太身份过程中具有里程碑性质的意义，一部是《鬼作家》，代表着罗斯重返他所熟悉的犹太主题，开始正视犹太身份，从年少轻狂的一味反叛，经过 70 年代的沉思，转变为以缓和稳重的语调关注犹太身份，并走上求解之路，同时这部小说被认为是"开启了延续至今的美国犹太写作的新纪元"。[①] 另一部是《反生活》，代表了罗斯对犹太身份认识的提升以及艺术的成熟，艾伦·库柏（Alan Cooper）称："无论从小说的写作技巧还是从小说的人物和主题来看，《反生活》都体现了作家小说创作的一个转变。"[②]

一 自发走向自觉的犹太身份探寻

有评论者指出，"除了偶尔尝试写写非犹太人世界，罗斯作品的

---

① ［美］莫里斯·迪克斯坦：《途中的镜子——文学与现实》，刘玉宇译，上海三联出版社 2008 年版，第 213 页。

② Cooper Alan, *Philip Roth and the Jews*, Albany: State University of New York Press, 1996: 48.

主要背景是美国犹太人的生活，尤其是美国犹太人的家庭生活。那是他开始的地方，也是他……几乎总是会回去的地方"。① 这也正应了罗斯自己所说："尽管复杂的道德并不是犹太人所专有的，但是在我的故事中的人物只能是犹太人。别人可以写同样的主题，相似的事件，可以关注黑人或者爱尔兰人；但是对我来说这没办法选择。"② 罗斯经过 60 年代的焦虑、70 年代的美国探险之后，重新回了"家"，只是这个犹太之家已经将他驱逐，这也正是"祖克曼三部曲"中从青年到中年作家祖克曼的困境或是萦绕在他心中挥之不去的阴影，无论他是身处新泽西的犹太社区纽瓦克的小青年，还是已经身处美国光怪陆离的大都市中的成功文学大师，他都难忘或者说不得不铭记"犹太初心"。"祖克曼三部曲"的初始起点都是作家祖克曼出版了暴露犹太家庭生活隐私的书（《鬼作家》中祖克曼出版了"高等教育"）或是充满色情的犹太小说（《被释放的祖克曼》中祖克曼出版了"卡诺夫斯基"），从而导致被犹太家庭和社区驱逐。

《鬼作家》的叙述主线较为凝练清晰，主题也较为单一，就是年轻的祖克曼探寻犹太民族身份。虽然祖克曼被父亲赶出家门，但却并没有隔断和家庭的联系，内森千方百计地和父亲、母亲及犹太法官进行辩论，他是非常渴望得到犹太家庭和社区的理解的，有评论家指出"祖克曼其实是最真实的犹太人，他作为一个世俗的作家，迫切地希望用小说来倾诉犹太人现实的真相，即使这部小说是毫无爱国之心的"，③ 并且相比在早期作品中那种焦灼的内在冲突，祖克曼的身份探寻具有明显的外向性，有评论指出"克制与放纵、谨言慎行与炫耀卖弄的冲突在过去主要表现为一种纯粹的个人两难处境，而现在通过祖克曼的挣扎则变成了一个艺术问题"，④ 祖克曼将内心

---

① Halio Jay L. and Siegel Ben, *Turning up the Flame—Philip Roth's Later Novels*, Newark: University of Delaware Press, 2005: 203.

② Philip Roth, *Reading Myself and Others*, Farrar, Straus and Giroux, 1975: 157.

③ Milbauer Asher Z. and Donald G. Watson, eds. *Reading Philip Roth*, New York: St. Martin's Press, 1988: 70.

④ Jones J. P. and Nance G. A., *Philip Roth*, New York: Ungar, 1981: 92.

的困境外化为对写作艺术的探索之路，核心是如何在小说艺术中书写犹太人？书写什么样的犹太人？首先，祖克曼因书写反面的犹太人形象遭到了犹太家庭和犹太社区的严厉批评，正是在这样的矛盾冲突中展现了新老一代美国犹太人对自身犹太民族身份的不同认知。父亲和社区律师认为祖克曼的小说玷污了犹太人的形象，会导致非犹太人对犹太人的歪曲理解，甚至会导致大屠杀的重演，父亲和律师多次提到发生在欧洲的大屠杀，可见父辈的犹太民族身份与犹太人受害者的历史紧密联系在一起；而在祖克曼看来，"在欧洲——不是在纽瓦克！我们不是贝尔森的难民！我们不是那次罪行的受害者！"① 其次，祖克曼寻找精神之父的历程反映了子辈在书写犹太民族身份过程中所遭遇的问题。"希望确认自己作为犹太艺术家和犹太儿子的合法性。"② 祖克曼去拜访文学偶像洛诺夫，寄希望于能在他的生活和写作中获得信心和力量，却发现洛诺夫自己的文学世界和现实世界严重割裂，这让祖克曼异常失望。最后，失望的祖克曼甚至想象了洛诺夫与他的女学生艾米之间的不伦之恋，并将其深入到了犹太民族历史中的大事件——大屠杀，他将艾米想象为大屠杀的幸存者安妮。从艾米的身世祖克曼看到了拯救自己的机会，就是如同艾米一样，隐藏自己的身份，抛弃历史的负担，做自由的人。但是祖克曼做不到如此的决绝，他决定采取和艾米结婚的办法保持自己的犹太民族身份，这样他就可以协调自我与犹太家庭的关系。祖克曼的犹太民族身份探寻其实最终并没有结果，或者说小说是一种开放性的结尾，因为他把艾米当作安妮，纯粹是出自自己的想象。罗斯这样来处理，原因有二，其一反映了美国犹太人对自我民族身份认知的内在多样性，其二可见罗斯以更加平和豁达的心态去呈现犹太民族身份的复杂性，不是简单的诅咒或者是背弃逃离，而是直面惨淡的人生，说明他已经有足够的勇气和底蕴去追逐，虽然他非

---

① ［美］菲利普·罗斯：《鬼作家及其他》，董乐山译，四川人民出版社1987年版，第347页。

② Jones J. P. and Nance G. A., *Philip Roth*, New York: Ungar, 1981: 123.

常熟悉，但是却可能并不是完全理解的犹太民族身份和传统文化。

《被释放的祖克曼》和《解剖课》看似有些游离于犹太民族身份的探寻，书中的作家祖克曼先生看似已经摆脱了犹太家庭的困扰。因在《被释放的祖克曼》中父亲去世，在《解剖课》中母亲去世，祖克曼似乎没有了犹太家庭和犹太社区的困扰。并且祖克曼已经成为知名的文学大师，不仅确立了自己在美国文学界的地位，而且作品还产生了丰厚的经济效应，可谓是名利双收，过上了美国大都市的豪华生活，充分享受了美国身份的自由。诚如书名所示，祖克曼获得了解放，也就是说他已经摆脱了早年在探寻犹太民族身份过程中所遭遇的困境。但是事实如何呢？成功后的祖克曼遭受到同胞的妒忌与纠缠，亲人的愤恨和敌意，父亲愤愤而死，弟弟认定是祖克曼害死了父亲。众叛亲离的祖克曼丝毫没有感受到成功的喜悦，而是陷入了对自身犹太身份更加不自信的境地，父亲的遗言诅咒"杂种"回荡在耳边，他甚至产生了被迫害的幻想，感受到自己被犹太族群抛弃，被非犹太族群误解之后的绝望。被所谓的成功释放了的祖克曼实际上陷入了更大的束缚之中。在《解剖课》中祖克曼陷入了更深的危机，直接表现是身体上的疼痛，并且无法治愈，这引发了他创作灵感的丧失，几乎完全丧失了自我，甚至希望改行重新做一名医生，这时候的他没有父亲、没有母亲、没有家园。"没有了父亲，没有了母亲，没有了家乡，他也不再是一个小说家，不再是谁的儿子，也不再是什么作家。所有曾激励过他的一切都已然消亡，没有留下任何东西可以索取、利用、扩大和重建。"① 那么，你究竟是谁？正如鲍姆加腾和高特弗莱德所说，"《解剖课》叙述祖克曼一直在寻求父亲的权威"，② 或者说是寻找美国犹太人的根。

---

① ［美］菲利普·罗斯：《解剖课》，郭国良、高思飞译，上海译文出版社2013年版，第35页。

② Banmgarten Murray and Bathara Gotteried, *Understanding Philip Roth*, Columbia：University of South Carolina Press, 1990：197.

二 对位中呈现犹太身份

罗斯在访谈录中曾多次提到反（counter）这个词，意思是对立、对位，这一关键词是理解罗斯小说世界的一把钥匙。罗斯认为每一个想法都有一个对立的想法，他总是喜欢用事件的两个对立面来表达他的潜在性的注释，而小说创作是对位和多声部的对话。他在小说中虚构了许多化身，例如祖克曼正是自己的一个文学化身。通过这些化身之间的对话，探听到每个人身上栖居和包含的众多自我。通过对立的语境、对话和它们之间相互的启发关联，从一种呈现自我的方式曲折地转移到另一种，从而理解自己是谁，公平或者不公平，幸运或不幸运，有意义或者无意义，偶然或命中注定，神圣或者猥亵等，罗斯的写作总是在追求大量的对立，这也是他自己作品的一种形式。这种形式，有时是作品内部的，有时是在作品之间存在而形成的。

这种对位观念最早在《被释放的祖克曼》中就有所体现，这部小说与《鬼作家》有些不同，《鬼作家》是渐进的单线条线索，但在这部小说中线索更加复杂。小说采用了第三人称叙述，具有某种客观性或者说是超越性，能够保持一定距离去审视曾经发生在自己周围的一切，而所有问题的归结点就是为艺术而不顾及对族群所造成的伤害。金万锋指出："早期罗斯在书写中充满了人物与家庭、社区、社会的冲突与矛盾，反映出在多变的美国社会中一些犹太青年所经受的困惑与失落感。而在后期创作中，这个关注点已经逐渐淡出罗斯的视野，因为他已经把书写的重点转移到主体间性方面。"[①] 主体间性的表述虽然很哲学化，但是却道出了罗斯将其运用在文学实践中所产生的对话、对位。小说由四章构成，主要讲述祖克曼成为知名作家后生活发生的变化，主线采用祖克曼的第三人称叙述，但是大部分内容都由对话构成，主要是祖克曼与读者、家庭成员、犹太社区老乡等的对话和

---

① 金万锋：《菲利普·罗斯后期小说越界书写研究》，博士学位论文，东北师范大学，2012年，第71页。

讨论，例如第一章中开始就是来自一个陌生读者对祖克曼所说的话："你这么有钱还坐公交车？"① 值得注意的是并非如六七十年代作品中单独的自我言说，而是冷静地倾听各方的意见，试图理解并且消化，找到能够平衡的关键点。作品中有祖克曼与文学出版商、母亲、父亲、兄弟等的对话和讨论，核心仍然是他的色情丑闻小说带给家庭的困扰。阿佩·菲尔德就曾评价说："菲利普·罗斯仔细地观察陌生人；事实上，陌生人激发了罗斯心中的那个犹太人。然而他了解得最深入、最全面的恰是犹太人家庭：母亲、父亲和儿子的爱恋、亲密、负担和所有的纠缠不清，他们相互追逐，就像某个人将要被绑架一样。"② 三部曲的尾曲《布拉格缞宴》则是祖克曼离开美国前往东欧寻找失落的犹太作家的手稿，在这里将美国作家与东欧极权国家的作家所处的环境以及所从事的创作进行了比较，换位性思考了不同历史语境中的犹太人如何在文学中书写各自的历史。《反生活》更是突出了对位性的生活，通过并置与犹太人生活有关的美国、以色列、欧洲等几个对立生活的不同版本，探讨犹太民族身份的历史多维性，展现不同历史文化背景中犹太人对自我身份探寻的多面性，强调了犹太民族身份的复杂性和多样性。

罗斯拒绝用简单的二元格局思考，这容易导致一种观点赢得对另一种优势的解释，他也不用辩证法来综合这些不同的观点，他曾说过："最强烈的刺激写作小说的动机就是不断增加的对固定的身份的不信任，我自己也包括在内。"③ 因此罗斯从"如果、假如、怎样"的提问开始布局他的创作，引导我们从一本书到另一本书，即使在一本书中也是如此，围绕着核心事件多角度多视角的审视，他让每个角色都充分地发出声音，或者是角色、叙述者的独白，或者是展现角色

① ［美］菲利普·罗斯：《被释放的祖克曼》，郭国良译，上海译文出版社 2013 年版，第 3 页。

② Appelfeld Aharon, "The Artist as a Jewish Writer", in *Reading Philip Roth*, ed. Asher Z. Milbauer, New York: St. Martin's Press, 1988: 15.

③ Searles George J., ed. *Conversations with Philip Roth*, Mississippi: Mississippi UP, 1992: 198.

具体的行动、叙述者的叙述形式，这种对位性成为每部小说的主导命题。《再见，哥伦布》让一个个年轻的主角讲述犹太性的独特材料，会产生什么样的后果？《当她顺利时》展示了如果罗斯抛弃他的犹太资源，去追求詹姆士的传统对美国所谓正统的善恶观，会如何？《鬼作家》中假设一个年轻的作者在他的文学之父的引导下会不会追求到他自己的声音？《被释放的祖克曼》中假如这个作者因写作成功，会不会眼花缭乱？《解剖课》中他又必须为他的成功付出什么代价？每一部作品都是罗斯用来询问可能性的探索，而作品之间又连缀成一个整体的对位性观点的结合体。在《反生活》中最精彩的部分就是对小说主要人物命运的对位性、多重性的思考，是内森还是弟弟亨利阳痿？是亨利还是内森死了？是亨利去以色列重新开始，还是留在美国继续压抑地生活？是亨利还是内森陷入了与玛丽亚的纠缠……这种对立文本语境导致读者不是直接确认故事内容，而是从一个看似真实的故事切换到另外一个版本，引导读者进行换位性的思考，同时也暴露出文本的虚构性本质。正如罗斯所说，"我创作的冲动是问题化材料……我喜欢当问题出现对立面时，或者用其他观点来看问题"。①

很多评论将罗斯的"祖克曼系列"小说的这种对话性、对位性，尤其是《反生活》中的对立版本的生活看作是迷宫，看作是后现代的艺术技巧，其实这种呈现方式本身就体现了深刻的犹太文化品性。例如绍斯达克（Shostock）认为，"罗斯在他们各自的位置上围绕主题展开的饶舌讨论变得激烈和多变，这本身就是犹太主题"。② 这是罗斯对自身所浸润的犹太文化无意识创造性、独特性的具体实践，更是罗斯对犹太身份更加深切的感知和更加深入的探寻。与犹太哲学中"你—我"的哲学观念不谋而合，可以说罗斯自身携带的犹太文化因子赋予了他犹太经验式的表达。这种对位性的展现还有一个直接的结

---

① Searles George J. , ed. *Conversations with Philip Roth*, Mississippi: Mississippi UP, 1992: 198.

② Shostak Debra, *Philip Roth—Countertexts*, *Counterlives*, Columbia: S. C. U of South Carolina Press, 2004: 11.

果，就是罗斯小说的开放式结尾，使罗斯所讨论的问题永远处于未完待续中，伯恩鲍姆（Milton Birnbaum）认为这导致罗斯没有自己坚定的立场，"不仅缺少清晰的方向，而且没有道德的中心"。① 其实这也正是面对混乱多变的现代世界罗斯所体现的超越性，米勒（Karl Miller）所说："二元的不确定的无穷倒退，主张和反主张的无穷的替代下去，结果就是什么主张都没有，这是罗斯真正想的……或许这就是他真正想的，而他真正想的就是什么都没有。"② 其实作家的问题前提就是他所明确表达的观点，罗斯只不过采取了非固定的姿态和立场，当他提供了一种立场，在思想层面有某个可以讨论的态度，这种观点就变成了主题观念的同盟，包括所有的选择和条件。罗斯选择了发现一个人是如何依赖一个立场的过程，如何思考别人真正在想什么，通过一系列的主体位置追踪想象自身的轨迹。因此罗斯的写作可以被看成是作者随时间变化的主体性的寓言，"主体性可以看作是由社会生活进程的一系列运动建构而成，然后建构主体的过程变成了可见的、围绕主题身份交叉的持续过程，在某一时刻有意无意地呈现为意识，但是无论如何也构成了个人的历史"。③ 因此罗斯也加入了更加具有普遍意义的对个体身份的认识和讨论中。

三 对犹太民族身份的超越

罗斯从美国社会犹太族群生活的狭窄天地出发，走出了美国，走向了古老的欧洲及其所蕴藏的犹太民族历史，将描绘的笔触延伸到欧洲捷克的犹太族群和《圣经》中所允诺的犹太人的希望之地——在古老的土地上建立的以色列。罗斯90年代的作品《夏洛克行动》（*Operation Shylock*，1993）、《遗产》（*Patrimony*，1991）中将犹太民族身份与犹太民族历史紧密结合在一起，尤其突出犹太民族所遭受的大屠

---

① Birnbaum Milton，"Philip Roth：The Artist in Search of Self"，Review of *Operation Shylock*，by Philip Roth，Modern Age：A Quarterly Review 36（fall 1993）：85 – 86.

② Miller Karl，*Authors*，Oxford：Oxford UP，1990：140.

③ Smith Paul，*Discerning the Subject*，Minneapolis：University of Minnesota Press，1988：32.

杀创伤对当代犹太人身份的影响，探讨后大屠杀时代欧洲犹太族群在严苛的政治时局下的命运，以及美国流散犹太人自我认知的多元化，表达了一个作家的普世化关怀。"一个犹太小说家的任务不是在自己心中打造其种族那'未被创造出来的'良心，而是要在这个世纪中已经多次被创造、被消解的良心中去找到启示"。①

应该注意罗斯60年代对美国犹太族群的关注，是他创作的起点，经过70年代的探寻之后，80年代罗斯又回到了最初的犹太主题上来，这时候的回归并非简单地重复，而是又一个新旅程的出发点，罗斯将对美国身份、犹太身份以及作家身份的探寻融合在一起，罗斯认为这些身份的不同面向绝对不是割裂的，而是融合在一起的。虽然罗斯在80年代的创作主要是围绕对犹太身份的探寻而展开的，但是并不能绝对化，越发成熟的罗斯并没有仅仅停留在对犹太身份的探寻上，而是将犹太人的艰难处境与美国的现实结合起来，年幼的波特诺隔着玻璃所看到的美国，这时候早已经融入了成年的祖克曼生活之中。虽然祖克曼所追求的美国式的自由与犹太身份之间还存在不和谐、难沟通的问题，但是祖克曼试着去沟通两者，当他对犹太身份的探寻逐渐深入时，他对美国社会的认识也更加深刻。

"在罗斯的艺术中《反生活》是种转变，从早期对艺术的内疚感和非个人化到现在的游刃有余的游戏态度。"② 在《反生活》中罗斯已经彻底从个人化的困扰中解脱出来，开阔了视野，开始在国际范围内关注当代犹太人的身份定位。虽然作品仍是以对犹太身份的探寻为起点，但是已经超越了单一族群的范畴，在更加宏大、复杂的历史和文化背景中，对普遍性的人的身份意识进行探讨，"罗斯对身份问题的书写具有吉登斯所说的现代性的反思性特征"。③《反生活》

---

① Philip Roth, *Reading Myself and Others*, Farrar, Straus and Giroux, 1975：244 – 246.

② Posnock R., *Philip Roth's Rude Truth*：*The Art of Immaturity*, Princeton：Princeton UP, 2006：125.

③ 曲佩慧：《寻找真我——菲利普·罗斯小说中的身份问题》，博士学位论文，吉林大学，2013年，第196页。

正是通过文学的想象功能敞开了人改变生活的可能性，自我身份是开放的，是总在被建构的过程之中的，符合了后现代主义观点中对身份"复杂多元矛盾的本质"① 的认识。作品中内森认为玛丽亚、李普曼以及亨利他们的自我身份并不存在，其实质只是模仿性的，甚至是"表演性的"，内森把自我表演的观念具体化，他认为"我是一个剧场，仅此而已"。② 可塑、多变的剧场替代了那些本质、真实、稳定的意义。

可以说，罗斯 90 年代是历史书写的鼎盛时期，身份探寻与历史书写紧密结合，在之后的章节中会给予详细的论述。2000 年之后，罗斯作品中几乎看不到犹太人的踪影，转向了对抛弃了种族、性别差异的老年人世界的关注，疾病、衰老、性爱与死亡几乎弥漫了这个时期的作品，因此这时期的作品被称为"老年组曲"。《凡人》（*Everyman*，2006）以一场葬礼开篇，回溯了一个无名无姓的凡人的一生，他屡次婚外情破坏了家庭的稳定，他的疾病、衰老和死亡使整个故事弥漫了灰色的基调。《鬼魂退场》（*Exit Ghost*，2007）中罗斯的御用作家祖克曼也到了老年，他以告别的姿态出现，疾病缠身，小便失禁，丧失了性功能，却仍渴望性爱，与少妇杰米只言片语也让他兴奋，并充分发挥想象，以"他和她"的剧本对白形式记录在案，借此获得心理满足。《羞耻》（*The Humbling*，2009）中65 岁的戏剧演员西蒙丧失了所有的表演能力，无法再登台演出。妻子离他而去，他想自杀，却对自己下不了手，最后住进一所精神疗养院，接受治疗。好友的女儿来探望他，是位女同性恋者。西蒙试图改变她的性趋向，但她丝毫没有被改变，被羞耻被愚弄的却是西蒙自己。

需要注意的是罗斯的写作主题和艺术风格在 80 年代基本上定型，围绕着犹太身份的探寻，形成了罗斯写作的中心主人公祖克曼（之后

---

① Hutcheon Linda, *The Politics of Postmodernism*, London: Routledge, 2002: 20.

② ［美］菲利普·罗斯：《反生活》，楚大至译，湖南人民出版社 1988 年版，第400 页。

扩展包括凯普什、菲利普·罗斯等），但通常都是男性，总是犹太人和作家，活动的地点是新泽西的纽瓦克或者是英国的伯克郡，还有就是以色列。作为活动的中心人物祖克曼，本是在《我作为男人的一生》中作为作家塔诺波尔的另一个自我，80年代更直接地跳脱出来成为罗斯的另一个自我，在"祖克曼三部曲"和《反生活》中成为主角，而进入90年代，祖克曼从主角人物变成一种框架结构，带动整个故事情节的展开。罗斯小说创作的"清单"也发生了变化，从记录时代的纪年性作品转变到了围绕以中心人物或者是中心声音为主的分组系列，例如"罗斯系列"（《事实》《欺骗》《夏洛克行动》等）、"凯普什系列"［《乳房》《欲望教授》《垂死的肉身》（*The Dying Animal*，2001）等］和"老年系列"　［《凡人》（*Everyman*，2006）、《鬼魂退场》（*Exit Ghost*，2007）、《愤怒》（*Indignation*，2008）、《羞耻》（*The Humbling*，2009 等）］。罗斯作品的命名都非常有寓意，并且表面上就直接显示了罗斯的兴趣所在。综观罗斯所有创作时，就会发现他写作过程中的构图模式，虽然不能说是罗斯非常有计划地有意为之，但是由于他的创作观念和写作习惯，使他的作品似乎有了强加的一致性，同时其内部也显示出了一致性。围绕着这些系列作品，其他的一些未被归类的作品也与之发生神奇的共鸣效果［其他系列包括：《再见，哥伦布》《随她去》《当她好的时候》《波特诺的怨诉》《我们这一伙》《伟大的美国小说》《我作为男人的一生》《读自己和别人》和《萨巴斯的剧院》（*Sabbath's Theater*，1995），这些作品主要是早期作品，都与之后的作品发生了对话，成为罗斯整个创作中积极活跃的参与者］。这在很大程度上要归结为罗斯对于自己作家身份的清醒认知和自觉探寻。

第四节　作家身份的探寻

2010 年罗斯公开了他的封笔之言："和你说实话吧，我的写作灵感已经枯竭了。"罗斯对《Les Inrocks》杂志说："《复仇女神》

（*Nemesis*，2010）将是我创作的最后一本书。"① 1959 年年仅 27 岁的罗斯发表短篇小说集《再见，哥伦布》，至 2010 年封笔，51 年的时间里出版了 30 多部作品。在这半个世纪之中，罗斯获奖无数，并成为"美国文库"收录的经典作家。在 2013 年罗斯 80 岁生日时，"美国大师系列"的电视节目还录制了有关罗斯生活的长达 90 分钟的节目，献给罗斯，可见罗斯作为美国当代经典作家身份的确立。罗斯本人对自己的作家身份有着明确的认知，有些人在本质上就喜欢单一性，罗斯就是单一的解说者：让他魂牵梦绕的作家身份。

"罗斯关注的焦点是作为男性，作为犹太人，作为作家的困境"②，作家的困境在罗斯创作的起步阶段似乎并不凸显，仅是埋藏在罗斯探索美国身份与犹太身份的过程中，是一条隐性的暗道。《波特诺的怨诉》中显现的自我意识，《我作为男人的一生》中对小说与现实关系的追问，以及"祖克曼"系列作品中围绕作家身份与犹太身份矛盾的展现，随着其美国身份与犹太身份的缓和，其作家身份的探寻则更加凸显，尤其是在 90 年代的创作中，连续推出了《事实》《欺骗》《遗产》等看似是小说家的"自我写真"，成为罗斯探索作家身份的巅峰之作，也最能代表罗斯对作家身份的探讨。从罗斯的整个创作中可见，罗斯最珍视的应该就是他的作家身份，对于一位真正的小说家而言，是不是犹太人无关紧要，是不是美国人也并无大碍，重要的是如何创作小说。

罗斯对作家身份的探寻承载了作家对未知的探索和对已有经验的沉淀。罗斯在 1994 年《纽约时代书评》上发表的文章讲述了自己作家生涯的"神秘性"：在 1950 年的小咖啡馆中，他发现了一张匿名、被丢弃的纸片，上面写着一段 19 个不相干的句子，这些句子后来成

---

① 作家菲利普·罗斯宣布封笔，国际在线专稿，2012 年 11 月 28 日。
② Johnson Gary, *The presence of Allegory：The Case of Philip Roth's American Pastoral*，Ohio：the Ohio State University，2004：254.

为他 19 部作品的开始。① 这是罗斯自己所称的作家创作的神秘性和未知性，从中我们可以看出作家创作具有某种偶发性以及整体性。我们与其相信罗斯所说的神秘的事件，不如去探索作家创作的某种关联性。纵观罗斯的整个创作过程，某些突发的偶然性事件或许就改变了作家创作的方向，而表面上看来似乎没有什么先后顺序或者逻辑关系的创作，也许就存在必然的关联。

从广义上看，罗斯的整个创作都可以看作罗斯对其作家身份的探寻，对其小说艺术观念的实践；从狭义上看罗斯那些着意凸显作家书写困境的作品，例如利用后现代小说自我指涉的形式和功能探讨作家与读者、批评者，真实与虚构等小说创作中的核心矛盾。罗斯不仅是小说家，而且还是大学教授、文学批评家，当他以更加专业的批评态度审视小说作家身份时，让他在文本中更加突出作家创作的动机、审美观念、创作方法，以及如何超越读者的审美习惯和习以为常的经验世界等。

一 犹太社区的背德者

罗斯作家身份的探寻与他的犹太身份的探寻可以说是互为表里，犹太书写是罗斯作家身份的起点，罗斯小说中的都市背景、人物形象、主题关怀等都围绕着美国犹太人的具体生存状态和文化语境展开，因为这就是罗斯所熟悉的生活区域。罗斯早期作品短篇小说集《再见，哥伦布》和《波特诺的怨诉》都是围绕美国的犹太社区。尤其是《再见，哥伦布》出版后获得了文学评论界的普遍好评，著名的犹太文学评论家和作家欧文·豪给予了高度的评价，认为从客观冷峻的视角细腻刻画了环境和人物，肯定了罗斯的文学天赋。但是犹太教拉比和犹太读者却主要是质疑和批评。罗斯在随笔中自述了作品发表之后受到的犹太拉比和犹太读者的批评，认为他的作品是危险、不

---

① Philip Roth, "Juice or Gravy? How I Met My Fate in a Cafeteria", *New York Times Book Review*, 18 September, 1994 (3): 21 – 22.

诚实、不负责任的，小说忽视了犹太人生活中取得的成就，犹太读者甚至批判罗斯是反犹主义者和自我仇恨的犹太人，至少是一个品位低下的人。罗斯详细地展示了犹太拉比和读者们的不同意见，包括他们的来信，作家似乎也并不气愤，保持清醒和他们进行对话、讨论。"有时候在我感受到力量、勇气或者冲动的地方，他们看到的却是弱点；我认为根本无须感到耻辱和进行防范的地方，他们却有如是感觉并努力加以防范。"①

《波特诺的怨诉》的出版更像是重量级的炸弹，在美国犹太社区炸开了锅，尤其是书中大量的粗俗语言和性描写等给罗斯带来"脏书作家"的恶名，罗斯俨然成为犹太社区的"背德者"。先前支持罗斯的犹太批评家欧文·豪转而对罗斯展开了严厉的批评，认为罗斯在浪费自己的写作才华，是对艺术世界的亵渎。罗斯如同他笔下的人物一样成为了犹太社区的异类，文学导致了罗斯现实生活的变化，有些犹太读者甚至发出了通缉令，"谁能让这个家伙（罗斯）闭嘴？"这种赤裸裸的人身攻击并没有吓退罗斯，反倒让他更加着迷，并几乎偏执地去追问、分析这种争论背后的原因，而这也就形成了罗斯作家探寻的最重要的推动力量。

针对罗斯与犹太社区的这种争论，许多评论文章都在探讨这种争论的实质，例如认为是罗斯对犹太传统文化的逆向认知，是犹太家庭内部不同意见的争论，是罗斯在新环境下重新认识犹太传统文化，具有明显的进步意义等。但这种讨论其实还停留在争论本身，还没有指出讨论对作家身份的影响，对创作观念形成和艺术观念形成的影响。其实罗斯作家之路的探寻还要归功于当初所受到的抗议之声，这是罗斯作家身份探寻的重要激励因素，同时使罗斯发现了他的作品具有某种"自我再生性"。为了回应指责，《再见，哥伦布》之后的作品几乎都围绕着这场争论而展开，每部作品也都加入巴赫金所说的词语之间的对话，每个字都指向答案并且影响最终的回答。《当她顺利时》

---

① Philip Roth, *Reading Myself and Others*, Farrar, Straus and Giroux, 1975：150.

的背景是美国中西部的非犹太人家庭，这对反犹主义的指责作出了回答，拒绝表现犹太性的主题；《波特诺的怨诉》给出了反对的回答，阐述了违反犹太主题的障碍；"祖克曼小说系列"聚焦于艺术家的故事，针对以前界定作家虚构的职责，提供了一系列答案。但这些作品使罗斯发现自己变成了"他者"，他被排除在犹太社区之外，犹太社区并没有认为他为犹太人增光，而这同样又给了罗斯写作的素材。

外部的批评使罗斯看到了自己写作的主题，而罗斯自己也坦言："我早期作品所激起的犹太反对势力的愤怒，给我带来了幸运的突破。我被打上了烙印（branded）。"① 这种幸运的突破在随笔"书写犹太人"（*Writing about Jews*）② 中就可见一斑，在这篇小散文中，罗斯虽然有被质疑而产生的焦虑，但更多的是他被激发了探讨文学与现实的兴趣，他试图分析为何读者会有如此的反应，分析读者阅读的方式。罗斯还细致地针对每一篇小说所引起的读者的争论予以详细的思考和回答。这种自我对话、讨论的方式生动地展现了罗斯思考问题的方式和写作的主要内在结构。这篇小随笔可以看作是罗斯对自己创作的反思和回顾，也是如何理解作家创作幕后故事的绝好范本。

此外，罗斯在他的创作中特别重视读者的反馈，重视从换位角度、多重角度去审视自己的作品，罗斯说："我的生命之书充满了声音。当我问自己，我怎么才能抵达自己，回答令我惊讶——聆听。"③ 生活的规律就是起伏波动不停变动着、转化着的，每一种想法都有一个对立的想法，每一种刺激因素都有一个制约的因素。因此罗斯用事件的两个对立面来表达他对生活的解释："公平或者不公平，幸运或不幸，有意义或无意义，偶然或注定，神圣或猥亵，

---

① Philip Roth, *The Facts*, *A Novelist's Autobiography*, New York: Farrr, Straus and Giroux, 1988: 150.

② Philip Roth, *Reading Myself and Others*, New York: Farrar, Straus and Giroux, 1975: 149 – 174.

③ Philip Roth, *I Married a Communist*, New York: Houghton Mifflin, 1998: 222.

果汁或肉酱。"① 罗斯习惯于在作品完成之前，尽可能多地听取从一些他感兴趣的读者那里反馈回来的批评意见，从而在新的创作中作出自己的回应。罗斯的作家身份从叛逆者变成了倾听者，变成了记录者、反思者。《解剖课》历经数稿的修改，并给记者赫敏·李寄去修改稿，想倾听她的意见。在赫敏·李看来罗斯就是"一盘磨"，"任何东西都可以当作材料来吸收"。② 反反复复地修改，并历经数稿已经成为罗斯的写作习惯，在对过去的追忆过程中又会催发出新的见解，成为新的创作素材，也激发了新的写作灵感，带来了新的作品。罗斯的这种对话谈论也让他迈出了美国的封闭精神，去铁幕背后的古老欧洲探访，探访那些如他一样的作家，那些和他处于对立环境中的犹太作家们，他自己则转变身份，成为倾听者、记录者，因此罗斯有了《行话：与名作家论文艺》（*Shop Talk*, *A Writer and His Colleagues and Their Work*, 2001）。

二 写自己的自传者

罗斯对作家的身份探寻还体现在他的作品中具有明显的自传性表达。罗斯早期的作品《再见，哥伦布》《波特诺的怨诉》《我作为男人的一生》等虽然故事情节比较突出，但是小说第一人称的叙事总是会让读者将叙述者"我"等同于小说作者，尤其是在言说一些内心隐秘的想法时，更会让读者误认为是罗斯暴露自己的秘密。罗斯接受访谈时曾说道："为了呈现第二个自我，戴上第一人称单数的面具可能就是最好的面具。"③ 综观罗斯的作品，就会发现他的绝大部分内容都是在书写自己或者说都有作家罗斯本人的影子，塔诺波尔、祖克曼、凯普什直到"菲利普·罗斯"都是和罗斯一样的作家，这些人

---

① Philip Roth, "Juice or Gravy? How I Met My Fate in a Cafeteria", *New York Times Book Review*, 18 September, 1994（3）：22.

② 《菲利普·罗斯访谈录》，杨向荣译，《青年文学》2008 年第 12 期。

③ 《菲利普·罗斯访谈录》，杨向荣译，《青年文学》2008 年第 12 期（参照英文，译文有所修改）。

物被认为是罗斯的文学代理人，而罗斯本人的生活轨迹、家庭和婚姻状况、作家经历等都移植到了这些文学代理人身上，以至读多了罗斯的作品，会有很强的重复感，显得主题非常狭窄，甚至让人生厌。读者和评论家不禁产生许多疑问：罗斯写的是小说还是自传？哪些是虚构？哪些是事实？

面对这些疑问，罗斯似乎并没有想澄清的意愿，甚至在 1988 年还推出了貌似自传的小说《事实》，虽然这本书名是自传，但是作品的结构显示了它更像戴着面具的自传。作品开头和结尾由两封信构成，一封是罗斯写给他创作的人物祖克曼的，探讨自传出版会不会给自己"正名"；另一封则是虚构人物祖克曼给罗斯的回信，建议罗斯不要发表，因为哪怕是自传也是对事实的歪曲。但罗斯却非常无辜并无可奈何地表示："我写小说，他们说那是自传；我写自传，又被告知那是小说。既然我糊涂混乱，他们头脑清醒明白，那么就由他们来决定是自传还是小说好了。"① 可见在罗斯笔下小说与自传、事实与虚构之间的界限已经模糊不清，"自传与小说的区分总是个问题，而罗斯则更加混淆生活与艺术之间的联系，他总是不遗余力地迷惑他的读者"。②

一般来说，作家都会展示自己的虚构能力，并且保护个人的隐私，尽力遮盖甚至消除作家生活的痕迹，"很少有作家敢于在虚构的作品中以自己的姓名为主人公命名，这也是为何在罗斯的小说中发现作者的名字会如此有趣"，③ 而罗斯自认为自己是一个需要脚踏实地的作家，"我需要脚下踩着坚实的东西来踢飞自己的想象力"，④ 因此罗斯直接取材于自己的作家生活经历，使其大部分作品都具有了自传

---

① Philip Roth, *Deception*, New York: Simon and Schuster, 1990: 190.

② Parrish Timothy, ed. *The Cambridge Companion to Philip Roth*, Cambridge: Cambridge UP, 2007: 97.

③ Shostak Debra, *Philip Roth—Countertexts*, *Counterlives*, Columbia: S. C. U of South Carolina Press, 2004: 158.

④ Searles George J. , ed. *Conversations with Philip Roth*, Mississippi: Mississippi UP, 1992: 179.

性或者说是戴面具的自传，这成为罗斯创作实践的显著特征，更是罗斯作家身份探寻中重要的自我呈现方式。这种自传性的呈现方式并不是说罗斯屈从了读者或评论家的评论，真的开始承认作家就只能写自己了，而是罗斯在写作过程中探索发现的结果，是他将计就计的结果，也是他在创作深陷困境时进行的"绝地反攻"，从而开创新天地。

　　罗斯的自传性的书写更确切地说是一种策略性的进攻，一方面回应了长期以来所遭受的评论界的批判，为自我进行了辩护；另一方面则是更直观地阐述了自己的艺术观念。希勒尔·哈金（Hillel Halkin）认为《波特诺的怨诉》在罗斯作家生涯中具有转折性，不是因为这本小说题材上的令人愤怒，而是"不那么引人注意的主题，是更真实的作者自我的展现……小说家靠自身经历创作虚构人物，写小说的方式与我们创作和坚持自我的过程是相似的"。① 而《我作为男人的一生》则是自传性书写中具有里程碑意义的作品，罗斯试图引导读者去探寻小说叙述形成的背后创作机制，小说如何渗透到作家的生活中，而作家又是如何把现实转化为小说。作品中的人物作家塔诺波尔可以被看成是罗斯自恋的对象，是罗斯自我的模型，但是塔诺波尔不是传统作品中具有性格的人物形象，而是一个由叙述构成的互相指涉的文本化组织，"我不再算是个人了，我成了病症。一大堆病症，而不是人"②，这也正如有评论者指出："和其他作家不同，罗斯很少给予虚构主人公独立的命运，而是较多地维持他们和他的创作者之间的对话关系。他还希望使这种关系作为他小说的中心轴线。"③ 罗斯在 90 年代先后推出了"自传四部曲"（《事实》《欺骗》《遗产》《夏洛克行动》），是他自传性策略的深度运用，其中自传性书写深入了历史空间，对个人历史、家族历史、民族历史进行挖掘，不仅取得了自我辩

---

① Halkin Hiller, "How to Read Philip Roth", *Commentary*, February, 1994：43.

② ［美］菲利普·罗斯：《我作为男人的一生》，周国珍译，湖南文艺出版社 1991 年版，第 138 页。

③ Halkin Hiller, "How to Read Philip Roth", *Commentary*, February, 1994：46.

护的效果，更是从文学本体上解构了自传所谓的真实性。

需要注意的是罗斯的自传性策略从某种角度来说也构成了创伤性书写的范例，罗斯作为犹太社区的背叛者，是饱受批评质疑攻击的受害者，可以说也成为犹太文化现代化过程中受伤的典型案例。罗斯把自己作为典型的现象学加以解剖，在长达半个多世纪的创作中，从当年背叛犹太社区的文学神童到已经看透人生只需面对死亡的耄耋老人的"真实"经历来记录"二战"后美国犹太人在融入美国社会和文化环境中身份的焦虑和变迁。罗斯的知名文学代理人：祖克曼、凯普什、"菲利普·罗斯"，分别构成了三个系列，"祖克曼系列"讲述了祖克曼作家身份与美国犹太人身份的分裂，"凯普什"系列则侧重作家凯普什在美国大都市中男性欲望的表达，"菲利普·罗斯"则从本体上探讨自传与小说的界限。因此可以说罗斯通过自传性书写策略成为"二战"后美国犹太人生活变迁的锐利编年体观察者。

三　表演"骗术"的腹语师

罗斯曾总结小说家最基本的才能，认为小说艺术就是"表演的艺术"；[①] 每每在接受采访或谈自己的文学创作的时候，罗斯还将作家称为"职业骗子"（a pretender by profession）或者比作"腹语师"（ventriloquist），"了解作家是一个表演者，他最擅长表演——当他戴上第一人称的面具的时候。这是对第二个自我的最好的伪装"。[②] 罗斯作为表演者的策略就是要冒险迷惑住读者，在 1970 年后的小说中，罗斯不断给自己披上伪装的外衣，藏在塔诺波尔、祖克曼、凯普什等名字之下。90 年代之后罗斯直接丢弃了这些自我的伪装，他的叙述者、中心人物直接用了自己的名字"菲利普·罗斯"。

需要注意的是罗斯对作家的表演有明确的认知，他认识到作家自我表演核心的矛盾性，并展示了自我本身就具有的不确定性，他曾说

---

① Searles George J. , ed. *Conversations with Philip Roth*, Mississippi: Mississippi UP, 1992: 166.

② Ibid. , 167.

"制造亲密和自然的幻觉不是随意地做自己，而是创造一个'做自己'的新的完整观念，并且看上去和听上去都非常相像"。① 他承认，作家的自我在表演时仍是无法摆脱的，表演意味着从作家自己开始，开始后是复杂的工作，然后使自己看上去和听上去完全像其他的某人。因此，罗斯从作家自我开始，"并不是因为我在意揭露自己，展示自己，甚至是表达自己。只有这样我才能创造自己。创作我的其他自我，创作我的世界"。② 创作自我和世界需要面对角色的挑战，需要有角色的音调，这正是罗斯所做的："对我而言，创作作品是把我的疯狂转变成他的疯狂。"③ 罗斯《反生活》就是一场盛大的表演，各种人物之间都在追求着自我的对立面，或者说都在表演着自我的多种可能性。

罗斯在 1983 年创作《解剖课》过程中接受采访，被问道："当菲利普·罗斯化身为内森·祖克曼时，罗斯会怎么样？"罗斯这样回答：

> 在伪装中周旋，像小说的角色那样把自己当作本来不是自己的那个人。要装模作样，进行狡猾和聪明的伪装。这让人想到腹语术师……他的艺术是由存在和不存在构成的……作为一个作家……对自己的经历，你歪曲它，调侃它，戏仿它，折磨它，颠覆它，勒索它——这一切目的都是要赋予自己的经历以立体感，这种立体感会让你的语言生活变得非常刺激和兴奋。④

罗斯形象化了表演的艺术——腹语术。腹语艺术是一门表演技艺，是演员紧闭嘴唇，却能用腹部发声、说话。腹语起源于古代埃

---

① Searles George J. , ed. *Conversations with Philip Roth*, Mississippi：Mississippi UP, 1992：168.

② Shostak Debra, *Philip Roth—Countertexts*, *Counterlives*, Columbia：S. C. U of South Carolina Press, 2004：8.

③ Ibid.

④ 《菲利普·罗斯访谈录》，杨向荣译，《青年文学》2008 年第 12 期。

及，距今已有 3000 多年的发展历史。在中国的史书上，也有腹语术表演的记载。像国内初中课本上就有摘自《聊斋志异》的《口技》篇，文中逼真地描述了口技艺人精心模拟的复杂而多变的声响所构成的三个场景——夜深人静一家人惊醒后的喧闹场景、闹而复静的场景、深夜失火救火的场景，使读者如临其境、如闻其声，让听众充分感受到口技表演者高超的技艺。腹语表演有很多的形式，尤其是在西方进行腹语表演时，一名演员往往是操纵一具木偶，两者之间依据故事情节展开对话，利用表演先后的时间差，以不同的语音、语调，犹如两人对话，从而表现故事内容。

罗斯说到的腹语术的技巧就在于"存在和不存在构成的"，用来理解和解释罗斯自己的创作就是："存在"是罗斯的小说中确有他自己的现实，那些人物的身份基本上是以他自己为模板的；"不存在"是他借助小说的虚构艺术，把真变假。罗斯在虚虚实实之间，在真真假假之中，凸显了现实的诡异和小说艺术自身的虚构性。在罗斯八九十年代的作品中，尤其是《事实》《欺骗》《遗产》和《夏洛克行动》中直接以"菲利普·罗斯"作为小说的主人公，而《事实》《遗产》被认为是非虚构类作品①，从中可见识罗斯有意混淆事实与虚构的边界，彰显的是作家作为文学腹语师的表演技巧，也就是小说的技巧。

现实的多变性、多面性使生活本身就成了一场具有戏剧性的表演，因此生活的真实和小说的虚构具有了同构性。他曾举例现实生活中通奸者表演的伎俩，可以表演多个方面，当着丈夫是一面，又有欺骗的一面。在现实主义条件下形成的文学与现实之间的反映与被反映的关系被颠覆了，生活混淆了对现实的尊敬和对小说虚构贬低的层次结构，并重写了作者和读者之间模仿的约定。借《我作为男人的一生》中塔诺波尔的话说就是"小说首要的原则是不可靠，是戴着面

---

① 见《事实》中文版译后记，第 159 页；《遗产》获得 1991 年国家图书评论非虚构类传记文学奖。

具和摘下面具"，① 而那些稳定或者真实都不过是"表演或者扮演"②
而已。在《我作为男人的一生》中作家塔诺波尔的生活就变成了一
系列粗糙的草稿、假想的开始、歪曲的编码和由字母组成的虚构，
"写作的行为——每天移动这些句子——需要僧侣那样的专心和激发
对立的动力逃离并到达真实，无聊，软泥，素材。没有语言，只有素
材。字词在每个物件上。最低等的类别，生活本身，只不过是字词而
已"。③

---

① ［美］菲利普·罗斯：《我作为男人的一生》，周国珍译，湖南文艺出版社 1991 年
版，第 319 页。

② 同上书，第 320 页。

③ Posnock R. , *Philip Roth's Rude Truth*：*The Art of Immaturity*，Princeton：Princeton UP，
2006：127.

第二章

身份探寻与三重历史空间

　　罗斯的身份探寻是一个动态的生成过程，正如斯图尔特·霍尔（Stuart Hall）在论述身份问题时曾说："身份并不像我们所认为的那样透明或毫无问题。也许，我们先不要把身份看作已经完成的，然后由新的文化实践加以再现的事实，而应该把身份视作一种'生产'，它永不完结，永远处于过程之中，而且总是在内部而非外部构成的再现。"① 作为学院派的作家，罗斯的身份探寻之路非常自觉，他的文学世界成为他身份"生产"的见证。综观罗斯的全部创作，其文学世界非常工整有序，以至于分析他的身份探寻路径时，很明晰地就能描绘出他的路线图。学界普遍认为罗斯进入 90 年代的作品，尤其是"美国三部曲"才具有历史书写的意蕴，展现了美国大半个世纪的历史进程，这种认识承认了罗斯历史书写的突出特征，但同时也割裂和忽视了罗斯的身份探寻与历史书写的连续性以及两者之间互为表里的紧密关联。罗斯的身份探寻是其历史书写的深层动力，而历史书写也成为罗斯身份探寻的证明和身份确认的重要依据，并为罗斯带来了取之不尽的创作题材和创作激情。随着身份探寻的不断扩展，历史书写的空间也随之扩展、转移，以当代美国犹太人身份的焦虑为出发点，深入犹太民族历史、美国的国家历史以及作为作家的个人成长史。

---

　　① ［英］斯图尔特·霍尔：《文化身份与族裔散居》，罗钢、刘象愚主编《文化研究读本》，陈永国译，中国社会科学出版社 2000 年版，第 212 页。

第一节　身份探寻的三重历史空间

罗斯的历史书写与 20 世纪下半叶文学界与文学批评界的重返历史、回归历史的浪潮相互应和，美国作家中如多克托罗（E. L. Doctorow）、德里罗（Don DeLillo）、库弗（Robert Coover）等都有历史书写的小说，他们以小说的虚构包含真实的美国历史，这种巧妙的结合成为后现代派小说的一大特色，琳达·哈琴认为："对历史的专门审视，与其说是因为需要确认某些事件确实发生，不如说是某一群体、社会或文化希望确定某些事件对于其了解自己当前的任务和未来的前景可能有着怎样的意义。"[①] 罗斯的历史书写是美国犹太人探寻、确认自我身份的重要表征，而罗斯历史书写最显著的特征就在于他的作品主题内容与犹太历史、美国多元文化的紧密关系以及自我经验的介入，"当代犹太作家在进行身份问题的书写时，他们意识到身份的形成不是单一因素决定的，而是多重动因导致的，因此他们的作品中对决定身份、人的主体性的多重因素进行了表现"。[②] 罗斯的历史再现被赋予了更加重要的意义，不仅是少数族裔身份政治的重要环节，而且是构建美国民族身份的重要体现。历史（外在世界的故事，在那里）和身份（我们的故事）之间的联系在谱系学这里找到，用谱系学的视角和逻辑梳理公共世界和特定私人群体之间暂时的联系。

一　身份的历史生成

人类总是追问："我们从哪里来？我从哪里来？要到哪里去？"可以说我们就从历史中走来，从过去走向未来，我们背后托带着历史之影。身份与历史的联系就像孩子之于母亲的关系一样，孩子总是要从

---

　① ［加］琳达·哈琴：《后现代主义诗学》，李扬等译，南京大学出版社 2009 年版，第 132 页。

　② 曲佩慧：《寻找真我——菲利普·罗斯小说中的身份问题》，博士学位论文，吉林大学，2013 年，第 21 页。

母体那里汲取营养，长大成人，而身份也是在历史中孕育，并逐渐成形。历史是身份生成中不可或缺的中介底板或是载体，身份只有在历史的语境中才能得到。历史确立和显示了身份生成的时间，历史是成就身份的沃土，如果离开历史，那么也就丢失了身份。因此人需要历史，历史赋予了人自我身份的观念。同时，历史承载着身份生成的传统，不仅仅是个人的成长历程，更承接着来自家族、民族、国家的文化基因，有了历史传统，人对自我身份的感知才具有底蕴和信念，在对这种历史传统的学习、适应、继承和反思过程中，身份才取得了现实的生成，可以说历史传统铸造了身份赖以不断生成的根基。

同时，历史也客观地记录了身份生成的整个过程，历史并不是外在于人而存在的，历史本身就是人实践自我的记录。不仅身份的起点在历史之中，历史也构成了身份面向未来的生成条件，历史为身份面向未来的生成提供了永恒的可供发掘的财富。可以说身份是在历史中生成、在历史中构建的。霍尔认为，"文化身份是有源头的、有历史的""过去的叙事以不同方式规定了我们的位置，我们也以不同方式在过去的叙事中给自身规定了位置，身份就是我们给这些不同方式起的名字"。[①] 身份一方面具有相对的稳定性，沿着相似性和连续性发展，另一方面身份自身又不断吸收差异性因素发生着断裂。身份的稳定性来源于历史的根基和连续，而身份的断裂则指出了历史时空的分离。

在后现代语境之中，历史的总体化和宏大叙述受到了质疑和挑战，尤其是后结构主义与新历史主义对历史的认识改变了人们传统的历史观。历史不再是一种客观的存在，作为纯粹过去的历史是根本无法抵达的，历史如同文学一样，是由叙述构成的，是一种话语形式，是人们根据一定的意识形态和某种权力话语制约进行的历史叙述或者历史编纂。

---

① [英] 斯图尔特·霍尔：《文化身份与族裔散居》，罗钢、刘象愚主编《文化研究读本》，陈永国译，中国社会科学出版社 2000 年版，第 215 页。

　　首先，历史的文本化理解打破了人们对历史客观真实的追求，而代之以想象性的虚构去重构历史。在传统历史观中，历史就是已经确切发生的一系列事件、人物、场景等，海登·怀特曾说："没有任何随意记录下来的历史事件本身可以形成一个故事：对于历史学家来说，历史事件只是故事的因素……通过所有我们一般在小说或戏剧中的情节编织的技巧——才变成了故事。"① 琳达·哈琴认为，"从经验论上讲，过去的事件存在着，但从实证论上来讲，我们今天却只能通过文本来知晓它。历史再现只能给予过去的事件以意义，却非存在"。② 也就是说历史事件只是文本故事的基本素材，而该如何书写，则是由作家的主观意识来决定的，这就给了文学的历史书写更广阔的想象空间。其次，历史的文本化理解打断了有序化、规范化、系统化的线性历史进程，代之以偶然性、差异性、片段化、空间化的理解。传统历史观中历史总是呈现出线性发展的必然，事件之间存在着各种因果关系，循序渐进，不断上升发展，可以说是历史进步论。历史的文本化突出了历史发展过程中被意识形态排除掉的差异、异端和非正统力量，呈现出历史的非连续性、断裂性和偶然性。"历史不仅是偶然的，而且是被切断的。整个西方历史，完全就是一个断裂、没有单一主题也没有主要情节的故事。"③ 最后，历史的文本化使大写的单数历史转变成为一个个小写的复数历史，那些被抽象、宏大历史所湮没、不屑的小事件或处于被歧视、被冷落的边缘群体或是细微环节被彰显出来，"尤其表现出对历史记载中的零散插曲、逸闻趣事、偶然事件、异乎寻常的外来事物、卑微甚或简直是不可思议的情形等许多方面的特别兴趣"。④ 尤其是那些被主流历史所改写和边缘化的族裔历史被凸显出来，原先大写的、单数历史被小写的、复数的历史

---

　　① 张京媛：《新历史主义与文学批评》，北京大学出版社 1993 年版，第 163 页。

　　② Linda Hutcheon, *The politics of postmodernism*：History, Theory, Fiction, New York：Routledge, 1988：81.

　　③ ［美］特雷西：《阐释学、宗教、希望——多元性与含混性》，冯川译，上海三联书店 1998 年版，第 110—111 页。

　　④ 张京媛：《新历史主义与文学批评》，北京大学出版社 1993 年版，第 106 页。

取代。

犹太民族历史观与后现代语境中的历史观不谋而合，虽然两者历史观产生的时代背景、思想基础不同，但是在表现形式上具有相似性和一致性。由于犹太民族与众不同的历史遭遇，尤其是失去了民族独立的生存空间，民族处于流散的状态等使犹太民族对自身民族的历史缺乏稳定和持续的理解，其民族历史是以断裂、破碎的状态存在的。正如徐新指出的：

> 鉴于犹太民族的流散时间长、分布广、呈流动状态，常常不能在一个地区和国家长存，即使是在同一地区或国家，由于统治者的更迭、宗教信仰的变化、时代的变迁，犹太人的留存也往往会随之变化。这使我们无法对犹太人的流散史提供一个正式的编年史框架。加之文化的发展在不同时期和不同地区并不平衡，因此，在探寻犹太民族流散史并试图对之进行大体上的均衡时，在对它的起源、形成、发展、面貌特征进行概述时，我们便无法在一个地区或个别国家得到答案的全貌，只能在不同的地区和国度的不同历史时期中寻找我们需阐释的内容。[1]

从犹太民族的经典《圣经》中就可见犹太民族以较为灵活的人物传记的方式记录历史，以人物为核心，将无序散乱的历史片段寄托在人物生平之上，保存了许多细微、具象化的同时也是边缘化的多元历史声音。对犹太民族来说，抽象的大写的历史是不存在的，历史是由众多鲜活的复数的小写的历史实现的。他们对历史的认识是通过鲜明的民族人物形象和丰富生动的情节来实现的，并且这些历史片段与现实的日常生活紧密相连，融入到他们现实生活的具体细节中。因此历史事件与人物生活交织在一起构成了生动的历史图景，犹太民族的历史观更趋于历史的细节，并与犹太民众日常生活所观所感结合在一

---

① 徐新：《犹太文化史》，北京大学出版社 2006 年版，第 36 页。

起，形成了历史与现实的互动融合。

身份生成所植根的历史语境发生的巨变势必改变身份的内涵，使身份日益成为一个活跃、复杂且富有争议的概念，历史的差异与碎片化使身份也具有了相应的改变。身份不再是单一的，不再是整体性的，不再是社会既定的，而是复数的、破碎的、流动的、矛盾对立的，是一个生成的过程。这种身份的体验是现代人最直接最真实的悲喜剧，发生在许多不同的层面，有全球化的，也有地方性的或是个人的，有主动的移民，也有被动的迁徙，其中较有原点意义和典型性的就是犹太民族。犹太民族自从公元前六世纪的巴比伦之囚开始，陆续失去了国土，流散到世界各地，亚非欧美各洲都有犹太人的足迹，19世纪中叶之后，美国成为犹太人最重要的流散地，成为容纳流散犹太人最多的国家。美国多元文化的传统使犹太人在美国得到了空前的发展，同时也使犹太民族本就流动性的身份更加复杂，处于边缘的犹太文化与主流的美国文化之间的角逐、分裂与冲突，体现了身份的断裂、不确定性等特征。罗斯作为美国犹太作家对自己的身份异常敏感，罗斯、罗斯的父母亲虽然都出生在美国，但是身后却仍托带着祖辈东欧移民的历史。考察罗斯半个多世纪的创作，会发现他总是喜欢反反复复地诉说自己成为美国知名犹太作家的经历，带有明显的自传性色彩。这一特点不仅反映了罗斯对自己身份的不确定感，同时更折射出他探寻自我身份的努力。可以说罗斯几乎全部的作品都围绕着他对自我身份的探寻，同时罗斯的身份探寻与历史书写紧密相连，他的身份探寻以逆流而上的追溯方式，重走了祖先流散之路。

二 并置的历史空间

在充满差异与碎片的后现代时期，传统线性历史观已经被解构，代之以对历史的空间性、多重性、并置性的理解。伊格尔顿认为历史是一件具有持续变动性、极为多样和开放的事物，一系列事态或者不连续体。福柯用知识考古学发掘了同一性历史的理论霸权以及运作机制，他认为历史包含有相互间不能缩减并且绝对不可叠合的空间，总体特征就是并置性，"现在的时代首先是空间的时代，我们处在共时时代，我们处在并置的时代，远与近、并肩与分散的时代"。① 这些分散的历史空间具有打开和关闭的功能，既是一个个隔离开的文化场域，又可以穿梭其中，而串联起这些异质空间的主体是人。但是主体的这种游走、流动的状态并非是安全的，会导致在任何空间都有疏离感，无法找到真正的归属。

流散民族和群体的历史势必是多重而异质的，霍尔在讨论非裔散居时曾说："分散和破碎就是所有被强迫的族裔散居人口的历史。"② 犹太民族的历史无疑也是分散和破碎的，尤其是他们所背负的犹太民族长达三千多年的流散史、"二战"时期的纳粹屠犹、以色列的建立以及散居美国犹太人的同化等，这使美国犹太人所面临的历史空间必定是多重的。罗斯的身份探寻深入不同的历史时空中，获得了不同的身份体验，从整体来说他进入了三种不同的身份历史空间：犹太民族历史、美国国家历史以及作家的个人历史。这三种历史空间呈现出了分散、破碎、并置的状态，他们都各自携带着各自的文化属性：犹太民族三千年的流散史，美国社会多元文化的当代史，以及作家个人的生活写作史。这三重历史空间都有明显的时代和地理标记：犹太民族的主体主要面对的是古老的欧洲与现代的以色列；流散美国犹太人主要生活在当代美国，他们主要的聚居区是新泽西的纽瓦克，这是美国犹太人熟悉的地点；针对作家个人的生活写作史，罗斯所面对的主要是个人的身体、男性的欲望以及作家职业，这是他自我存在感依赖的实体。

罗斯对自我身份探寻具有明显的自觉意识，其探寻的路径非常清晰，犹太民族史、美国国家史和罗斯个人生活写作史构成了罗斯身份探寻中的三重历史空间，罗斯对这三重历史空间的书写也构成了他写

---

① ［法］福柯、哈贝马斯、布尔迪厄：《激进的美学锋芒》，周宪译，中国人民大学出版社 2003 年版，第 19 页。

② ［英］斯图尔特·霍尔：《文化身份与族裔散居》，罗钢、刘象愚主编《文化研究读本》，陈永国译，北京社会科学出版社 2000 年版，第 215 页。

作的三条主要脉络，当然罗斯身份探寻的三重历史空间并不是截然割裂的，而是互相纠结、穿插、交织的，其中穿针引线的主体就是作家罗斯。罗斯从美国犹太青年人的身份焦虑出发，从具体的历史语境出发，去追问"我"如何成为现在的"我"。尤其是进入 80 年代之后，罗斯的"祖克曼系列"（犹太民族历史）、"美国三部曲"（美国国家史）以及"自传四部曲"（个人生活写作史）体现出了他身份探寻进入的多重历史空间和对身份的不同角度的书写，这种探寻来源于罗斯身上所背负和累积的多重历史。

　　罗斯的祖父母、外祖父母都是来自东欧俄国基辅、波兰的犹太人。罗斯的父母都出生在美国本土，经历了艰难的奋斗才在美国社会立足，父母曾在纽瓦克开了一个做鞋的家庭作坊，后来破产，父亲赫曼后来成为保险公司的推销员，做到街区经理。罗斯则是美国纽瓦克的孩子，这里是美国早期移民的聚居区，居住着德国、意大利、斯拉夫、爱尔兰的移民以及黑人、犹太人。罗斯接受的是美国的国家教育，玩耍的是美国棒球，听到的是美国流行音乐和广播，他成名之后被认为是"纽瓦克的桂冠诗人"，更加适应美国多元的文化环境。罗斯对身份的认识与其父辈不同，父辈们朝向美国生活努力，但是却回望欧洲，罗斯与美国文化没有隔阂感，但是却对父辈们的由来和经历异常感兴趣，并努力追述他们所来的路径，逆流而上，并由此展开了他并置的历史空间的书写。从罗斯在 1987 年发表的题名是《反生活》（*Counterlife*）的小说中可见罗斯对历史空间的认识，他认为生活存在着对立面，这个对立面可以在同一空间中展开，也可以是另一个文化空间的对照，同时，综观罗斯整体的创作，就会发现更为"巧合"的对立，这种对立生活的展开就是在不同的历史文化空间中进行的，如 70 年代（还有 90 年代的部分创作）主要围绕作家个人生活史，80 年代主要围绕犹太民族史，90 年代末则转向美国的国家史，当然这并非绝对的划分，而是根据罗斯作品中展开的主要历史空间进行的区分，由此可见罗斯身份探寻过程中进入的不同的并置历史空间。

　　罗斯对这三重历史空间的开拓，表明了罗斯身份探寻的不断深入和丰富，罗斯的历史书写紧紧围绕身份探寻而展开，同时伴随历史书写的深入和丰富，从作家个人身份探寻扩展到美国犹太人以及当代犹太民族的身份认知，从关注单一、确定的自我到多重、不确定的自我，最后回归嵌入历史中受伤的自我。三种主要的历史空间中，身份的协商与对话，展现身份生成的过程以及存在的问题与矛盾，这一切表明了罗斯对历史的痴迷、尊重和主动地追问。对三重历史空间的书写表现了罗斯螺旋演进中的历史观，他从被认为是痴迷于弗洛伊德心理学的追随者到成为"一位社会细节的敏锐观察者，一位人类动机的深刻探究者"[①]；从背叛、逃离历史的重压从而陷入困惑，到在怀疑中去探寻发现具有决定性的历史，罗斯的历史观发生了巨变，罗斯踌躇于历史和现实之间，寻找历史与当下的结合点，多角度反思历史，展现历史的多面性，赋予当下多元生活的多重身份思考。罗斯的历史书写尤其是进入80年代之后更加突出，往往是颠覆宏大的历史叙事，采用改写历史，甚至是颠覆性的改写历史，赋予并发掘历史的多面性、多样性。从而展现当下生活的多元性。

三　两个世界的重叠

罗斯历史书写的主要内容就是探寻身份形成的历史语境或者说是身份与历史的关联与互动，我是谁？我从哪里来？这些事情是如何发生的？什么样的历史塑造了现在的我？人与历史是一种什么样的关系？人能够创作自己的全新身份，还是历史造就了人不能摆脱的身份？人是自我的主人，还是历史起了决定性的作用？这都是罗斯历史书写的核心问题。罗斯从创作初期就已经将个人与历史链接起来，虽然没有较为突出典型的历史大事件的呈现，但是却将个人与历史嵌套起来，例如《再见，哥伦布》中美国犹太人与美国"二战"前后的国内外局势，《波特诺的怨诉》中美国60年代的社会文化背景等，正

---

① Searles George J., ed. *Conversations with Philip Roth*, Mississippi：Mississippi UP，1992：IX.

如有评论者指出"罗斯的作品始终没有割裂主人公与历史文化思潮之间的关联"。① 只不过罗斯历史书写的方式并非如此地直接显现，而是较为隐蔽与含蓄，正如罗斯自己所言，他曾提醒过自己："试图带入历史，就像是把大象带入歌剧阿依达的舞台。这对于舞台来说太大了。世界之间的重叠创造了写作的能量。"② 也就是说罗斯认为将公共的、大写的历史和私人的、小写的世界重叠起来才最能引发出故事，尤其是个人在所处的历史困境中的自我意识，从个体角度对历史的诉说。从这个意识上来看罗斯遵循了巴赫金的基本原则，将主题放在具体的时空之中，"自我与环境有关（自我应该对环境负责）"。③

罗斯早期作品如《再见，哥伦布》《波特诺的怨诉》可以被看作是具有历史感的作品，但是现在看来当时的罗斯已经认识到了个人陷入历史陷阱的危险——"我"的身份是由不同的思想意识、不同的历史语境界定的，年轻的罗斯已经意识到了埋藏在美国丰富现实之下还有他犹太祖先的经历。《再见，哥伦布》中尼尔的身份面临选择，是较为轻松的，还缺少历史的负重，但是却意识到了自己在美国社会生活中所背负的民族历史，例如舅妈每天吃饭时都会念叨欧洲遭受屠杀的犹太同胞；在《奥兹》中年仅 10 岁的奥兹与犹太社区所背负的沉重历史形成了鲜明的对比，而他的执拗造就了他以轻飘飘地跳楼去对抗沉重的犹太民族的历史；《疯狂者艾利》中艾利被身份中的犹太历史压得喘息不过来，最终陷入了疯狂……虽然罗斯早期的历史书写较为单薄，但是却明显感知到了历史空间的存在，尤其是犹太民族的历史。在《波特诺的怨诉》这部让罗斯名噪一时的作品中，看似历史书写较为单薄，似乎是认同了弗洛伊德的心理主义，尤其是被欧文·豪批判为个人主义的单薄作品，表面上波特诺拒绝了所有的历史，只

---

① Shostak Debra, *Philip Roth—Countertexts*, *Counterlives*, University of South Caraolia, 2004：230.

② Ibid. , 231.

③ Holquist Michael, *Dialogism*：*Bakhtin and His World*, New York：Routledge, 1990：167.

有他一人滔滔不绝地自我言说，似乎是强调个人的巨大能力能够战胜历史的重压，但是在言说的内容中却可见美国五六十年代的社会环境与美国犹太人在美国扎根生活的艰难历史。

罗斯的历史书写在 70 年代朝向了两个方向：一个方向是一个似乎励志要做美国社会的漫画讽刺性的书记员写出了《我们这一伙》《伟大的美国小说》等政治讽刺作品，夸张化了大人物在历史中的伟大作用，尤其是对美国政治人物、体育明星等所谓美国式英雄与美国历史之间的互动；另一个方向则转向了个人经验的书写，尤其是《我作为男人的一生》《欲望教授》《乳房》等通过叙述者对男性个体自我欲望的表达确认主体身份，这里个人脱离历史语境，却陷入了虚空。

罗斯的历史书写在 80 年代"祖克曼三部曲"（包括尾曲《布拉格飨宴》）中发生了转变，尤其是在《布拉格飨宴》中罗斯转向了更为复杂、更为深刻的不可躲避的强迫历史，再现了捷克 1970 年的特殊历史。虽然在"祖克曼三部曲"中，生于美国的犹太作家祖克曼在美国社会自由地创造自己，可是到了共产主义的东欧社会完全对立的历史语境中后，祖克曼才发现他被固定在矛盾的角色中，尤其是来自政治的压迫对个人身份产生了决定性的影响，祖克曼在布拉格要收集遗失的大屠杀受害者的手稿，以此进入欧洲犹太人丢失的过去，可是他却被认为是间谍，个人行动受到了限制，无法去收集资料，也无法自由地进行文学创作。祖克曼发现他只能用耳朵和声音去发现生活在政治压迫下的捷克人，"我只是耳朵""沉默，到处都是嘴巴"。①祖克曼成了中间的转述者，他既是谈话者又是被动充满好奇的戏剧演员，扮演捷克剧场里配角的滑稽演员。祖克曼的主体性被这个国家的叙述吞噬了，讲故事成为作家抵抗独裁者制裁的唯一方式，我们只能读到祖克曼的故事，他叙述了这些被历史无情裹挟着的人们的生活状态。

---

① ［美］菲利普·罗斯：《布拉格飨宴》，杨卫东译，《世界文学》2007 年第 3 期。

　　罗斯的历史书写在《反生活》之后更加娴熟，尽管小说形式从现实主义进入了后现代主义，地理版图从欧洲回到了美国、以色列和英国，但对历史的认识和叙述是小说的基本主题，罗斯将身份问题放置在时间和空间解不开的关系中，他用后现代主义的叙述模式探讨历史和身份的相互作用，只是不再过多地去探讨古老欧洲历史中犹太人的身份，而是更加关注现代以色列和美国生活的犹太人身份的可能性。《反生活》中的主人公内森和亨利认为主体具有可选择的历史，不同的环境和选择的后果可能改变他们的身份，他们希望能够突破历史的限制，去创作各种对立身份，但事实证明历史不能够被遗忘，同时也不能够去继承，你就是现在的你，你试图重归那些已经消失的祖先的历史也成为不可能，历史之影、历史之重无法摆脱。《夏洛克行动》中身份与历史的关系更加具有创造性，小说重返了大屠杀历史中的重大事件，例如对"恐怖的伊万"约翰·德米扬鲁克的审判等，但是罗斯并非是对历史事件的回顾，而是具有想象性的多角度反思历史，强调了历史对塑造当今犹太人身份的约束作用，凸显了历史对身份的决定性作用。小说中"我"作为美国犹太人能够自由往返于美国与以色列之间，以色列的皮皮克在中东战时宣扬着流散理论，但以色列鹰派人物却强调犹太复国主义，而以色列前特工斯米尔伯格则代表了多元的历史决定论，在他看来什么样的历史造就什么样的身份。

　　罗斯在"美国三部曲"中的历史书写又有了新的特点，罗斯从国际又回到了美国社会、美国历史，"美国三部曲"中的历史书写变得更加直接、细致、全景，呈现出历史进程的脉络，突破了以往较为含蓄、片段化的历史书写。罗斯强调个人在历史中的无助，或者说历史起到了决定性的作用，无论人如何想重新塑造自我的新身份，如何想摆脱沉重的历史负荷，历史似乎总是一个魔圈，离开还是回来。"美国三部曲"中罗斯让祖克曼去追寻三位主人公被遮蔽的身份，标记着美国一个世纪或者更长的历史事件，罗斯追问这些历史对于美国人意味着什么，主体性不仅是叙述者的自我的建构，更是复杂的历史产物。祖克曼发现了三位主人公瑞典老、科尔曼、艾拉在自我创造的新身份中所面对的历史的阻碍力量，祖克曼作为见证者，同时又作为主人公们对立生活的展示面，展现了主人公们的人生轨迹。罗斯记录着美国 20 世纪后半期的历史，如同福克纳对南方的记录，展现了过去不会消亡，甚至不是过去，并没有过去。罗斯进入了历史编纂的中心问题：事实是什么？历史又是什么？历史如何而知？如何书写历史？罗斯策略性地把他的人物放置于美国舞台之上，聚焦历史潮流中演员的主体身份，如此一来在人物的个人自治与历史决定论之间展开角逐，"……最终，从我所属于的社区的观点。社会处境的媒介和社会出身的背景几乎决定了——内部决定了，可以这么说——表达的结构"。①

第二节　犹太人"美国梦"的"编年史"——罗斯的美国书写研究

　　罗斯在半个多世纪里的高产以及其杰出的文学质量，被认为是美国文化、知识分子和文学良心的代表。罗斯的小说从中短篇小说集《再见，哥伦布》到他自己宣布的封笔之作《复仇女神》（*Nemesis*，2010），反映了"二战"后美国动态变化的历史景观，尤其是美国"二战"后的繁荣和混乱以及世纪之交中个人的自我创造等。罗斯是美国 20 世纪 50 年代末 60 年代初出现的新一代学者型作家中的代表，他的语言和意识具有美国国家和文化的地域特色和世纪之交的时代特色，他运用典型且丰富的美国式话语表现对确定性历史的文学想象，用笔下人物祖克曼的话说就是"远大于个人力量的现实和更为丰富的想象造就了身份"。② 罗斯的小说代表着试图发现、恢复、再造自我的美国方式，可以说罗斯小说中的景观在本质上都是美国化的，在许

---

　　① Shostak Debra, *Philip Roth—Countertexts*, *Counterlives*, University of South Caraolia, 2004：233.

　　② ［美］菲利普·罗斯：《反生活》，楚大至译，湖南人民出版社 1988 年版，第 163—164 页。

多方面来看，罗斯的小说世界也只能是发生在美国。罗斯在 1981 年
接受阿兰芬·凯尔克劳特（Alain Kinkielkraut）采访时承认："美国塑
造了我的意识和我的语言。我是一个美国作家……我是书写美国的作
家。"① 换句话说，美国为罗斯的写作奠定了物质基础，提供了写作
素材和组织构架，是他的作品的出发点和立足点，是理解罗斯以及其
作品的语境。罗斯关注的是美国移民社会，美国犹太移民生活的拥挤
的城市街道成为罗斯想象的沃土，从此生发开来去探寻他们自我再造
的人生。罗斯对身份的自我再造保持着相当的警惕性和怀疑，他讽刺
性地发掘表面上看似无限的人类聪明才智和自我创造的能力，发觉了
文化和人性的"污秽"。

　　罗斯在 60 年代创作初期中的历史书写并不是特别明显，但是在
《我们这一伙》《伟大的美国小说》中却对美国的突发事件，尤其是
政治、文化的历史有较多的书写；罗斯 80 年代的创作中发觉了身份
的探寻与历史，尤其是美国历史之间的相互作用，聚焦精神性欲的分
析，创作了一系列同化的受过教育的中产阶级犹太人，例如塔诺波
尔、凯普什和祖克曼，这些人物在美国社会经受了多方面的考验，他
们专注于身份的挣扎，相对脱离了美国社会的历史事件，而去探寻在
美国表面之下造成自我差异性的根源——犹太祖先的经验，也就是说
在犹太文化历史中自我身份的流动性和多种可能性。但是进入 90 年
代之后，罗斯在"美国三部曲"、《反美阴谋》、"老年系列"中又开
始转向美国主体化的历史语境之中，探寻历史中不可预测的决定性
因素。

　　罗斯曾在多种场合不止一次地阐述并强调自己的美国人身份，竭
尽全力抛开犹太作家的限定，"我不是犹太作家；我是个犹太族裔作
家，我人生的最大关切和激情是写小说，并非当个犹太人"。② 罗斯

---

① Searles George J., ed. *Conversations with Philip Roth*, Mississippi: Mississippi UP, 1992:
130.

② Philip Roth, "Second Dialogue in Israel", *Congress Bi-Weekly* 30, September 16, 1963:
35.

明确地强调自己的美国立场，这是罗斯希望能在更广泛意义上被阅读，而非仅仅是贴着犹太的标签。在罗斯漫长的创作生涯中，他的主题似乎从未离开过犹太问题，这也就使研究者过多过分地强调了他的犹太历史、犹太身份，而忽视了罗斯的美国书写、美国身份。

　　罗斯所有作品展开的背景都是美国，美国是罗斯整个文学创作的原初语境，美国多元文化的社会生活激发了罗斯身上所携带的犹太文化因子，美国生活的限制让他重新审视美国的政治、文化内部问题，因此只有在美国语境中才能理解罗斯个人以及他的文学世界。罗斯的美国书写经历了不断调整，罗斯自己曾说："在刚使用美国这个词的时候，尽管是个名称，不是个人生活和强烈精神归属的地方，而是外来的侵略者征服了故乡和那些拒绝的人们，美国这个词还是形容个人力量和能力，团结合作。突然间，美国就转变成了他们。"[①] 的确在罗斯早期创作中，虽然创作背景都是在美国，但是却仅仅是作为一个空间的场所和客观的容器，重点强调的是犹太家庭在美国格托化的存在状况；在对犹太身份的探寻中，美国成为一种文化归属，成为他理智批判思考犹太性的出发点和落脚点；晚期创作中罗斯淡化了犹太身份，着重书写美国身份的内在危机。同时罗斯的书写态度也发生了变化，早期较为认可美国化的特质，积极肯定美国文化的自由、乐观和多样化，并以美国精神作为自己对犹太民族身份和犹太民族历史探寻的测评体系；而之后罗斯回归到了美国，但是却发现了美国文明内部的顽疾，颠覆了之前乐观的看法，进而深刻地指出了"人性的污秽"。

　　罗斯书写的嬗变伴随着美国犹太人在美国生活的彷徨、进取和反省，展示了美国犹太人处于探寻演变状态中的美国身份。因此本节对罗斯作品中的美国书写进行系统纵深性的研究，以创作阶段划分，并结合主题对罗斯的美国书写特征进行研究，旨在讨论罗斯作品中的美国书写呈现出的犹太等少数族裔在美国化过程中所遭遇的困境以及作

---

① Philip Roth, *Reading Myself and Others*, Farrar, Straus and Giroux, 1975：12.

家对美国精神、美国身份的反思，体现出作家美国书写的逐步深入。

一　美国：窗外的风景

罗斯五六十年代的作品其背景都是美国，但美国却不是书写的重点，美国只是陪衬在犹太家庭和犹太社区周围，美国对犹太人而言依然是一个遥远的目标，虽然他们渴望融入美国社会，对美国充满乐观化的想象，但是却具有明显的客居其中的心理状态。这种美国化的书写反映出犹太人早期在美国生活的不易，表明了他们在美国生活的边缘化，罗斯在《事实》中直言不讳地写到在自己成长过程中，国外的最大威胁不是来自德国和日本，而是在国内，威胁也同样存在，"因为我们是犹太人，最大的威胁来自那些反对我们或者抵制我们的美国人，或者以高人一等的姿态对待我们，或者残酷地把我们排除在外的美国人。尽管我从未怀疑过这个国家就是我的祖国，但我同样意识到那种来自最上层和最下层非犹太人的威胁"。① 但是与其他犹太作家的美国书写不同的是，罗斯并没有强调犹太人早期在美国物质生活方面的艰难，而着意于强调在美国生长的新一代犹太人精神和心理的分裂感，彰显出他们的身份焦虑，强调犹太青年人的身份认同与其犹太身份关联出现的松动，表明美国社会所倡导的价值观已悄悄改变了犹太青年人身份的归属感。

《波特诺的怨诉》中美国是作为犹太家庭之外的异质世界存在的，在波特诺的早年记忆中，有一个场面给他印象很深刻，有一天，他站在家里窗户边，看着外边的雪，充满渴望地问妈妈："你喜欢冬季吗？"② 只是简单的季节变化，波特诺为什么如此激动呢？一方面，冬季的寒冷具有一定的危险性，与室内形成了鲜明的对比和反差，对波特诺产生了无尽的吸引力，同时冬季就在外边，而且无处不在，代表着不受压抑和束缚，代表着自由自在的呼吸，与波特诺所处的局

---

① Philip Roth, *The Facts：A Novelist's Autobiography*, New York：Farrar, Straus and Giroux, 1988：20.

② Philip Roth, *Portnoy's Complaint*, New York：Bantam, 1970：15.

促、受限的犹太家庭是截然不同的。对波特诺这样的犹太青年来说，他们虽然身处美国，虽然有形的犹太格托已经消失，但美国是外面的世界，是一个遥远的国家，尽管只隔着一层玻璃，即使是透明可见的。通过这层玻璃，美国大众娱乐系统，如收音机、电影或者电视节目成为波特诺获得外边世界信息的重要途径，他是"40年代的孩子，是收音机的孩子"。① 收音机、电影或者电视中的生活成为美国人生活的写照，这种美国式的生活方式如此地不同于自己的犹太家庭，"美国人……我们在吃饭，收音机大喇叭一直响着，直到吃甜点，每晚睡觉前都能看到站台上黄色的灯光——因此不要告诉我，我们是和他们一样的美国人。不，不是，这些金发碧眼的基督徒是合法的居民，是这个地方的主人"。②

美国就在窗外，而如何看待美国其实也就是如何看待同化问题，美国犹太人的心态也是不同的，有举手欢迎的，有犹豫再三的，态度上的不同反映出了美国犹太人在面临同化问题上的分歧和他们身份的焦虑。罗斯在《再见，哥伦布》中反映了这样对待美国的不同态度，同名短篇小说中热烈追求美国化的商人帕廷金一家的生活与尼尔在纽瓦克旧宅中舅舅家的生活形成鲜明的对比，富裕后的中产阶级化的帕廷金一家已经学习到了美国化的生活方式，其中具有代表性的是体育运动。帕廷金一家人非常热爱体育运动，家里人都上网球课，打高尔夫球，都是乡村俱乐部的会员。这既显示了他们高档次的消费，时髦地挤入了美国中产阶级的消费群体，同时完全摆脱了美国社会对传统犹太人的刻板印象。罗斯在这里用体育运动作为标志和隐喻，既体现了富裕起来的犹太人追求的美国中产阶级式的生活方式，享受着极大的物质财富和各项体育休闲活动，又隐含着体育所表征的美国式成功，即犹太人的体质是可以锻炼的，可以凭借强壮的体质，排除种族、宗教和政治等因素实现犹太人的"美国梦"。但是这种实现能否

① Philip Roth, *Portnoy's Complaint*, New York：Bantam, 1970：265.
② Ibid. , 163 – 164.

成功？结果又会如何呢？虽然这里罗斯没有给出结果，或者他也如年轻的尼尔一样，怀揣着还比较诗意的期许，告别了帕廷金一家，也离开了舅舅的旧宅，到了纽瓦克图书馆，回到了自己作为犹太知识分子可以充分展现自我的地方，但是图书馆只能是暂时之地，到底走向何方，罗斯并没有给出答案，而是在之后的作品中继续摸索。

如果说罗斯60年代的创作还在困惑"如何做个犹太儿子"，那么到了70年代则是挣扎在美国现实和美国神话之间如何做个美国人了。波特诺这个犹太"性爱英雄"发现了自己与美国现实的疏离，美国对他而言变成了陌生的土地。罗斯70年代的小说从关注犹太社区转向了关注美国社会，尝试书写美国社会光怪陆离的现实所造成的美国人乐观信仰的灰飞烟灭，"罗斯显示了自己作为美国社会政治观察家的敏锐"。[①] 美国人民所笃信的进步、民主和自由，在政治、种族、经济、科技和精神等各个层面都出现了裂缝和创伤，美国政府就像滑稽的小丑在公众面前表演着荒谬的"喜剧"，美国民众普遍表达了对政府的质疑情绪。罗斯的政治讽刺小说，成为对那个"驱魅年代"的记录。《我们这一伙》和《伟大的美国小说》是两部政治讽刺小说，前者讽刺尼克松政府，后者通过棒球运动来影射美国文明。《我们这一伙》发表在"水门事件"和对尼克松的弹劾之前，足以看出罗斯的政治敏感性和预见性。

同时需要注意的是虽然罗斯这一时期的政治讽刺剧都是以美国政治作为书写对象，但是与美国普通民众的现实生活还是有距离的，罗斯还没有真正走进美国的"寻常百姓家"，这体现在罗斯早期有几部书写美国家庭生活的作品的不成功或者说是平平，例如《放任》《当她顺利时》。因此八九十年代的罗斯还是回归对犹太人的书写，只不过视域更加宽广，思考更加深邃，而美国书写则成为反思犹太性的衡量尺度和观察的角度。

---

① Jones J. P. and Nance G. A., *Philip Roth*, New York：Ungar, 1981：161.

二　美国：希望之地

罗斯在八九十年代作品中的美国书写虽然看上去减弱了，甚至变得微不足道了，但是需要注意的是美国由作品中的背景转变为书写的内容，美国生活成为他笔下美国犹太人生活的必要组成部分，并且这时期美国书写的参照系发生了改变，犹太人不再是局促的存在，而是能够立足于美国社会文化之中。更重要的是美国作为文化空间，出现在欧洲、以色列以及英国等异质文化空间中，形成一种对比反差，更凸显了美国对于美国犹太人的文化内涵和文化表达的意义。美国成为考察犹太人历史与现实状况的重要维度，成为审视古老犹太传统以及犹太现实困境的独立空间，罗斯在更深层上比较了欧洲的极权制和英国的反犹主义传统以及以色列的复国主义狂热后，突出了美国的自由民主所具有的优越性，作为实际的处境，对比以色列、英国，美国是允许自由的再造身份的伊甸园。"美国作为一种观念，一个希望之地，乃至一个避难所被纳入到自己的叙述视野中。"① 其所蕴含的文化意蕴成为作品的参照系，美国、以色列、欧洲共同组成罗斯衡量犹太民族生存状况的空间成分。尤其是对美国犹太人来说，美国是他们的家，对犹太民族传统也赋予了新时代的内容。

罗斯的美国书写见证了犹太人融入美国主流文化的进程，在这一进程中有一个非常巧合的现象，那就是美国社会在 20 世纪六七十年代对犹太历史尤其是"二战"时期犹太大屠杀的接纳，特殊之处就是美国社会出现的"大屠杀记忆热"。大屠杀发生在欧洲，是犹太民族历史上具有特殊意义的历史事件，但是在罗斯的美国书写中却反映出这一事件的美国化进程，突出了美国犹太人认知民族身份和国家身份与大屠杀的重要联系性。罗斯在《鬼作家》中改写了大屠杀的受害者安妮的日记，安妮不仅没有死在欧洲集中营中，反而化名为爱美来到了美

---

① Royal Derek Parker, ed. *Philip Roth*：*New Perspectives on an American Author*, New York：Praeger, 2005：186.

国，成为著名犹太作家洛诺夫的学生和情人，爱美甚至准备重写日记。美国成了欧洲安妮重生、再生的地方，还上演了颇具美国好莱坞色彩的爱情故事；《解剖课》中祖克曼的母亲一辈子都生活在美国，从未去过欧洲，但是却在临死前写下了"大屠杀"的字样，好像是她大脑中的肿瘤把其他的东西都排挤出去了，只剩下了这个单词是不能被驱散的，"她的脑子里长了一颗柠檬一般大的瘤子，仿佛把所有记忆都从她的脑子里挤了出去，只剩下了这个单词。这个词无法被逐出脑子。这个词一定一直根深蒂固地盘桓在脑子里，而大脑本身却毫无察觉"。① 在这里罗斯通过犹太人历史上的大事件大屠杀将美国与欧洲联系起来，并且作为美国人，对发生在遥远的欧洲大陆上犹太人的历史产生兴趣，成为之后罗斯走出美国、走进欧洲的导火索。

很多评论者认为罗斯在八九十年代的创作是其犹太自我意识的复苏，开始回归犹太历史、探寻犹太民族身份的转向，但是其实这是罗斯在更宽阔的社会文化问题上反思美国犹太人的生存困境，虽然作品中的主人公们所携带的美国化不明显，但却恰恰是朝向美国化方向更进一步的表达。《反生活》中利用后现代主义的方式探讨改变犹太身份的多种可能性，其中祖克曼兄弟两人都是美国犹太人，在纽瓦克出生，他们在美国新泽西过着舒适的童话般的牙医生活，相比战乱危机的以色列农场，的确是童话一般，但是却希望在以色列找到犹太人的归属感。作品中的美国书写并不突出，但却是作品中诸多主人公们的出发点和最终的归宿，也就是说美国是祖克曼兄弟的家，不管他们认同与否，他们都是从美国出发进入欧洲和以色列以及英国的。内森到达以色列之后感受到"没有一个地方像美国那样将自己公开宣布的梦想置于多元文化的中心"，"虽然我回到纽约并不承认这一点……但我对美国还有那么点理想主义"。② 从中可见祖克曼对美国的好感，在他看来

---

① ［美］菲利普·罗斯：《解剖课》，郭国良、高思飞译，上海译文出版社2013年版，第37页。
② ［美］菲利普·罗斯：《反生活》，楚大至译，湖南人民出版社1988年版，第61页。

美国给了犹太人所向往的安全、自由和独立的环境。但亨利却认为在美国的生活是不真实的、被隔离的，继续在美国生活的唯一理由就是和助理的偷情。内森劝说弟弟亨利跟随自己回到美国，因为在美国"至少我们是安全的"，而"纽瓦克厨房的餐桌恰好是你记起犹太意识的源泉，亨利——这就是我们谈的事情。正是爸爸，这一轮时间没有疑问，没有对非犹太人潜在的崇敬，也没有对他揶揄的恐惧"。①

美国纽瓦克的厨房与以色列的战场成为鲜明的对比，虽然细节化，但是却是典型空间意象，具有典型性、象征性和隐喻性。空间意象是对文化冲突和权力内涵的表征，是空间主体社会身份的符号化呈现。厨房是家的象征，安全感的地方，家庭成员聚集的场所，洋溢着欢声笑语的地方。同时厨房是女性主导的，而女性通常是被摒弃在主流和中心之外的，厨房也同样处于这个世界的边缘和角落，虽然是不可或缺的，却被深深遮蔽，被忽视，被遗忘，被埋没，被否定。暗含着美国生活的犹太人在被边缘化。以色列的战场则凸显了男性气概，英勇坚强的复国主义，坚强独立的犹太民族精神，主导着当今犹太民族的身份认知。这两个空间意象的并置反映了作品多重的思考，一方面美国的犹太人是边缘化的非主流的，但同时却是安全性的；另一方面以色列犹太人虽然是主导的主流的，但是同时又是极端危险的。内森和舒基父亲的对话更揭示了美国犹太人的生活背景，他们对自我身份的认知是与美国密切联系在一起的，"我的背景不在盖内夫荒原，不在加利利山丘，也不在非利士海滨平原，而是在工业化移民的美国——纽瓦克，我在那长大；芝加哥，我在那受教育；还有纽约，我曾同穷苦的乌克兰人和波多黎各人同住在下东区街地下室套间里"。②适应美国的过程中，没有犹太人/非犹太人、犹太社区/非犹太社区等一系列传统意义上的紧张对立关系，可见美国犹太人的生存境遇相比欧洲来说要自由缓和一些。由于美国社会允许自我塑造的可能性存在，

---

① ［美］菲利普·罗斯：《反生活》，楚大至译，湖南人民出版社1988年版，第163页。

② 同上书，第59页。

因此最有可能打破犹太人的历史定性，最有可能塑造多样化的犹太身份，因此美国是犹太人的新以色列，唯有这里才是安全的天堂。

《夏洛克行动》中的美国书写指出了犹太人在美国的生存历程，与《反生活》具有一致性，同时空间架构更加明显，如美国的街道、美国的犹太熟食店等。小说中罗斯回忆起小时候经常去的一家犹太熟食店，熟食店里经常买的是：美味丝滑的熏鲑鱼片、肥得流油的白鲑鱼肉、厚厚的雪白多肉的鲤鱼和辣椒腌制的黑貂肉……罗斯用普鲁斯特式的丰富浓郁笔调描写食物，把他的记忆带回到了过去他没有经历过的时光——"中世纪格托中的犹太小村，这些生活简朴的人们所需要的食物，他们负担不起流行的晚宴，水手和普通人的日常饮食，上古遗留的味道就是生活"，① 日常生活的细节如何转移到了个人和文化中，罗斯完美地书写了这种美妙的继承，甚至发展成把犹太历史嵌入了美国社会的特殊领域。罗斯发现"普通犹太民众的饮食已经变成了从西部高地来的移民的二三代的异国酒精"。② 对于美国犹太人来说，犹太性的家园或许并不是欧洲或者以色列，而是纽约仍在使用意第绪语的旅馆。这种暂时的家有强烈的西班牙加利西亚的味道，但没有以色列西部高地的人们所承受的苦。犹太历史内在的多种风格全部保留着，并渗透在现实的各个方面，无论是去过或者没去过以色列的犹太人，他们在美国多元文化的环境中享受着美味，而不用承担苦难。

三　美国：内部的狂暴

罗斯在 90 年代回归到了美国，这也是他创作的高峰期，罗斯对犹太民族历史的探索告一段落，拉回到身在其中再熟悉不过的自由美国，在一次访谈中罗斯讲道："我在 1989 年回到美国后（注：罗斯在英国居住过一段时间），一直觉得精力充沛，同时我也意识到自己正面对一种新的创作题材，是关于这个国家的。其实是老题材了，然而

---

① Philip Roth, *Operation Shylock*: *A Confession*, Simon and Schuster, 1993: 378 – 379.

② Ibid. , 379.

我突然有了一种耳目一新的感觉。我在这个国家长大，对它了如指掌，也许是离开它有段时间的缘故吧，我产生了一种创作的冲动。"①八九十年代中看似回归了犹太传统，但是其内核中还是认可美国文化的基本精神——安全、自由、平等，是对美国多元文化价值观念的欣赏和崇敬；而90年代看似回归到了美国社会，但是其内核却是对美国文化、美国精神的深沉反思、批判，这是罗斯后期创作中思想倾向和文化立场重要的转变。

罗斯将作品中之前只是作为背景的美国（美国历史）推向了前台，主题是大写的美国历史与小写的个人的命运所发生的奇妙的化学反应。"美国三部曲"被认为是对美国历史的编年史再现，《垂死的肉身》是对美国60年代的性解放运动的反思，《反美阴谋》（*The Plot Against America*，2004）根据历史逻辑虚构了"二战"时期的美国历史。这些作品都强化了美国书写，而淡化了犹太性，直接从美国50年代至90年代的政治、经济和文化等历史事件入手，如肯尼迪遇刺、越南战争、国内动乱、反正统文化运动、尼克松水门事件、麦卡锡主义等。可以说是直接将美国历史当成人物活动的舞台，历史导致了个体命运的逆转。

同时，罗斯的美国书写更加理性和自觉，他将批评的矛头指向了最能体现美国文化精髓的"美国梦"。"美国梦"是美国建国、立国的基本信条，是美国精神和美国文化品质的重要特征，体现了美国民族的特质，鼓舞着来自世界各地不同种族、不同信仰的移民们通过个人奋斗在美国这块希望之地追寻新的生命。"美国梦"这一主题在美国文学中经久不衰，"美国是一个男人和一个女人可以重新开始生活的国家，在这里进步和自我改进的唯一障碍是个人本身的缺点。一代代作家把这种美国形象继续传下去"，②从杰克·伦敦的《马丁·伊

---

① Searles George J. , ed. *Conversations with Philip Roth*, Mississippi：Mississippi UP, 1992：108.

② ［美］卡尔金斯：《美国文学艺术史话》，张金言译，人民出版社1984年版，第3页。

登》到菲茨杰拉德的《了不起的盖茨比》，从德莱赛的《美国悲剧》到梅勒的《推销员之死》……在美国历史的各个时期都有以"美国梦"为主题的文学作品，但大多都是"美国梦"的悲剧。

　　表面上看罗斯的"美国三部曲"，同样是"美国梦"的悲剧，但罗斯赋予旧主题以新的内涵，他从犹太少数族裔这一特殊角度出发揭示"美国梦"背后运行的机制，强调美国多元文化的内部危机。正如《美国牧歌》中所写到的"美国内在的狂暴"，① 从而颠覆解构了"美国梦"。需要注意的是罗斯的独特视角也正是美国经验的一部分，即美国是具有种族多样性的移民国家，移民的到来形成了美国多元文化，多元文化的包容性也是"美国梦"所包含的重要内容之一。但是"美国梦"形成的文化根基至今仍然主要是十七八世纪创建美国社会的那些定居者的文化，主要成分包括基督教信仰、新教价值观和道德观念。在这一文化的基础上，定居者们于 19 世纪形成了"美国梦"的自由、平等、个人主义等基本原则。后来一代代的移民则是同化于这一文化之中，又对它有所贡献和修订，但并没有使它有什么根本的改变。

　　罗斯的美国书写不是仅仅书写"美国梦"所代表的财富或者是精神上的成功或认同，而是着意于"美国梦"形成、运作的机制，更是"美国梦"的寓言，通过"反牧歌"反田园的美国书写，戏仿了"美国梦"。罗斯记录了美国多元文化语境中"美国梦"的失败，他笔下的少数族裔主人公无论是犹太裔还是非洲裔都渴望实现"美国梦"，融入美国主流社会中，但最终都以失败告终。三部曲中的男性主人公都凭借个人超凡的能力抛弃了他们卑贱的出身，重新塑造了自己，并且依照美国伟大的传统自我奋斗精神而成功，《人性的污秽》中科尔曼·西尔克本是非洲奴隶的后代，一个出色的拳击手，一个学习成绩优异的学生，最终把自己重新塑造成"卷毛的肤色较黄的犹太人，从而成为白种人的一员"，成为古典学教授和雅典学院

---

① 　［美］菲利普·罗斯：《美国牧歌》，罗小云译，译林出版社 2004 年版，第 38 页。

的主任；塞莫尔·利沃夫是第三代纽瓦克的犹太人，杰出的运动员，在同伴中和犹太社区内都受到英雄一样的崇拜，拥有美国郊区的石头房子，拥有美国小姐做妻子；艾勒犹太工人阶层出身，成为闻名全国的演员，享受明星演员的上流社会的生活。这些人物确信自己控制自己的命运，相信依靠个人能力能够重塑自我身份，他们被"美国梦"中的个人主义鼓励着，把自己也编制在梦之中。但他们的名字却又寓言般地暗示了等待他们的是注定的相反的命运，科尔曼可以被读作 coal man，煤炭，黑色的人，暗示了他试图去抹去的黑人身份；塞莫尔可以看成是 see more，讽刺了利沃夫缺少洞察力和高瞻远瞩；艾拉 Ira 是拉丁语中的愤怒，他对社会的愤怒使他没能控制住自己的命运。

罗斯对"美国梦"内在狂暴的揭示上升到了对人类共性和人性的思考，探讨了人性的"污秽"，在罗斯看来"美国梦"的实质是宣扬一种具有再造虚假历史和重返纯洁自我的梦想，个人试图清除自我历史上的不纯或是杂质，通过某种净化仪式返回纯粹和子宫的乌托邦梦想。罗斯对"美国梦"的追寻与对犹太身份的探寻是平行并举的，试图去挖掘纯粹的个人身份，都是一种净化的仪式，但这种仪式只不过是人类的假想。罗斯在对犹太身份探寻时，还认为虽然纯洁性不再，绝对性没有，但是个体可以扮演、假设、选择。在美国书写中，罗斯对这样的想法也进行了修正和提升，罗斯在这里批判了自己以往对自我和犹太身份关系的假设，认为，人生下来就是有污点的，虽然不是人性固有的，而是纷繁复杂的社会关系强加在人身上的，例如种族、身份、信仰等这些与生俱来的，并非你可以选择的，也就是"人性的污秽"，任何想要超越它、漠视它、毁灭它的都是妄想，因此在"美国三部曲"中个体的悲剧具有了普遍的意义，远远超过了编年史的意义。

第三节　犹太民族的历史追溯

罗斯在《反生活》中写道："犹太人对历史的了解有如爱斯基摩

人对雪的了解。"① 维多利亚·亚伦（Victoria Aarons）指出现代犹太人讲故事的例子，他们"制定了犹太文化中根深蒂固的历史见证"，②一方面，个体的见证继承了族群的遗产，能够起到保存并重塑个人身份的作用，并且讲故事者自身能把自己置于整个犹太民族的群体之中，使自己的个体叙述有了承载历史的意义；另一方面这些来自个体的讲述具有记忆和记录的见证功能，丰富了整个犹太民族的民族记忆。但是需要注意的是由于犹太民族的流散历史异常复杂和持久，在时间和空间上都与个体的叙述具有相当遥远的距离，也就是说讲故事者和他所继承的历史之间具有无法忽视和无法跨越的鸿沟，这使个体的叙述具有很多的不确定性。罗斯的创作可以看作是罗斯对历史的见证，尤其是对美国犹太人流散历史的追本溯源，罗斯从美国犹太人同化的幻想到试图切断同化带来的恐惧，再到中后期如历史学家和考古学家一般对古老的欧洲进行谱系学的深层探索，一步步地去探寻散落在碎片空间中的犹太历史。

一 纽瓦克：犹太社区的变迁史

罗斯与索尔·贝娄的访谈录中曾强调文学中作家与地方的关系："意识到芝加哥这个确确实实引人入胜的美国城市正是他需要的有价值的地方，正如……福克纳经过类似的尝试或者谨慎才终于在想象上拥有了他的故乡密西西比的拉法耶特县。"③ 福克纳和贝娄都依赖他们所熟悉的地方，而这个地方和地方历史也激发了他们的热情。罗斯自己也有他所归属之地，罗斯以及他笔下的人物都归属于纽瓦克，《再见，哥伦布》《波特诺的怨诉》有明显的纽瓦克犹太社区背景，祖克曼系列作品中透露出零星的纽瓦克犹太人生活的细节，而"美国

---

① ［美］菲利普·罗斯：《反生活》，楚大至译，湖南人民出版社 1988 年版，第 402 页。

② Aarons Victoria, *A Measure of Memory: Storytelling and Identity in American Jewish Fiction*, Athens: University of Georgia Press, 1996: 4.

③ ［美］菲利普·罗斯：《行话：与名作家论文艺》，蒋道超译，译林出版社 2010 年版，第 188 页。

三部曲"又被认为是"纽瓦克三部曲"。罗斯笔下的纽瓦克一般是作为背景出现，重点强调了生活在纽瓦克这块土地之上犹太人的独特性。有学者指出"纽瓦克的细节形成了美国历史的华盖，真正的地方性是美国"。①

纽瓦克在美国地理版图上并不起眼，甚至可以说非常渺小，不值得一提，没有铭记大事件如华盛顿等城市的历史感，也没有纽约等大都市的繁华，这里没有美丽的风景，也没有历史，甚至还有些悲凉，是在美国后工业化时代被遗忘的城市，贫乏的地平线上分布着大量分散的建筑、街道和民宅。如果说曼哈顿是让人留恋的城市的话，那么纽瓦克则是让人离开的城市。甚至有些学者文人认为这是一座走向死亡的城市，"居住在这里是沮丧的，我们慢慢地发现这里根本就不存在想象。纽瓦克根本就不存在，不需要怀疑，尽人皆知。这个城市所占有的历史早已经耗尽，我们的父辈或者祖辈是其中的一部分，我们不必费心地告诉自己不相信"。② 但纽瓦克对罗斯来说却是他的故乡，是他的出生地，他前半生生活的主要地方，也是他最先了解的一个地方，并在小说中不止一次反复出现他的小说背景。罗斯曾说：

> 我出生在做一个犹太人的环境中，我很小的时候就意识到做犹太人的后果，我生活的犹太社区，上学的公立学校里大约百分之九十的学生和教师都是犹太人。像我这一代生活在民族和文化的飞地并不特别，纽瓦克和其他美国工业城市一样在50年代末人口开始分化，这些居民主要是在19世纪末20世纪初移民的后代。他们最开始到美国时身无分文，希望能够尽快爬出贫民窟，同时，移民在城市内部形成了移民社区，这样就可以在熟悉的环

① Kimmage Michael, *In History's Grip: Philip Roth's Newark Trilogy*, Stanford: Stanford UP, 2012: 4.

② Fiedler Leslie, "The Image of Newark and the Indignities of Love: Notes on Philip Roth", in *Critical Essays on Philip Roth*, ed. Sanford Pinsker, Boston: G. K. Hall, 1982: 23.

境中获得舒适和安全的生活，同时进行一种新的生活方式的艰难
转变。①

　　虽然在美国人眼中纽瓦克是没有风景没有历史的城市，但是对于
犹太移民来说，这里却承载着他们"微薄"的经历，记录着犹太人
来到美国之后的扎根历程。并且在罗斯笔下纽瓦克是他开拓美国角色
与美国历史联系的手段，与纽瓦克有关的从 30 年代到 90 年代的历史
事件成为罗斯小说内部的节奏和中心主题。
　　纽瓦克城位于美国东海岸新泽西州的东北，和纽约靠近，毗邻费
城、波士顿和华盛顿，虽然并非知名城市，但是却以自己的方式见证
着美国的历史，成为美国历史的博物馆，是美国的殖民、移民历史的
小小缩影。纽瓦克 1666 年由清教徒创立，是美国第三个创立的城镇，
城镇的名字 New Ork，意味新方舟之意。18 世纪初迅速崛起，在运河
和铁路之上，工业得到了发展；19 世纪工业走向了多元化和现代化；
19 世纪末期大量欧洲移民涌入，20 世纪初成为大型商业中心，形成
了多个少数族裔社区，以王子街的东欧犹太社区最为出名。纽瓦克和
美国的许多犹太聚居区一样，是犹太移民抵达美国最重要的一个生存
据点，是安全的避风港，是逐渐适应美国生活的临时中转站。移民之
间相互照顾，过着熟悉的犹太人的生活，保持着共有的民族记忆，相
同的语言和生活习惯，道德观念和宗教热情，总之就是力图保持旧世
界的原貌。而罗斯的祖辈正是 19 世纪末期欧洲移民潮时期来到美国
的，并在纽瓦克定居，他的作品也大多围绕着王子街的犹太社区展
开，记录了纽瓦克犹太移民社区的变迁。
　　罗斯在作品中记录下了犹太移民视角下纽瓦克社区的变迁史，是
犹太移民适应美国生活的过程，也是美国 20 世纪城市转变的缩影。在
《再见，哥伦布》中犹太青年人尼尔和他的舅舅全家就住在纽瓦克犹太

---

① Searles George J. , ed. *Conversations with Philip Roth*, Mississippi: Mississippi UP, 1992:
127.

社区，作品中有些细节直接揭示了纽瓦克的具体环境的变化和犹太人的生活方式的变迁，"在大移民时代，这儿曾是犹太人地区，人们还可以看到小鱼铺、犹太人熟食店、土耳其式澡堂，在本世纪我的祖父母曾在这儿购物和洗澡，甚至昔日的气味仍依稀可闻：白鱼、腌牛肉、酸番茄"。① 但是如今的纽瓦克是"旧汽车销毁工厂的浓烈油脂味、啤酒厂的酸臭味、皮革厂的焦臭味压倒了一切，四邻也变了：像我祖父母一样的老犹太人终生奋斗，现已安息，他们的后裔则奋斗、昌盛，并且越来越向西扩展，扩展到纽瓦克的边缘，越出了纽瓦克"。② 罗斯《美国牧歌》中出生在纽瓦克的瑞典佬的家族正是依靠皮革生意发家。之后美国最大的保险公司也在纽瓦克诞生，罗斯在《波特诺的怨诉》《事实》等多部作品中所写到的父亲就在纽瓦克最大的保险公司上班。罗斯从这些点滴的事件中反映了"二战"之后纽瓦克经济的转变。如今的纽瓦克俨然已经成了贫民窟的代名词，肮脏的环境，逃离的人们，剩下的纽瓦克成了黑人的天下，黑人沿着犹太人的足迹进行同样的迁移，随之而来的种族骚乱、犯罪破坏了这里的居住环境，犹太人成为受害的对象，《美国牧歌》中非常详细地描述了发生在 20 世纪 60 年代的城市暴乱以及对犹太人产业的巨大冲击，因此纽瓦克在七八十年代成为美国最糟糕的十大城市之一。然而，《再见，哥伦布》中尼尔的女朋友布伦达一家较早地搬离了纽瓦克，虽然布伦达一家财富地位得以提升，但是他们的犹太之根却仍在纽瓦克，尼尔虽然人还居住在纽瓦克，内心却向往离开后的生活。两个互逆的反方向运动，揭示出"犹太移民的过去和美国化的现在，城市和郊区，犹太下层和上层的矛盾，两代人和两种生活方式的冲突"。③

众所周知，美国是世界上最年轻的民族，百年的历史的确不够厚

① ［美］菲利普·罗斯：《再见，哥伦布》，俞理明等译，人民文学出版社 2009 年版，第 83 页。

② 同上。

③ Murry Baumgarten and Babara Gotteried, *Understanding Philip*, Columbia：University of California Press, 1990：21.

重，但却是美利坚民族形成自我民族特色所走过历程的记载，铭记和镌刻着他们共同的历史记忆。罗斯笔下以纽瓦克为代表的美国犹太社区的变迁是美国历史内部的小写历史，或者说本身就是美国历史的一部分，正是在这看似有些单薄、破碎的历史记忆中，罗斯记录下了美国犹太人融入美国历史的艰辛过程。罗斯的作品记录下了美国历史进程中文化的多样性，很多非裔、西班牙裔、亚裔等美国作家创造了其民族进入美国历史之前的历史，以此更好地确认他们当下的美国身份。罗斯的作品从犹太人和犹太后代的角度来审视美国人的历史处境，比非裔美国作家托尼·莫里森更复杂的是，罗斯的作品不仅宣称他的美国身份是民族身份的结果，而且他的民族身份还是美国身份的结果①。罗斯在美国社会多样混合文化中塑造了多样的可能性和强加的束缚，罗斯并未屈从或者满足于这样的历史境遇，而是由此拓展挖掘，探索造就这样历史现状的原因在哪里，尤其是他的祖先们曾经的欧洲生活如何？罗斯曾说："如果定义不是由我自己的经验支持，那就由我的祖父母和他们的祖先的经验以及同时代的欧洲经验支持。我不得不思考在欧洲犹太人的悲惨生活和我们新泽西犹太人的日常生活之间的差距是什么，事实上，它是在两个犹太条件之间的巨大差异，由此我发现我的第一个故事的地形。"② 于是罗斯摆脱了封闭的美国精神的束缚，逆流而上，追溯他们走来之路。

二　布拉格：犹太民族的流散史

罗斯在六七十年代有多次欧洲之行，其活动的核心区域就是欧洲中部的布拉格。罗斯在 1972 年第一次去布拉格，其后多次往返，在冷战特殊时期成为为数不多的前往铁幕后欧洲的美国作家。罗斯和他的捷克翻译以及众多的捷克作家见面，了解了在极权政治之下作家们

---

① Parrish Timothy, ed. *The Cambridge Companion to Philip Roth*, New York: Cambridge UP, 2007: 127.

② Searles George J., ed. *Conversations with Philip Roth*, Mississippi: Mississippi UP, 1992: 125 – 126.

的生存与创作状况，他还结识了捷克小说家米兰·昆德拉（Milan Kundera）、伊凡·克里玛（Ivan Klima）、路德维克·瓦楚里克（Ludvik Vaculik）等一些遭受极权迫害的作家，并把他们介绍到美国。罗斯策划、主编了"来自另一个欧洲的作家"系列丛书，由美国企鹅出版社出版。罗斯负责选择篇目，撰写序言，从1974年到1989年的十多年时间里，连续出版了一系列精选作家的代表作品，介绍了一大批铁幕背后不为美国读者所熟悉的东欧作家，如波兰作家布鲁诺·舒尔茨（Bruno Schulz）、匈牙利作家康拉德（Gyorgy Konrad）、南斯拉夫作家Danilo Kis和捷克作家昆德拉、克里玛等。罗斯多次探访卡夫卡的故居，结识卡夫卡的后人，并和卡夫卡的侄女薇拉（Vera Saudkova）成为朋友，她给罗斯看了卡夫卡的家庭照片和一些家庭物件，之后还在伦敦认识了卡夫卡姐姐Valli的女儿玛丽安（Marianne Steiner）。

对罗斯欧洲之行进行较为详细的梳理后发现他的活动中心主要是东欧的布拉格，主要内容则是与布拉格的知识分子、作家之间的交流。罗斯不仅亲身去感受布拉格的氛围，他还转变了身份，成为打破铁幕的文化使者，将这些极权下的作家推介出去。与此同时，罗斯的实践行动经过沉淀转化为罗斯文学世界的内容，使罗斯的身份探寻之路和文学版图从美国转移到了以布拉格为中心的古老欧洲，去探寻过去以及当下之间犹太民族的生存状态。

布拉格在某种意义上已经成为罗斯历史书写中的一个隐喻式的存在，它的地理特性与罗斯所处的美国对位，具有导向未知、神秘、异国风情、奇特历险的修辞意味，隐藏着犹太民族古老悠久的历史，并且由于当代布拉格所经历的政治格局上的变化，进一步加剧了历史与现实的互动，增加了他的神秘性，与罗斯所处的美国化的日常生活模式形成了结构上的对照，或者如罗斯自己所言"反生活"。布拉格是一座充满了历史厚重感的城市，14世纪起布拉格就已经是中欧最大的城市，一度还曾是那里的政治和文化中心。由于他的独特的地理位置，一直是东西方列强争夺的焦点，也始终处于东西方文化影响的辐射圈中，西方文化、犹太文化、阿拉伯文化杂糅在一起，使布拉格呈现出异样的文化底蕴。对罗斯而言，布拉格更重要的魅力或许在于它与犹太民族之间的复杂渊源，布拉格是中欧乃至欧洲犹太文化的中心，有着众多的犹太文化的踪迹，10 世纪前后第一批永久定居的犹太人来到布拉格，13 世纪犹太人被驱逐时在布拉格聚集的居住区域形成了欧洲最著名的犹太格托，布拉格在城市历史中镌刻了犹太民族漫长的流散史和欧洲历史上的反犹史，断墙墓园就是保存至今的标志物。在冷战时期，布拉格又成为东西方交战的战场，1968 年发生了苏联入侵捷克的"布拉格之春"，成为苏联极权主义的顶峰，布拉格陷入苏联的极权统治中。

罗斯与布拉格的结缘有两位标志性的人物，一位是卡夫卡，可谓是"良师"；另一位则是米兰·昆德拉，可谓是"益友"，这两位作家同行都与布拉格这座城市紧密相连。卡夫卡自称是"一个典型的西方犹太人"作家，正好是"美国犹太作家"罗斯所要寻觅的榜样，对罗斯来说，卡夫卡更多地代表了犹太人的思维和传统。昆德拉则是与罗斯同样关注东欧现实政治和历史的同行者，他们具有相似的艺术追求，昆德拉"间接地为罗斯提供了犹太民族另一个辗转之地的空间印象和文学素材"。① 对那些在布拉格生活过和正生活在其中的作家们，罗斯都非常感兴趣，甚至是痴迷，在他的《行话：与名作家论文艺》中记录了"米兰·昆德拉与捷克斯洛伐克""伊凡·克里玛与布拉格""布鲁诺·舒尔茨与波兰"等篇章。罗斯从卡夫卡身上看到了同样的犹太人的身份焦虑，看到了两种文化撕咬过程中对个体造成的伤害，而作家将这种身份焦虑转化为"看上去似乎难以想象的幻觉和毫无希望的诡论其实正是构成我们现实的东西"②；在昆德拉身上，罗斯更学习到了同行们如何处理历史与个人的关系，看到了无法左右

---

① 洪春梅：《菲利普·罗斯的文学姻亲：从卡夫卡到昆德拉》，《世界文化》2013 年第 11 期。

② ［美］菲利普·罗斯：《行话：与名作家论文艺》，蒋道超译，译林出版社 2010 年版，第 75 页。

的历史重负对个人身份造成的影响甚至是决定性的作用，无形中加深或者改变了罗斯的身份观念。

在"祖克曼三部曲"的尾声《布拉格的飨宴》中，失去了父母的美国犹太青年祖克曼只身前往欧洲布拉格，去寻找遗失的"二战"时期大屠杀受害者犹太作家的文稿，希望以此去探寻欧洲犹太人丢失的过去，建立自己与犹太历史的直接联系，找到"自己的生殖力、文学创造力或者身份归属"。① 但是祖克曼在布拉格却被认为是间谍，不准许收集任何材料，包括纯文学的小说，祖克曼的身份从可以自由地创造自己（自由地从美国到欧洲）到被限制了自由。他不懂意第绪语，眼睁睁地看着捷克的特工把文稿没收，再也没法知道它的具体内容，更不知道文稿是否能代表犹太文化。他想通过接触布拉格的人去探寻这里所发生的一切，却发现了一个荒诞离奇的布拉格，祖克曼出没的地点和接触的人物都是受到排挤而失落困惑的知识分子或者艺术家，他们所谈论的内容竟然都是性交。"自从俄国人来到这里，欧洲最放纵的狂欢就到了捷克斯洛伐克。少一点自由，更快乐地性交……没有毒品，但威士忌少不了。你可以性交，你可以手淫，你可以看黄色画片，你可以看镜中的自己，你可以什么也不做。所有优秀的人士都来到这里。最坏的人也是如此。我们现在都是同志。去参加狂欢会吧，祖克曼——你会看到歌名的最后阶段。"②

罗斯在这里并非是要全面客观地反映捷克和布拉格的历史，他是要通过祖克曼的探寻之旅塑造一个漫画式的布拉格，凸显在历史的洪流之中人物身份的转变。布拉格的政治背景、时代氛围及历史的压迫让身处其中的每一个人都发生了变形。从中可见罗斯的历史观发生的转变，复杂的不可预知和躲避的历史影响甚至决定了人的身份，每一种身份背后都是具体场合的产物，或者说是权力话语作用的结果，祖克曼所探寻的犹太历史、犹太身份也只是一种假定的真实，他认定的

① ［美］菲利普·罗斯：《布拉格飨宴》，杨卫东译，《世界文学》2007 年第 3 期。
② 同上。

探寻犹太文化之根只是他的一种选择，身份并没有本质的存在。祖克曼在布拉格的假期中用他的耳朵和声音发现了生活在政治压迫下的捷克人，"扮演着捷克剧场里的滑稽的配角演员"。①祖克曼的身份主体性被这个国家吞噬了，他唯一的抵抗形式就是通过讲故事来抵抗独裁者的专制。但悖论的是，我们读到的是祖克曼的叙述，而不是捷克民众的叙述，他叙述了这些被历史无情裹挟着的人们的生活状态。布拉格的人们对现实没有发言权，只能出没于狂欢会彻底地沉沦，奥尔嘉写情色小说，私生活混乱，离开了男人就心怀恐惧；波洛特加作为作家却没有作品发表，只能给布莱查当捉刀手，后者反倒成为作家协会秘书长；沃迪加向极权政府屈服，却只被允许写关于比尔森啤酒的历史小说。

　　布拉格这座历史名城记载了欧洲犹太人的历史，这里有犹太人的格托、有犹太会堂还有犹太墓地；这里经历历史的洗礼，有犹太人被驱逐的历史，也有犹太人最为安定的生活，还有代表犹太文化的知名作家、艺术家……但是所有这一切对一个陌生的美国犹太人来说似乎只是一道道景观，观赏其表象，却无法深入其中，就像祖克曼探寻犹太作家遗失的手稿一样，在美国听闻的是记录着犹太人在"二战"中经历的苦难，但是来到铁幕笼罩的布拉格后，即使亲眼见到手稿，因为不懂犹太人古老的意第绪语，也无法阅读而与之失之交臂。因此祖克曼在布拉格受到政治压迫后只能无奈地放纵，无趣地狂欢，历史根本无法追述，而当下的现实也无法把握和记录，祖克曼和那些身处其中的捷克知识分子一样放任自流，编造着属于自己的真实，转变着自我的身份。布拉格代表着犹太人古老的历史，历史更像迷雾一般，即使身在其中也无法触摸。罗斯身份探寻之旅仍要继续，他让笔下的祖克曼再度启程，去寻找犹太人的"反生活"，罗斯又进一步开拓历史空间，去探寻犹太人当下的生活，这就是罗斯的《反生活》和《夏洛克行动》。

———————

① ［美］菲利普·罗斯：《布拉格飨宴》，杨卫东译，《世界文学》2007年第3期。

三　大屠杀与以色列：犹太民族的当代史

如果说《布拉格的飨宴》是对犹太人大流散历史回溯的话，那么《反生活》《夏洛克行动》等则更加关注犹太民族当下的历史，尤其是影响当今犹太民族身份认知的两个重大历史事件——大屠杀和以色列建国。罗斯将大屠杀和以色列纳入自己的小说世界，是他犹太性的最显著最集中的体现，是他从迷茫到自觉探寻犹太民族身份最为复杂的空间实践。《反生活》《遗产》《夏洛克行动》等众多作品中都有大屠杀和以色列的书写，并且占有非常重要的地位，充分体现了罗斯对犹太民族当今命运的关照和反思。"罗斯写美国犹太人关注的犹太人历史上的两件大事——大屠杀和以色列的建立，作为国家甚至是世界上的一股力量。"[1] 罗斯曾说："我认为，对于绝大多数思考的美国犹太人来说，它（大屠杀）就在那里，时而隐藏，时而淹没，时而显露，时而消失，但是却不能忘记。你不能利用它，而它却可以利用你。"[2] 从中可见罗斯认为犹太民族历史上的重大灾难性事件——大屠杀是不能被遗忘的，并且切实影响到远在美国的犹太人的身份认知，同时大屠杀又与以色列建国有直接的联系，可以说大屠杀推动了以色列作为犹太人国家的建立，从而改变了犹太民族流散的历史，而以色列也成为世界上唯一以犹太民族为主体的国家，犹太民族的生存方式和文化存在方式发生了质的改变。有论者指出罗斯的"后现代主义关心身份的建构，背景设置在如镜子一般的美国，以色列和东欧地区，叠加在一起构成了犹太人的历史条件"。[3]

犹太大屠杀是犹太民族的历史之殇，对犹太民族造成了身体和精神上的重创，成为一种史无前例的具有不可解释性的历史事件与

---

① Parrish Timothy, ed. *The Cambridge Companion to Philip Roth*, New York: Cambridge UP, 2007: 130.

② Ibid., 52.

③ Kramer M. P. and Hana W-N, eds. *The Cambridge Companion to Jewish American Literature*, Shanghai: Shanghai Foreign Language Education Press, 2005: 278.

其他历史事件分离开来，对当今犹太人的身份认知产生了巨大的影响。受害者的身份无可争辩、不容置疑，但是也遮蔽了犹太民族身份的多元化，劳伦斯·兰格称其为"大屠杀的优先权""使用或者是滥用大屠杀糟糕的细节加强了对道德现实、族群责任或者宗教信仰的恪守承诺，这使我们在后大屠杀世界仍恪守古老的价值观"。①由于大屠杀发生在欧洲，生活在美国的犹太人与之保持着不容忽视的距离，但是在六七十年代大屠杀却经历了一个美国化的过程，形成了一整套的大屠杀话语，包括反映大屠杀的电影、电视、大屠杀纪念碑、大屠杀研究学派等，大屠杀与美国当下的生活被结合起来，大屠杀也不再只是美国犹太人身份意识中的边缘化和威胁性的外围呈现，而是开始成为影响美国犹太人自我意识的中心事件。

《遗产》中父亲拜托身为作家的罗斯帮助出版一位大屠杀幸存者朋友沃尔特的书稿，沃尔特是他们家族中唯一生还下来的人，但是他的回忆录中却没有大屠杀的悲伤、惨烈，全部都是他的性爱冒险，他和那些救了他的女人之间的做爱经历，正如沃尔特自己所说："我写不出悲剧性那么强的书。在进集中营前，战争对我来说还是很快乐的。"②沃尔特把大屠杀变成了一场狂欢，而不是20世纪最大的悲剧，这表明一方面大屠杀已经成为表现个人和历史悲剧的有力的资源，另一方面因为美国犹太人生活的相对和平与安全，使他们对大屠杀的书写充满了想象性，甚至可能是歪曲的表达。罗斯揭示出记忆和想象对大屠杀的重构具有多种可能性，甚至会出现歪曲性书写的可能性。罗斯用色情化的成分和商业性的炒作改写并质疑大屠杀的严肃性、神圣性，以此指出当今犹太人的自我身份也具有了不确定性，法国当代哲学家、作家亚伦·芬凯尔克劳特（Alain Finkielkraut）的《想象犹太人》也表达了相同的观点，认为历史转化为记忆背景下的

---

① Langer Lawrence, *The Holocaust and the Literary Imagination*, New Haven and London: Yale University Press, 1975: 7.

② ［美］菲利普·罗斯：《遗产》，彭伦译，上海译文出版社2006年版，第141页。

身份建构在自我界定中存在模糊性和脆弱性。①

1948 年以色列宣布独立建国，犹太人终于回到了《圣经》中所描述的上帝给犹太人的应允之地，有了属于本民族的国家，而远在美国的犹太人则成了为数最多的流散犹太人。美国犹太人在考虑自身身份问题的时候，势必会把犹太人的祖国以色列考虑进去。但是寄托着犹太民族的希望和憧憬的主权国家以色列在建立后仍处于不稳定的状态，一直得不到周围国家的认可，战火不断，这给本身就具有历史复杂性的犹太人的归属问题又蒙上了政治上的阴影，犹太民族不得不面临全新的民族身份命题。实力最强大的美国犹太人对以色列的态度却是暧昧的，一方面他们为以色列这个犹太民族的家园摇旗呐喊，甚至出钱出力，从国际政治关系中美国对以色列较有倾向的态度中可见一斑；另一方面美国犹太人中很少愿意搬去以色列生活，他们对以色列较为激进的犹太复国主义等都有较为警醒和理智的态度。但是从整体而言，美国犹太人的身份认知与东方的以色列势必有某种亲缘上的联系，这使当今美国犹太人的犹太身份意识更加多元和包容。

《反生活》和《夏洛克行动》中的以色列书写较为醒目，《反生活》中专门有一章就是"犹太区"，专指以色列，将以色列并置于美国本土和英国，主人公内森和弟弟亨利穿梭在这三个空间中，表明不同的环境和选择的后果可能改变他们的自我身份，突出了以色列改变了当今犹太民族的身份认知的问题。罗斯将以色列作为一个实践空间，将以色列的极端犹太复国主义、流散主义以及温和中立派等不同犹太思想并置在一起，深度发掘以色列作为犹太人本质故乡所创造的新意义是如何冲击、考验当今犹太民族的文化身份认知的，以色列从犹太民族精神上的神圣家园转化为现实中疯狂和流血的战场，以色列不再是朝圣者想象性的精神空间，也不再是犹太人历史的圣地景观，而是文化、政治、宗教、军事激烈冲突的敏感地带，体现着犹太民族

---

① Finkielkraut Alain, *The Imaginary Jew* (1980). Trans. Kevin O'Neill and David Suchoff, intro. David Suchoff, Lincoln: University of Nebraska Press, 1994.

在价值认知层面的矛盾纠结。

《夏洛克行动》的情节大部分都是取自以色列真实的历史事件，如 1988 年在以色列的拉马拉（Ramallah）设立军事法庭对纳粹战犯"恐怖的伊万"德米扬鲁克（"Ivan the Terrible"，John Demjanjuk）进行审判，在以色列境内阿拉伯人发动无数次的暴动，还有以色列作家阿哈龙·阿佩菲尔德（Aharon Appelfeld，1931—1932）等。作品采用了后现代主义手法，但是在内容和思想上更具现实主义的人文关怀，"作品对历史的认识和叙述是小说的基本问题"①，讨论了"以色列是怎样凭借他犹太家园的象征权利而给流散犹太人带来了身份危机"。②作品没有回避以色列与周边国家的矛盾，而是对以色列的极端思想和行动进行了回溯或者说是想象性地展现，努力寻找真实反映这样一种现实的方式。真假罗斯游走在美国和以色列，展现着以色列内部与外部的矛盾。对大屠杀战犯的审判等大屠杀情节仍在延续，表明了犹太人被大屠杀改变的受害者意识的强化，而以色列与周边阿拉伯国家的血腥战争却也使阿拉伯人处于悲惨的处境，犹太流散主义是否仍还需要？来自美国的犹太人是否能公正地裁判中东的局势？罗斯的《反生活》《夏洛克行动》将"描写以色列状况的美国犹太小说从传统的复国主义宣传领域解救出来"，③罗斯提供了一条更加包容更加全面地理解当今多元犹太民族身份的路径。

罗斯是一位严肃的现实主义者，他非常关心当下的现实世界，尤其关注犹太文化在当今世界所面对的困境，包括与伊斯兰文化的严重对立，与美国那种"宠爱"的暧昧关系以及欧洲长期以来的排犹主义等，以色列的诞生正是犹太民族历史与现实困境的一个根本性的体现。因此罗斯的身份探寻与历史书写设置在美国、欧洲和以色列（中

---

① Shostak Debra, *Philip Roth—Countertexts*, *Counterlives*, University of South Caraolia, 2004：234.

② Shostak Debra, "The Diaspora Jew and the Instinct of Impersonation：Philip Roth's *Operation Shylock*", *Contemporary Literature*, 1997（38）：742.

③ Andrew Furman, "A New Other Emerges in American Jewish Literature：Philip Roth's Israel Fiction", in *Philip Roth*. ed. Harold Bloom, Philadelphia：Chelsea House, 2003：150.

东地区）这三个空间之上，将历史事件、民族记忆和当今政治交织在一起，他并没有简单轻易地判断正义与否，也没有提供解决的出路，而是提供了一幅了解各方的地图——美国犹太人的看法、以色列的处境、中东紧张的局势，希望能够引导人们从一种更为宽广的历史空间来真正地理解犹太文化的命运和特性。

第四节　自传性书写的伦理困境——罗斯的自传性书写研究

每一种文学写作在某种意义上都是自传式的，作家不是凭空造物，而总是把自己的阅历、思考和性格气质付诸笔端，渗透到创作之中。罗斯也不例外，他的自传性书写特征相当明显且强烈，他虚构的作品总是和他真实的人生互相对照，波特诺、塔诺波尔、祖克曼、凯普什、"菲利普·罗斯"都是罗斯式的主人公，罗斯本人的生活轨迹、家庭和婚姻状况、社会经历等都移植到了他们身上，因此有论者认为"罗斯是非常具有自传性的小说家。它的角色不管是不是第一人称，总是表达他的观点、个性和个人经历"。① 罗斯曾不止一次地重申自己的写作并非自传，罗斯认为自己"和任何作家一样，我只有我所占的这块领地。我从我看到的生活和我自己的生活中得到事实，然后我需要从中制造出另一个世界，一个文字的世界，比存在的更加有趣"。② 国外研究者早已经注意到罗斯自传性书写的特征，在评论中经常会出现 autobiography, autobiographical, nonfiction, self-exposure, textualizing the self 等，这些评论都基于一个共同的认识：罗斯自传性书写并不是比其作家更多地暴露自我，小说中的主人公都是自传性人物罗斯，而并非罗斯本人。然而比这种区分更有意义的应该是去探寻罗斯自传性书写形成的原因、发展过程以及背后深刻的目的性。罗斯

---

① Halio Jay L. and Siegel Ben, ed. *Turning up the Flame*, Newark: University of Delaware Press, 2004: 118.

② Ibid., 122.

的自传性书写与其说是一种写作特征，不如说是作家深陷犹太伦理冲突中进行自我辩护的书写策略，是作家的一种伪装，是假借自传性的外衣，赋予生活和艺术以更多的自我意识，从而暴露出自传性文体在建构多元化自我身份中无法摆脱的伦理困境，而罗斯在伦理困境中挣扎式的自传性写作具有鲜明的个性和独特的审美价值，体现了他身为犹太裔美国作家对美国多元文化语境的深刻思考。

一　自传性书写的缘由

罗斯的自传性书写开始于20世纪70年代，《波特诺的怨诉》《我作为男人的一生》等作品采用了第一人称的叙述，读者很容易将叙述者"我"等同于小说的作者罗斯。罗斯在《我作为男人的一生》中借作家塔诺波尔之口道出了自己创作上的转向——"我的真实生活"，宣称他已经做好了准备，放弃小说虚构的艺术，开始自传性的书写，对自传性书写策略的使用正式作出了标记；在80年代的"祖克曼系列"作品中自传性书写非常明显，祖克曼与罗斯本人的经历非常相似，祖克曼因为创作了一部反映美国犹太家庭丑闻的作品而被家庭和犹太社区批评，甚至被犹太父亲赶出家门，但是却获得了商业上的巨大成功，成为美国文坛的知名作家。中年祖克曼遭遇了父母的去世，精神上受到了巨大的打击，创作陷入了困境；90年代是罗斯创作的高峰期，也是其自传性书写的顶峰时期，《事实》《欺骗》《遗产》《夏洛克行动》被认为是非虚构的"自传四部曲"；进入2000年之后，罗斯的"美国三部曲"以及"老年四部曲"中的自传性书写并不明显，但是在《反美阴谋》中仍保留有明显的自传性书写，罗斯将自己的少年经历以及家庭成员统统写入了小说。

罗斯于20世纪50年代初登文坛，而他的自传性书写开始于作家在文坛已具有一定知名度的70年代，可见自传性书写并非罗斯最初的书写特征，而是经历了一个从无奈到选择的过程。罗斯最早出版的《再见，哥伦布》中塑造了一群徘徊在美国与犹太社会之间"晃来晃去"的犹太青年，他们是离经叛道的"浪子"，例如尼尔、疯狂者艾利、马克中士等。作品虽然受到一定的好评，但却遭到美国犹太团体和犹太读者的猛烈批评，认为罗斯在作品中有意诋毁犹太人的形象，破坏了犹太伦理道德，会直接影响犹太人在美国的现实生活，甚至会掀起美国的反犹主义。在叶史瓦大学讨论少数族裔作家的道德感危机问题时，就有读者提问："罗斯先生……如果你生活在纳粹的德国，你还会写你那样（诋毁犹太人）的作品吗？"① 罗斯被这样的伦理拷问折磨着，如同受到了法官和陪审团对自己的最后审判，让他有口难辩。而后《波特诺的怨诉》真正成为导致罗斯采用自传性书写的转折点，不是因为作品的内容令人愤怒，而是"不那么引人注意的主题，即更真实的作者的自我……小说家因靠经历创作虚构人物，写小说的方式与我们创作和坚持自我的过程是相似的"。② 这部小说通篇都是主人公波特诺对心理医生的独白，尤为突出的是波特诺的性爱经历，作为犹太人的波特诺希望通过征服白人女性的方式征服美国主流文化。作品一经发表，批评如潮涌来，来自犹太社区的批评甚至是人身威胁令罗斯招架不住。作品之所以在犹太社区中激起如此强烈的反应，很重要的一方面就是作品自传性的表达方式，即第一人称"我"和个人独语式的坦白、忏悔形式，"我似乎不仅是写了一本书，而是成为代表某种东西的一个人。我意识到，在大众的想象中，在媒体的报道中，罗斯和波特诺即将融为同一个人物"。③

为何美国的犹太社区会有如此强烈的反应呢？要结合当时美国犹太人所处的伦理语境来理解，伦理语境又称为伦理环境，是文学作品存在的历史空间④。重返美国 20 世纪 60 年代，我们会发现虽然生活在美国的犹太人没有受到迫害，但是美国犹太人心理上的恐惧却并未消除。同时由于大屠杀的美国化进程，美国主流社会在道德上对犹太

---

① Philip Roth，*The Facts*：*A Novelist's Autobiography*，New York：Farrar，Straus and Giroux，1988：128.

② Halkin Hiller，"How to Read Philip Roth"，*Commentary*，February，1994：43.

③ Searles George J.，ed. *Conversations with Philip Roth*，Mississippi：Mississippi UP，1992：102.

④ 聂珍钊：《文学伦理学批评导论》，北京大学出版社 2014 年版，第 258 页。

人充满了怜悯与想象。这使美国犹太人在受难者身份和美国身份政治的庇护下，拥有了无法比拟的"道德资本"，貌似比其他的少数民族较早、较成功地融入美国主流社会，在获得优越性的同时，这一切掩盖了美国犹太人在面对历史创伤时复杂的心态，正如诺维克所说："受难文化并未导致犹太人接受一种建立在大屠杀基础上的受难者身份；只是容许这种身份占了上风……这些人不确定的犹太身份使他们在犹太生存问题上产生了太多焦虑。"① 罗斯的自传性书写以较为叛逆的姿态和自由的视野审视美国犹太人的生活，与当时美国犹太人普遍的自我保护、自我隐瞒的伦理要求互相冲突。当这种文学审美化的表达与犹太人在美国社会所处的伦理环境相结合后，造成了美国犹太读者的恐惧感和危机感。但是罗斯却有不同的看法，"有时候在我感受到力量、勇气或者冲动的地方，他们看到的却是弱点；我认为根本无须感到耻辱和进行防范的地方，他们却有如是感觉并努力加以防范"。② 至此罗斯将他在犹太读者中受到的强烈批判和诋毁转变成了他写作的主题，"犹太自我身份的定义与忠诚性问题就在艺术与社会、美学与道德的对话中展开而起着作用"。③

　　针对罗斯与犹太社区的争论，国内学者集中在讨论罗斯对犹太传统文化的逆向认知上，认为这是犹太家庭内部的不同意见的争论，是罗斯在新环境下重新认识犹太传统文化，具有明显的进步意义，等等。但同时还需注意的是这种争论影响甚至造就了罗斯的艺术观念，罗斯的自传性书写就要归功于受到的抗议之声，这是促成罗斯自传性书写的重要刺激因素，使罗斯发现了他的作品具有的"自我再生性"。罗斯在随笔"书写犹太人"中就自述了《再见，哥伦布》发表之后受到犹太拉比和犹太读者的批评，详细地展示了犹太拉比和读者们的不同意见，罗斯并不气愤，而是和他们对话、讨论。在这篇小散

　　① Novick Peter, *The Holocaust in American Life*, Boston: Houghton Mifflin, 1999: 190.

　　② Philip Roth, *Reading Myself and Others*, Farrar, Straus and Giroux, 1975: 150.

　　③ Parrish Timothy, ed. *The Cambridge Companion to Philip Roth*, London: Cambridge UP, 2007: 162.

文中，罗斯有被质疑而产生的无奈、焦虑，同时更重要的是罗斯被激发起探讨文学与现实、小说与传记的兴趣，他试图分析读者阅读的方式以及成因。罗斯针对每一篇小说所引起的读者的争论和指责，都予以详细的思考和回答，为自我进行辩护与抗争。这种自我对话、讨论的方式成为罗斯思考问题的方式和写作的主要内在结构。

罗斯在自我辩护与抗争中并没有获得犹太社区的谅解，反而发现自己在一步步地变成犹太社区的"他者"，自己没有因为成为知名作家而为犹太社区增光，反而被排除在犹太社区之外。这种伦理悖论进一步成为罗斯写作的新素材，罗斯就如粉碎机一般把所有的材料都吸收进写作中。由此罗斯的自传性书写就在自我辩护与抗争中"恶性循环"下去。可以说是犹太社区对罗斯的道德批评使罗斯看到了自己写作的主题，罗斯坦言："我早期作品所激起的犹太反对势力的愤怒，给我带来了幸运的突破。我被打上了烙印。"[①] 带着烙印的罗斯通过自传性书写进行着孤独的精神历险，他一个人孤独而又执着地进行着自我的探寻。

二 自传性书写的伦理困境

20 世纪 90 年代是罗斯创作的高峰期，也是其自传性书写的鼎盛阶段。《事实》中罗斯因为自己经历过手术以及母亲去世导致了重度抑郁，他写自传回忆了父母的生平、自己的求学经历以及与非犹太女性的恋爱史等"事实"，决心要出版自传，但是却遭遇祖克曼的反对；《欺骗》读起来像是罗斯的日记，记录了他和情人的床头对话，并想用真实姓名为人物命名发表，但却被情人发现劝阻，警告他不要发表，两人就此展开了讨论；《遗产》中步入中年的罗斯经历了多次手术，而父亲这时已经是癌症晚期，罗斯耐心并有爱心地陪伴年老的父亲走完人生的最后一段路，决心要继承犹太父亲的遗产；《夏洛克

---

① Philip Roth, *The Facts*: *A Novelist's Autobiography*, New York: Farrar, Straus and Giroux, 1988: 130.

行动》中写到罗斯去以色列采访犹太作家阿佩费尔德，却遭遇冒充者皮皮克在欧洲各地宣传流散主义，罗斯在追踪皮皮克的过程中卷入了代号为"夏洛克"的行动中。

罗斯早期的自传性书写一直站在作家伦理中，即强调艺术家创作的自由，不受社会和集体焦虑的约束，因此罗斯在与犹太社区的伦理冲突中通过自传性书写直接为自己辩护、抗争，尽管当时的罗斯曾多次被警告他自我暴露的自传性写作会给犹太家庭和犹太同胞在道德上带来谴责和灾难。如今争讨声已经远去，中年的罗斯却开始检验当初对方指责是否也有合理之处，思考自传性写作存在的伦理困境，当艺术家在追寻自我创作的自由时，忽视了一些客观的道德伦理，导致了对他人的不负责任。"罗斯看上去是屈服于那些威胁了"，① 因此可以把自传性书写当成放大镜，去严格考验经过时间检验的艺术直觉和艺术家的决定论。在这四部曲中罗斯考虑个人化的自传性写作对所牵涉其中的他人会造成什么样的影响，他将自己的表达与他人的存在关联起来。人是群居动物，是整个社会关系的综合，人类生存的这一特性决定了任何个体都无法逃脱伦理秩序的规约。因此强调真实的自传性书写就意味着真实书写自我的同时也要真实地书写他人，我们的生活不能绝对地与他人隔离，我们在书写自我、暴露自我的同时需要承担起书写他人的不能推卸的伦理责任，而自传性书写需要面对比小说更多的伦理考虑。正如《事实》中祖克曼警告罗斯："基本的美学动机控制着一个人在小说中要揭示的东西，我们根据他或她故事讲得有多好来评判一部小说的作者。但我们会在道德上评判一部自传的作者，因为支配传记作者的主要动机是伦理而非美感。"②

罗斯在四部曲中具体化了自传性书写的道德伦理责任，针对自传性书写中所暴露的自己的父母、爱人、犹太同胞，他们有什么意见有

---

① Gooblar David, *The Major Phrases of Philip Roth*, New York：Continuum International Publishing Group, 2011：129.

② Philip Roth, *The Facts：A Novelist's Autobiography*, New York：Farrar, Straus and Giroux, 1988：163.

什么看法。这四部自传性作品实际上是罗斯在"宣称作家的美学和伦理责任"。①《事实》中罗斯向祖克曼解释到，"每当我坦白我与其他人的亲密关系感到不自在时，我就回头改掉我所涉及的他们中的某些人的名字，一些容易辨认的细节，这不是因为我认为重新表现可以提供完全的匿名（不能把他们和我的朋友们匿名），但是最起码可以起到一点保护作用，远离陌生人的骚扰"；②《欺骗》中情人要罗斯考虑要公布的日记中所牵扯到的其他人的感受，试图说服罗斯至少改掉一些名字："因为你描写的是通奸之情，所以把你自己的名字改掉是明智的——难道你不这么认为吗？……你最好把它改成'内森'行吗？"③《遗产》中罗斯写到了父亲的临终岁月，其中父亲大便失禁，弄得到处都是，父亲告诉罗斯，"不要告诉孩子们……别告诉克莱尔"，④ 他不希望再有人知道自己如此不堪的隐私；《夏洛克行动》中罗斯参加了以色列情报组织的代号为"夏洛克"的秘密行动，罗斯将此写入了他的书中，但是退休了的以色列特工斯米尔伯格建议他为了以色列、犹太同胞以及自己的安全删除这部分内容，最后书出版的时候他参加行动的那一部分神秘地消失了。

但自传性书写中作家坚持的作家伦理与道德伦理的冲突造成了自传性书写主要的伦理困境，所谓伦理困境指文学文本中由于伦理混乱而给人物带来的难以解决的矛盾和冲突。⑤《事实》中祖克曼一直阻止罗斯发表自己的自传，并且认为"如果写作考虑他人，就会影响你的语言，就像把你的双手绑在背后，用你的脚趾写作"；⑥《欺骗》中当罗斯的妻子建议他将真实的名字改换一下时，他提醒他的妻子，

① Gooblar David, *The Major Phrases of Philip Roth*, New York: Continuum International Publishing Group, 2011: 112.

② Philip Roth, *The Facts: A Novelist's Autobiography*, New York: Farrar, Straus and Giroux, 1988: 9 – 10.

③ Philip Roth, *Deception: A novel*, New York: Simon & Schuster Inc., 1990: 189.

④ Philip Roth, *Patrimony: A True Story*, New York: Simon, 1991: 173.

⑤ 聂珍钊:《文学伦理学批评导论》，北京大学出版社 2014 年版，第 258 页。

⑥ Philip Roth, *The Facts: A Novelist's Autobiography*, New York: Farrar, Straus and Giroux, 1988: 169.

"很不幸，谨慎不属于作家，我以我写作的方式写，如果什么时候发生了，当我想发表的时候就发表，我不会去担心读者的误读或者错误处理"；①《遗产》中尽管父亲叮嘱千万不能把自己大便失禁的尴尬隐私告诉任何人，罗斯也当着父亲的面答应了，但是他却把这样的隐私写入了书中，并且作为书中的中心情节来叙述，公然暴露给读者；《夏洛克行动》中罗斯要捍卫自己神圣的作家自主权，不同意把小说涉及以色列秘密行动的内容删除，"从我二十多岁发表作品时起，那些认为我有泄密罪的犹太人就一直要我为此负责，……但我一直坚持自己的观点"。②罗斯的自传性书写正是通过暴露自传作家在自我创造的自由与书写他人的责任之间作出伦理选择的过程，从而展示自传这种文体是无法获得真正的自传真实的。而"这种伦理困境是罗斯自传性写作中常用的模式，罗斯以此来对抗后现代主义，揭示出他自传性作品的伦理考量"。③

罗斯自传性书写的伦理动机本是以作家伦理的自由赋予美国犹太男性合法的地位和自由思考的权利，以此来抗拒犹太同胞对他的道德指责。但是讽刺的是随着罗斯阅历的丰富，尤其是意识到美国生活与欧洲生活的断裂造成犹太民族集体身份的断裂，他发觉了对于美国犹太作家来说，自传性书写并非如此自由，艺术家所宣称的自我独特性要建立在不能抹除的对集体身份伦理考虑的基础之上，因此陷入了无法选择的伦理困境之中。罗斯在自传四部曲中虽然并没有作出选择，但是对道德伦理责任的认识，已经可以表明遭受了美国犹太读者、多疑的情人、苛刻的父亲和欧洲犹太同胞们的批评，罗斯确认了个人与集体身份的联系。罗斯的自传性书写几乎贯穿于他早期坚持作家伦理的自由、中期感受到集体身份的道德伦理责任、老年受到年龄和垂死躯体的普遍束缚的整个创作中，显示了个人的思想认识是有所局限

---

① Philip Roth, *Deception：A novel*, New York：Simon & Schuster Inc., 1990：190 – 191.

② Philip Roth, *Operation Shylock：A Confession*, New York：Simon, 1993：377.

③ Posnock Ross, *Philip Roth's Rude Truth：The Art of Immaturity*, Princeton：Princeton University Press, 2006：50.

的，会受到个人视角的限制。随着自传性书写的成熟，罗斯认识到写作把自己的人生体验以及历史观念传达给他人的时候，还应该具有伦理道义的责任，而自传性书写尤其应该考虑可能带来的后果。

三 "元自传" 解构策略

在暴露自传性书写伦理困境的艺术形式上，罗斯将自我指涉的元小说与自传性书写结合起来，形成了"元—自传"（meta-memoirs），①强调运用后现代元小说的形式，对自传这一文类戏仿。元—自传展现自传的生成过程，暴露出传记中的虚构，展现自传与小说等虚构文体具有的同构关系，部分地颠覆了自传的传统认知，从而对自传这一文类进行评判和理论性的阐释。罗斯的自传性书写一贯采用混淆真实与虚构的表现方式，一方面强调罗斯的现实生活以及主人公、叙述者与罗斯的相似性，另一方面又突出叙事的多重、流动的视角，通过极强的自我指涉性对个人生平或事件进行自我观照的虚构，从而建构起一座后现代叙事迷宫。罗斯几乎所有的作品都围绕着同一个问题：一位美国犹太作家名叫塔诺波尔、祖克曼、凯普什或者直接就叫"罗斯"，他们根据自己的真实经历撰写了小说或自传要出版，但却遭到作品中人物的质疑，建议他不要出版。最具元—自传性的作品当属《事实》，作品中将作家罗斯创作的自传作为元文本进行讨论，作家罗斯为了纠正长期以来犹太社区对自己的道德批判，决定出版一本都是事实的自传，但遭到虚构的文学人物祖克曼的强烈反对，在两人的讨论中揭示了自传的内部生成机制。

罗斯的这种元—自传性解构了自传的最重要的文类品质——真实性，虽然在传统认识中人们也已经认识到自传很难完全客观和真实，传主会对真实的材料进行加工改造，但是这种改变被认为是在事实基础上适当的调整，并不妨碍自传的真实性，因此自传的真实性成为最

---

① Wirth-Nesher, Hana, "Facing the Fictions: Henry Roth's and Philip Roth's Meta-Memoirs", *Prooftexts*, 18 September, 1998: 265.

重要也是最吸引人的文类特征。罗斯在《事实》中通过祖克曼之口尖锐地指出自传对真实性的难以把握，祖克曼认为自传或许可以满足传主自我塑造的需要，但却并不是可以信赖的对事实的记录，"真相是：事实更难以驾驭、更难控制、更难确定"。①《夏洛克行动》深入到犹太民族的历史和现实空间中，对自传再现历史的真实进行了解构，作品中罗斯真实的个人经历、犹太民族遭遇的大屠杀等相关真实的历史大事件以及以色列的现实处境彰显了自传性书写的真实，但是真假罗斯作为相互竞争的叙述者、虚构的人物、离奇的情节等又彰显了小说的虚构性，整部作品被撕扯得支离破碎，充满了不确定性，"作品中两种叙事方法间的张力已经成为主题"，② 在真实与虚构的杂糅叙事中彰显了自传对历史真实性追求的不可能。

　　罗斯对自传真实性的解构是对美国文学中自传传统，尤其是少数族裔自传传统的釜底抽薪。在美国多元文化中，少数族裔作家要想获得美国主流文化的认可，往往是充当信息的提供者，通过真实的自传性书写讲述自身种族的历史，以此吸引主流文化的关注。作为弱势的少数族裔本意是通过诉说个人以及民族的苦难争取平等地位，但文学创作实际上却沦落为强调以真实面目呈现的社会学或人类学的素材。由于犹太民族在欧洲的流散、大屠杀迫害等特殊的历史遭遇以及以色列在欧洲的尴尬处境使美国犹太民族长期囚禁在被规定的真实性中，美国犹太人气质收敛，宗教情结重，受害者行事谨小慎微等。但罗斯作品中却总是塑造背离这种被规定性的犹太浪子，他们个性张扬，宗教意识淡薄，大胆抗争等都迥异于规定性的犹太人形象。这导致了读者和评论家看到的不是罗斯小说的艺术造诣，而是他所能提供的美国犹太人的"真实"生活图景，这导致了截然不同的两种后果：一是非犹太读者怀着猎奇的心态看罗斯提供的美国犹太人形象，使罗斯的小说获得了巨大的商业成功；二是犹太读者却被这种完全不符合"规

---

① Philip Roth, *The Facts*: *A Novelist's Autobiography*, New York: Farrar, Straus and Giroux, 1988: 166.

② Brauner David, *Philip Roth*, Manchester: Manchester UP, 2007: 94.

定性真实"的犹太人形象激怒，认为罗斯这是在给犹太人抹黑，甚至是在文学中对犹太人屠杀，对罗斯展开了猛烈的批评和人身攻击。

罗斯的自传性书写正是以此为题，通过元—自传的形式无奈而后又自觉地探寻在这场争端背后隐藏的权利结构，他发现了强调文学创作真实性背后的"真实"，也就是美国多元文化中少数族裔的身份问题。20世纪60年代美国社会的政治运动中形成了身份政治，少数族裔通过展示种族骄傲形成自我的独特性，种族身份成为政治团结的基础，美国犹太人也通过群体的身份"我们"去认识"我"。但是这种身份政治却遮蔽了群体内部个体身份认知的差异性和复杂性，尤其是在美国多元文化的环境和对自由主义的推崇下，许多当代美国犹太作家开始关注群体内部个人身份认知的不同，"有关身份的真相往往取决于超越单一族群范畴、更复杂、宏大的历史和文化因素。因此他们从种族、信仰、文化多角度去考虑身份"，① 就如罗斯所说："和/和/和/等多重可能性。"②

罗斯作为在美国出生成长起来的第三代犹太移民，他的背景中融入了更多的美国多元文化，同时对犹太民族的族裔身份又有割舍不断的联系。因此他在自传性书写中带着美国式的自由深入到了犹太民族历史中去探寻美国犹太人的民族身份。他在《夏洛克行动》中试图去见证1988年在耶路撒冷对纳粹战犯"恐怖的伊万"约翰·德米扬鲁克的审判，并去采访大屠杀的幸存者和作家，见证了巴以冲突的惨烈，还参加了以色列情报组织代号为"夏洛克"的行动，在这些真实的历史事件中，罗斯强调了犹太人历史与现实之间的断裂。而罗斯能够自由地来往于美国与以色列之间，并且能够从美国安全的家中观察战乱中的以色列，也表明了罗斯对美国身份的认同以及不能割舍的民族身份。

① Kramer M. P. and Hana W-N, eds. *The Cambridge Companion to Jewish American Literature*, Shanghai: Shanghai Foreign Language Education Press, 2005: 272.
② [美]菲利普·罗斯:《反生活》，楚大至译，湖南人民出版社1988年版，第382页。

　　"多元文化产生了当代美国自我，不再是相信本质的美国经历，同时怀疑民族或者种族身份是否是安全的天堂。身份政治决定了每一个美国人的出发点，但在身份转换以及维持多重身份的自由上却又固守理想主义。"① 在这种内在张力中，产生了美国人破碎的自我，显示了一种新型的美国人，而罗斯在自传性书写中破碎的自我与自传者进行着持久的对话。同时罗斯特别指出了集体身份，尤其是犹太民族身份具有的历史性，是历史的产物。在罗斯看来，虽然在美国多元文化中人可以根据外部的环境创造出许多自我，如美国式、犹太式的等，但是自我创造从开始就带有很深的保守性，就是要"保持一些基本的道德伦理的界限"，② 这体现出罗斯对美国犹太人身份探寻的动态发展和思辨性。

---

　　① Parrish Timothy, ed. *The Cambridge Companion to Philip Roth*, London：Cambridge UP，2007：164.

　　② Shostak Debra, *Philip Roth—Countertexts Counterlives*, Columbia：University of South Carolina Press，2004：19.

第三章

美国犹太作家的民族
记忆和话语再现

　　美国犹太文学在20世纪五六十年代呈现繁荣的景象，大批犹太族裔作家在美国文坛乃至世界文坛享有美誉，形成了群星璀璨的格局，其中代表人物有：索尔·贝娄、伯纳德·马拉默德、E.L.多克托罗、辛西娅·奥兹克、约瑟夫·海勒、诺曼·梅勒、阿瑟·米勒、塞林格、菲利普·罗斯等。美国犹太作家虽然身处美国，但是在文化心理深处保留着强烈的犹太性，犹太民族具有沉重的历史感，每个犹太作家都无法回避历史记忆的主题，而美国犹太作家的文学创作同样具有传递和记录历史记忆的功能。美国犹太作家作品中共性的主题如受难意识、父子关系、异化等，伴随着犹太民族历史的演进，尤其是在"二战"中犹太民族遭受到惨绝人寰的大屠杀之后，美国犹太作家的创作中具有了最富有犹太民族记忆的创作主题——大屠杀。20世纪70年代后，美国犹太作家从关注美国的犹太移民生活转向追寻犹太民族的创伤记忆，聚焦于犹太人大屠杀和以色列，这可以说是逆向运动，或者说是寻根之旅，由此带来了犹太文学的新繁荣。"'二战'结束后以文学的方式再现大屠杀的历史及其后遗症成了美国犹太小说的重要主题"，[①] 很多论者都注意到随着大屠杀后意识的崛起，

----

① 刘文松：《美国犹太大屠杀叙事再现和重构历史的方法》，《英美文学研究论丛》2010年第5期。

大屠杀对犹太民族，特别是对当今犹太民族的身份认知起到了核心作用。虽然美国犹太人从空间上远离大屠杀，并且较为成功地融入美国主流社会，但由于大屠杀的美国化和美国犹太民族自身的向心力，美国犹太作家对大屠杀异常关注，其角度与欧洲、以色列等地区的犹太作家的大屠杀书写具有明显的区别，其民族记忆的模式具有了美国化的特点。美国犹太作家在其作品中自觉不自觉、有意或者无意地对犹太民族的文化要素和核心资源进行特定的酝酿和加工，体现出了浓郁的犹太性，具有犹太民族特有的历史命题，同时又具有了超越性和普遍性，揭示了人类共有的生存现实和心理境遇。

第一节　美国犹太作家的身份问题

随着美国犹太作家的老龄化，一代文学大师的老去，美国犹太文学似乎到了寿终正寝的时刻，尤其是美国著名犹太学者欧文·豪的"犹太文学终结论"认为："美国犹太小说很可能高潮已过。该文学领域严重依赖移民经历，必然会面对资源枯竭、创作素材匮乏和记忆淡化的问题。除了保留于书中和情绪里之外，犹太移民经历已经消失殆尽。"① 从豪的论断中可见，他认为犹太人的移民经历决定了美国犹太文学的产生、发展和繁荣，随着犹太人逐渐融入美国社会，犹太属性势必随之消失，自然美国犹太文学的发展也就寿终正寝了。其实欧文·豪过于强调移民经历的决定性作用，忽视了文学创作的动态变化过程，尤其是与文化、政治等社会环境之间的互动关系，更重要的一点是豪并没有看到美国犹太作家真正的创作动力在于美国犹太作家身份的特殊张力，美国犹太文学繁荣的真正动因正在于此。时间证明了一切，美国犹太文学并没有偃旗息鼓，20 世纪 90 年代以来更加富有活力，并朝着多元化发展，涌现了一批美国犹太作家的新生代，尤

---

① How Irving, "Introduction", in *Jewish-American Stories*, ed. Irving Howe, New York: Mentor—New American Library, 1977: 16.

其是犹太女性作家，例如丽贝卡·戈德斯坦（Rebecca Goldstein）、帕尔·亚伯拉罕（Pearl Abraham）、阿莱格拉·古德曼（Allegra Goodman）等，而她们的身份更加复杂。

美国犹太作家的身份一直是一个问题，美国是犹太人最重要的散居地。一方面，美国社会的熔炉性以及之后的多元化社会使他们不断地美国化，具有更强烈的美国文化归属。另一方面，犹太人家庭式的生活方式，使本民族的文化传统得以保存，美国犹太人仍会习得犹太民族的文化传统。因此在两种文化的夹缝中，美国犹太人游离于两者之间无法归属任何一方，在这种张力之间，他们能够更加敏锐地感知自我身份的困惑。美国犹太作家和一般作家一样，总是崇尚写作的普遍意义，贝娄、马拉默德、罗斯等都提到自己不是犹太作家，也不单单写犹太人，但是这并不影响我们分析他们的身份构成，也并不阻碍我们探究他们作品中所具有的深层的双重文化张力。

对美国犹太作家身份的关注有着更大的文化氛围的场域，作为美国社会对身份讨论的一个重要组成部分。美国批评家普遍认为关于身份的讨论要追溯到美国 1960 年的政治革命，其中族群身份成为政治团结的基础。在对身份的讨论中，更加重视差异性、多样性，个人所具有的民族精神、气质等获得解放，出现了女权主义、女同性恋和男同性恋等的解放。更多的政治诉求蕴含其中，族群成员通过对真实自我的认知表达，使过去被边缘化的少数族群表现出来。在这种背景下，美国犹太人从过去的被美国主流文化所包围、同化，到现在开始寻找表达自我的可选择的策略，这是一种特殊的犹太性，尤其是"二战"时犹太民族遭受的大屠杀作为公共事件进入美国公众领域后，美国犹太人的犹太性更为复杂，已经过去 20 年且发生在遥远欧洲的大屠杀以一种曲折的方式进入并内化为美国犹太人有关历史和记忆的普遍意识中。此外，作为先锋和爱国主义的以色列也出现在美国犹太人的意识中，并树立起了新型犹太人的模范，尤其是 1967 年的六日战争之后，犹太战士的形象在美国犹太人中激起了从未有过的骄傲感，影响了他们的自我确认，也带来了美国犹太人以及美国政府与以色列的友好关系；同时美国国内犹太宗教团体运动、犹太复兴主义运动的广泛开展，也为美国犹太人提供了更多可以选择的宗教认同形式，虽然美国犹太人的宗教信仰与传统犹太教信仰相去甚远，但是也存留着如犹太的祈祷文和仪式作为宗教信仰的表达方式，在形式上具有了一致性。作为犹太教边缘人群的犹太妇女、男同性恋、女同性恋等，号召进行犹太教的改革，创造一种更加包容的犹太传统。

　　随着集体身份和政治身份的普及，在美国社会自由和多元的文化环境中，美国犹太作家对身份的探寻开始关注群体内部个体身份认知的差异，质疑身份政治中身份的单一性、本质性和真实性。身份政治的极端化忽视了身份植根的广阔历史和文化语境，身份认同依赖于更为复杂和宏大的社会历史和文化等复杂因素。个人身份和集体身份也并不完全一致，两者之间存在着复杂的认同和拒绝，霍尔认为："尽管身份中本源在形式上并不是很好的思考对象，但是它依然被保留了，也还存在有用的分析，明显的、已经完成的事实，我们需要思考他们制作完成的方式和途径——未完成的，总是在过程中的，总是内部组成的，而不是外部的表现文化身份和流散。"[①] 美国犹太作家对身份的关注反映了理论的大气候，生物学和谱系学的身份已经不再被看作具有决定性作用和完全符合身份的概念框架，美国犹太作家之前所要面对的问题是："谁是当代美国犹太人？"现在他们所要面对的是："我们作为当代美国犹太人如何展现自己？"当代美国犹太作家所描述的世界体现出了自我身份的多种可能性，明确了他们与其他文化团体的不同，还有他们自我本身的多样性，包括他们在宗教、政治、性取向以及国家或者民族遗产、地区性等背景的差异。当代美国犹太作家身份的这些丰富表现，包括不同的形式、不同的主题等，都证明了作为概念分类的身份所具有的活力。不管是自传或者小说，历史或者神话，传统或者实验，当代美国犹太作家的身份叙事反对一元

---

　　① ［英］斯图亚特·霍尔：《文化身份与族裔散居》，罗钢、刘象愚主编，《文化研究读本》，中国社会科学出版社 2000 年版，第 222 页。

的、确定的，而且鼓励自我界定，用罗斯的话说，就是"和/和/和/和/和的多种可能性"。①

一 犹太大屠杀的美国化语境

"二战"后美国成为最大的犹太人聚居国，随着美国实力在全球范围内的崛起，美国犹太人在犹太民族事务中起到了不可低估的作用。在近代犹太民族的历史中，大屠杀占据着非常重要的地位，由于大屠杀的惨绝人寰，用语言已经无法去诉说，而想象性的文学创作对于表达大屠杀的沉重似乎有些格格不入。由于空间上的距离，美国民众只能在新闻报道之中获知 3000 英里以外的暴行，他们或许会为暴行而愤怒，或许会对受害者怜悯，但却与他们的现实生活没有什么干系。美国犹太人则不同，他们的外在处境和内在心理要复杂得多，作为少数族裔，他们出于这样或者那样的原因对遥远的欧洲同族保持着"尴尬的沉默"。但是对整个犹太民族来说大屠杀是民族记忆的重要部分，带有深重的创伤感，同时也成为犹太民族身份认知的核心。美国犹太作家虽然没有经历大屠杀，但是大屠杀作为犹太民族的巨大灾难，无法绕过，大屠杀的阴影早已经深深地刻在他们的灵魂深处，不能释怀，即使在作品中没有正面书写过大屠杀，即使有时候仅仅是一句话或者是某一个意象，都可以看出大屠杀的影响。大部分犹太作家都有欧洲行、以色列行，例如贝娄的欧洲之行，他曾去波兰奥斯维辛集中营身临其境，受到了震撼，甚至后悔，自责自己为何没有早点在作品中表现这一主题。

需要注意的是大屠杀这一犹太民族历史中的重大创伤事件经历了奇特的美国化过程，也就是"大屠杀的美国化"（the Americanization of the Holocaust）。自 20 世纪 60 年代中后期开始情况发生了变化，在欧洲发生的大屠杀事件被成功地植入美国后现代语境之中，悄然进入

---

① ［美］菲利普·罗斯：《反生活》，楚至大译，湖南人民出版社 1988 年版，第382页。

当代美国文化的主流意识形态，尤其是美国大众文化对大屠杀的接受和改造，例如美国电影、电视对大屠杀遇难者安妮·弗兰克日记的改编，大屠杀题材的好莱坞大片和以色列电影，普利策大奖得主斯皮格曼（Art Spiegelman）的漫画小说系列《鼠族：一个幸存者的故事》（*Maus：A Survivor's Tale：My Father Bleeds History*），ABC夜间新闻秀的大屠杀年，美国大屠杀纪念馆落成等，都说明大屠杀已经成功地被美国社会移植。但是需要注意的是美国主流话语对大屠杀的建构过程有普遍主义的视野，淡化了大屠杀的犹太民族特性，而导向至高无上的普遍人性。并且，在大众媒体的推波助澜之下，大屠杀话语大有行销世界的趋势，不同文化、种族和宗教的人都毫无障碍地理解大屠杀电影、电视剧、纪念馆的含义，超越了犹太民族的特殊经历的局限性和其独特的话语背景。因此，大屠杀成为人类苦难与救赎的一个普适性隐喻。同时，大屠杀事件本身所具有的绝望性、恐怖性也被美国的国家视角所替代、消解，也就是被"净化"处理（sanitization），更加突出了"美国梦"所具有的"希望、牺牲、正义、未来等积极的理念，成为美国社会独特的凝聚各个阶层、民族的策略"。[①]

作为严肃文学的美国犹太文学经过几代人的努力在或赞扬或批评之声中以或隐蔽或明显的方式持续书写着犹太民族历史上不能忘却的创伤记忆，因为"大屠杀就像头脑中的一颗肿瘤一样存留在美国犹太作家的意识中"，[②] 成为美国犹太作家探讨自身犹太民族身份的特殊层面。20世纪四五十年代，贝娄的《晃来晃去的人》（1944）和《受害者》（1947）较早地呈现了有关大屠杀的书写，可以说是美国犹太文学中大屠杀书写的先锋作品。六七十年代，辛格和马拉默德在大屠杀意识上发生了共鸣，以马拉默德为例，《白痴优先》（1963）和《维修工》（1966）等为大屠杀书写作出了贡献，并成为美国文学的经典作品，虽然这段时间美国犹太作家只是书写了大屠杀所造成的

---

① 林斌：《"大屠杀后叙事"与美国后现代身份政治》，《外国文学》2009年第1期。

② Kramer M. P. and Hana W-N, eds. *The Cambridge Companion to Jewish American Literature*, Shanghai：Shanghai Foreign Language Education Press，2005：217.

曲折影响，但是对美国犹太人的犹太民族意识有很深的影响。七八十年代出现了大屠杀书写的高潮，主要是书写大屠杀幸存者的回忆和复杂的心理创伤，中间穿插对大屠杀事件本身快速的闪回，很少做正面、直接的描写，例如贝娄的《萨穆勒先生的行星》（1970），辛格的《情敌，一个爱情故事》（1972），奥兹克的《食人者星系》（1983）、《披肩》（1989）等。由此可见大屠杀书写在美国犹太文学中从产生、发展到高潮的过程，并成为美国犹太文学中十分重要的组成部分。犹太作家对大屠杀的关注甚至在美国文坛产生了一种新型的文学样式：大屠杀文学和见证文学，担负着见证、记录和记忆犹太民族灾难性事件的历史责任，用不同的审美方式为 20 世纪美国文学增添了沉甸甸的分量。

由此可见，犹太民族的历史记忆，尤其是对大屠杀的历史书写使很多游离于犹太主题之外的犹太作家回归了犹太主题，重新审视思考自己的犹太性问题以及作品中表现的犹太主题。虽然美国犹太作家在处理大屠杀的民族记忆上反应有些迟缓，但是大屠杀却作为连结点，促使美国犹太作家深入犹太民族的历史并联系美国犹太人乃至整个犹太民族的当下。美国犹太作家的大屠杀书写成为当代美国文学中最为显著的主题，犹太民族的历史记忆成为其重要的创作内容，反映了美国犹太民族叙事回归传统的态势。美国犹太作家立足犹太民族当下现实中的生存状态，回望历史和继承传统，在多重维度中考量犹太民族身份的多元性和复杂性，赋予了犹太性以历史和当下的多重内涵和意义。并且美国犹太作家表现大屠杀的艺术手法也更加多元化，有现实主义的基础手法，也有借助犹太民间故事以及历史编纂元小说的叙述技巧和手法，呈现出了后现代多元化的审美特征。

二 美国犹太作家的话语再现

美国犹太作家群中对犹太民族记忆书写的话语再现表现形式非常多样，有一批以自传方式或者以大屠杀幸存者后代出版的回忆录等作品，通过见证式的书写方式去直面纳粹的残暴，控诉纳粹。美国犹太作家并没有亲身经历大屠杀，缺少直接的亲身经历和见闻，同时也就脱离了大屠杀创伤所带来的束缚，可以对大屠杀做更多外位性、文学化的想象和反思，因此大部分美国犹太作家很少直接描写大屠杀的残酷场景，而是更多地关注大屠杀和大屠杀幸存者对后人尤其是美国犹太人的影响，或者说是大屠杀后遗症。美国犹太作家选取大屠杀的历史记忆有自身的目的需求，他们立足的现实是美国，欧洲的历史只是相关的背景，他们需要很好地处理掉犹太民族的过去对犹太性现实的束缚，以便更好地前行。在这里20世纪五六十年代活跃在美国文坛的犹太作家，主要是与罗斯同时代的作家，包括辛格、索尔·贝娄、马拉默德等。之所以选取这些作家是因为他们生活的时代正是欧洲大屠杀发生时，具有时间上的重合性，但是由于不同的空间境遇，相同的民族性却具有了截然不同的命运，因此这些美国犹太作家内心的情感体验更具复杂性。美国犹太作家与欧洲大屠杀幸存者的大屠杀书写相比，他们是远距离的审视，与新生代的犹太作家相比，他们又与大屠杀直面相遇过。因此将这群活跃在20世纪下半叶的犹太作家做一个群体分析，能够形成对罗斯研究的参照系，对比对犹太历史记忆的书写，有何相似性，又有何各自的特点，由此明确罗斯对犹太民族历史书写的共性和个性。

　　辛格的犹太民族记忆最为强烈，他的犹太情结最为深刻，他对大屠杀历史的记忆书写较多。辛格本人侥幸逃脱了大屠杀，但是他的家人却惨遭杀戮，命丧波兰，因此辛格的大屠杀历史记忆更加迫切，他怀念在大屠杀中逝去的亲人，更思考活着的犹太人的命运，他没有以日记或者回忆录等更直接的叙事方式去记录历史，而是通过想象性的文学去探究大屠杀给幸存者造成的肉体和精神上的创伤。他的作品一直在描绘一个已经逝去的东欧犹太人的世界，因为那里是他的家乡，他似乎从没有离开过那里。虽然辛格已经在美国生活，但是他仍然坚持用意第绪语写作，这是他的一种坚守，以此彰显对犹太传统的回归。辛格在《情敌，一个爱情故事》中描写了大屠杀的后遗症，大屠杀的幸存者仍逃脱不了受害者的身份。小说中犹太主人公赫尔曼躲过了追杀，逃到了美国，他以为自己的妻子和儿女都死在了集中营，因此在美国结婚，并且还有了情人，但他的妻子并没有死在集中营，同样来到了美国并找到了赫尔曼。赫尔曼虽然侥幸逃过了大屠杀，却落入了三个女人之间，他的内心充满了负罪感。他虽然生活在美国，却始终处于寻找草料棚、寻找避难所的状态中。辛格在这里突出经历了大屠杀之后犹太人的身心疲惫，他们在美国的异质文化中很难找到精神的家园。辛格并没有纠缠于大屠杀的血腥和惨烈，而是展现已经发生的大屠杀是如何对当下乃至未来产生影响的。

贝娄的创作大多涉及伦理道德和意义追求等普遍性问题，很少直接描写犹太民族共有的历史记忆，具有更强的美国性。但是作为犹太作家，贝娄的创作还有一条隐形的散点串联线，他的作品断断续续出现大屠杀的阴影，早期的《晃来晃去的人》（Dangling Man，1944）、《受害者》（The Victim，1947），六七十年代的《赫索格》（Herzog，1964）、《萨穆勒先生的行星》（Mr. Sammler's Planet，1970），晚年还推出了书写大屠杀历史记忆问题的小说《贝拉罗萨暗道》（The Bellarosa Connection，1989）、《拉维尔斯坦》（Ravelstein，1999）。尤其是在中篇小说《贝拉罗萨暗道》中讲述了波兰犹太人方斯坦侥幸从集中营逃出，被一个叫"贝拉罗萨"的秘密组织救援到美国，后来在美国成家立业，立足商界，成功融入美国中产阶级，而这只是开始。当方斯坦得知"贝拉罗萨"的组织者是美国娱乐大亨犹太后裔比利·罗斯后，千方百计要去感谢，却多次被拒绝。方斯坦的儿子是数学神童，大学毕业后研究出了赌博概率，沉迷于拉斯维加斯赌城直至发疯，方斯坦夫妇在去看望儿子的途中遭遇车祸而死。故事的讲述者"我"，则是犹太移民二代，虽听说过方斯坦的故事，却早已经忘记。贝娄在这里强调了大屠杀历史被忘却的遭遇以及犹太身份在美国化大潮中的失却。贝娄不仅在犹太民族文化层面谈论大屠杀，强调犹太民族面对伤痕累累的民族历史时的个人选择，而且还在美国化语境中探讨在灾难面前人类的记忆和人性的善恶，与哲学道德问题联系，具有深刻的普遍性意义。

　　马拉默德可以说是犹太意味最浓的作家之一，如果说辛格用意第绪语捍卫他自身的犹太性的话，那么马拉默德则成为犹太小人物的代言人，他的作品中尽是一些受苦受难的贫穷的美国犹太人：杂货商、修理工、销售员等，他们为生活所迫为生活所累，但是心存感激，背负重任生活着，马拉默德通过犹太人的形象阐述人人都是犹太人。短篇小说集《魔桶》（*The Magic Barrel*，1957）中描写了大屠杀幸存者们的生活，这些主人公试图摒弃自己的犹太历史，忘记大屠杀的灾难，似乎承认自己的犹太人身份是一种耻辱。其中篇幅较长的故事"湖畔淑女"（Lady of the Lake）讲述了主人公原名为莱文，为了断绝自己犹太人的身份，他改名弗里曼（Freeman，自由人），后来去意大利旅行，在那里他爱上了一位美丽的女郎，他隐瞒自己的犹太人身份，却被女郎拒绝，实际上这位女郎自己正是一位大屠杀的幸存者，她坚信做犹太人，"我们是犹太人。我的过去对我意义深远。我珍惜我所受的痛苦"，①与背叛犹太身份的弗里曼形成了鲜明的对比。马拉默德从两人对犹太身份的不同认知说明了大屠杀的历史记忆无处不在，影响甚至决定了当今的犹太民族身份，而"美国犹太人也与犹太民族的身份和历史保持一致，并且永远与大屠杀联系在了一起"。②

　　21世纪以来美国犹太文学出现了新一代的年轻作家群，他们出生在美国主流文化家庭，他们认同美国文化，但是对祖辈的犹太宗教、种族和文化异常着迷，犹太文化和宗教正在成为年轻作家们创作活力的源泉。这时期的美国犹太文学突出的特点就是回归犹太传统，新一代作家们似乎下定决心要致力于犹太传统之复兴，在犹太传统中生发个人的经验和想象。其实这样的回归犹太历史与传统的趋势在20世纪最后20年就已经开始，罗斯就是这种趋势中先头部队的一员，他既继承了犹太作家所具有的犹太文学的传统，又在七八十年代之后融入新

　　①　Malamud Bernard，*The Magic Barrel*，Middlesex，England：Penguin Books Ltd.，1958：119.

　　②　Berger Alan L.，*Crisis and Covenant：The Holocaust in America Jewish Fiction*，New York：State University of New York Press，2000：95.

一代年轻犹太作家群中，具有承前启后的特殊作用，开拓了当代美国犹太文学表达的领域。随着罗斯自身阅历的丰富以及"与时俱进"的思想让他在美国犹太文学的发展历程中成为时代的风向标。

第二节　罗斯的大屠杀历史书写

罗斯曾说："我认为，对于绝大多数思考的美国犹太人来说，它（大屠杀）就在那里，时而隐藏，时而淹没，时而显露，时而消失，但是却不能忘记。你不能利用它，而它却可以利用你。"① 从中可见罗斯认为犹太民族历史上的重大灾难性事件——大屠杀是不能被遗忘的，并且切实影响到远在美国的犹太人的生活，但是同时大屠杀对于美国犹太人来说又是一种有距离的存在，美国犹太人无法直接地去描述发生在欧洲的大屠杀，因此大屠杀与美国生活之间又是割裂的。罗斯从《再见，哥伦布》到《鬼作家》《解剖课》，再到《布拉格飨宴》《反生活》《遗产》《夏洛克行动》等众多作品中都有对大屠杀的书写。国外很多学者都认识到罗斯大屠杀书写的重要性，例如米勒维茨（Milowitz）指出，一直以来对罗斯的研究都忽视了大屠杀在其作品中的重要性，认为对罗斯所有作品的解读，如果忽视大屠杀事件这一催化剂，则不能正确找到罗斯在美国思想中的地位；② 但也有学者对罗斯的大屠杀书写提出了质疑，认为罗斯的大屠杀书写剔除了犹太人在"二战"期间的苦难经历，使灾难性的经历普遍化，消除了它原应承载的沉重历史命题③。这两方面的认识显然都注意到了罗斯大屠杀书写的重要地位，但是夸大甚至误读了罗斯大屠杀书写的用意和目的，掩盖了罗斯在处理大屠杀事件时所体现出的矛盾性和特殊

① Philip Roth, *Reading Myself and Others*, New York：Penguin, 1985：136.

② Milowitz Steven, *Philip Roth Considered*：*The Concentrationary Universe of the American Writer*, New York：Garland Press, 2000：IX.

③ Ravvin Norman, *A House of Words*：*Jewish Writing, Identity and Memory*, Montreal：McGill-Queen University Press, 1997：80.

性。应该将罗斯的大屠杀历史书写置放在美国的历史语境中，从而更好地理解罗斯大屠杀历史书写的内在特征。

一　罗斯的大屠杀书写的外在语境

理解罗斯的大屠杀历史书写需要在"二战"后大屠杀美国化的历史语境中，一方面罗斯的大屠杀书写暗合了大屠杀进入美国主流话语的过程，另一方面两者各自的发展方向又是不同的。

首先，罗斯个人的生活和创作以一种非常神奇、巧合的方式迎合了大屠杀在美国的被接受并进入主流文化的过程。罗斯生于1933年，这一年希特勒掌握了德国的大权；罗斯在1959年出版了他的第一本书——短篇小说集《再见，哥伦布》，在书中罗斯探讨了"二战"后美国社会中犹太人对欧洲大屠杀的微妙心理，非常巧合的是这一年成为美国主流社会对大屠杀态度从沉默到公开的时间上的转折点，标志性事件是大屠杀受害者日记《安妮日记》被20世纪福克斯公司改编成了电影并发行。两年后的1961年，以色列逮捕了纳粹战犯阿道夫·艾希曼（Adolf Eichmann），并在耶路撒冷对他进行了公开审判，以人道罪名等十五条罪名判处了艾希曼死刑，这次审判开启了大屠杀研究的划时代转变。1978年根据美国著名作家、电影制作人杰拉德·格林（Gerald Green）创作的小说（原著小说曾列为1978年平装本小说畅销书之一）改编的长达7小时的电视影集《大屠杀》播出，加快了大屠杀进入美国主流社会和大众文化的速度。1979年罗斯发表了改编《安妮日记》的小说《鬼作家》。之后罗斯又在1993年发表了主要书写大屠杀的作品《夏洛克行动》，更为巧合的是就在同一年反映大屠杀的电影《辛德勒的名单》上映并获得空前的成功，位于华盛顿区的美国大屠杀纪念馆也于当年落成，这一年被美国的 ABC 新闻命名为"犹太大屠杀年"。罗斯与大屠杀记忆事件的平行关系或许可以帮助我们理解罗斯大屠杀书写的社会和人文语境。

其次，两者的发展方向却是不同的。大屠杀的美国化具有普适化和抽象化的倾向，当代犹太哲学家、思想家法肯海姆（Fackenheim）指出，后大屠杀时代犹太人的生存遭遇深刻的历史性危机，主要的矛盾之一就是"普遍主义与特殊主义的矛盾"。① 美国主流话语对大屠杀建构过程中有普遍主义的视野，似乎有意淡化大屠杀的犹太民族特性并导向至高无上的普遍人性。而在大众媒体的推波助澜之下，大屠杀话语大有行销世界的趋势，不同文化、种族和宗教的人都毫无障碍地理解大屠杀电影、电视剧、纪念馆的含义，超越了犹太民族的特殊经历的局限性和其独特的话语背景，因此大屠杀成为人类苦难与救赎的一个普适性隐喻。同时，大屠杀事件本身所具有的绝望性、恐怖性也被美国的国家视角所替代、消解。有学者指出"作为近代历史上的事件赋予大屠杀越多的意义，距离美国犹太人的生活就越来越远"。② 有关大屠杀的叙述在道德上坚不可摧并且不容置疑，生活在美国的犹太人成为被保护的对象，他们在受难者身份和美国政治身份的庇护下，拥有了无法比拟的"道德资本"，貌似比其他的少数民族较早、较成功地融入美国主流社会，在获得优越性的同时，也故步自封不敢越雷池一步。这一切掩盖了美国犹太人在面对历史创伤时复杂的心态，正如诺维克（Novick）所说："受难文化并未导致犹太人接受一种建立在大屠杀基础上的受难者身份；只是容许这种身份站了上风……这些人不确定的犹太身份使他们在犹太生存问题上产生了太多焦虑。"③ 因此，罗斯的大屠杀书写以不同的表现方式把大屠杀拉回对美国犹太人生活的影响上来，强调大屠杀的具体性影响，他以更加自由、叛逆的姿态审视美国犹太人的生活，通过塑造叛逆性和颠覆性的犹太形象推进犹太民族对自我的认知。例如在《鬼作家》中，罗斯大胆使用喜剧的形式展示美国犹太人的暧昧处境。犹太青年作家内森因为一部反映美国犹太家庭堕落的小说而被家庭驱逐，他渴望被家

① 傅有德：《犹太哲学史》，中国人民大学出版社 2008 年版，第 712 页。
② Parrish Timothy, ed. *The Cambridge Companion to Philip Roth*, London: Cambridge UP, 2007: 53.
③ Novick Peter, *The Holocaust in American Life*, Boston: Houghton Mifflin, 1999: 190.

庭重新接纳，他想象自己能够与具有牺牲精神的无辜者安妮一样，并且娶安妮为妻，这样他就能够进入美国主流的群体中，也能够回归犹太家庭。作品中内森这样的幻想表明了大屠杀带给美国犹太人的焦虑和影响，当安妮神圣化、纯洁化的形象被美国大众普遍接受，并代表着乐观精神时，出现在好莱坞电影和星光大道的幸存者形象却直接威胁到了美国犹太人的现实身份。

二　大屠杀书写的悖谬性和色情化

罗斯早期创作强调发生在欧洲的大屠杀与美国当下生活之间的距离，而不是过分地拉近彼此的亲近关系，这形成了罗斯最初对大屠杀书写的悖谬核心。这种悖谬特征展现了这个世界不是一体的，而是存在巨大差异的，即使是同一民族的犹太人，他们之间也经历了从地理到文化上的断裂。罗斯的这种认识与当时大部分大屠杀研究者讨论的奥斯维辛之前和之后生活的剧变有所不同，他聚焦在犹太民族自身的角度去讨论欧洲和美国生活的分裂。

《疯狂者艾利》清晰地展现了罗斯大屠杀书写的悖谬性，一方面大屠杀的创伤已经开始进入美国社会，例如"二战"后美国社会接纳了包括大屠杀幸存者在内的大量犹太移民；另一方面美国当地的犹太人对这些大屠杀幸存者的态度却是暧昧不清的。故事发生在"二战"后，当时美国犹太人正积极地投入美国白人的主流社会中，艾利作为犹太居民就生活在纽约的郊区，忽然有一天他和妻子安静的生活被一群来自欧洲的大屠杀幸存者犹太孤儿和两个正统犹太人打破了，他们在艾利所在的社区里设立了犹太小学。艾利作为律师曾有过精神崩溃的历史，他被社区派去解决大屠杀幸存者和当地美国犹太居民之间的矛盾，尤其是这些大屠杀幸存者穿着哈西德教派（Hasidism）的犹太服装，凸显了犹太人的身份，这给当地还没有真正融入主流的美国犹太人带来了非常大的困扰。艾利试图从同化的犹太人视角劝说这些来自欧洲的犹太人遮掩他们太过突出的犹太性，不要冒犯基督徒，但是却遭到犹太小学校长斩钉截铁地拒绝："那位先生身上穿的是他唯一拥有的衣服。"① 这里罗斯揭示了欧洲传统犹太人与世俗化、现代化的美国犹太人的不同：欧洲犹太人唯一的家园被大屠杀摧毁了，他们失去了家乡来投奔美国的犹太同胞，可是他们穿的传统黑色服装却变成了大屠杀的标志，被美国犹太同胞所排挤，他们成为彻底的无家可归者；而艾利等美国犹太人的生活环境则截然不同，与校长所描述的家园被毁形成了鲜明的对比："一切都是那么平静，不可思议的平静。孩子们何时可以像现在这般安心入眠？大人们何时可以像现在这般酒足饭饱？……人们可以在这里找到宁静与安逸——这正是文明发展了几个世纪想要追寻的方向。"② 在这种分裂中，生活在美国的犹太人注意到发生在欧洲的大屠杀灾难，他们虽然一方面对同胞抱有同情和怜悯之心，但是另一方面他们更需要保卫自己来之不易的美国主流社会的当今地位，他们拒绝引入危险，以免破坏自己的生活。

罗斯从 70 年代起的大屠杀书写明显出现了变化，大屠杀不再只是作为美国犹太人身份意识中边缘化和威胁性的外围呈现，而是开始成为美国犹太人自我意识的中心。同时，罗斯的大屠杀书写更倾向批判性地书写，他集中探讨一旦大屠杀令人震惊的悲剧效果获得了社会的承认，就很容易掩盖美国犹太人身份的复杂性、多元性。兰格（Langer）称其为"大屠杀的优先权"，他认为这种"使用或者是滥用大屠杀糟糕的细节加强了对道德现实、族群责任或者宗教信仰的恪守承诺，这使我们在后大屠杀世界仍恪守古老的价值观"。③《鬼作家》中罗斯把批判的中心放在了犹太社区对大屠杀的想象上，主要是通过被主流媒体理想化和偶像化的安妮形象实现。祖克曼复活了死去的殉道者安妮并重写了她的日记，在这里罗斯质疑了美国犹太社区对大屠

---

① ［美］菲利普·罗斯：《再见，哥伦布》，俞明理译，人民文学出版社 2009 年版，第 239 页。

② 同上书，第 256—257 页。

③ Langer Lawrence, *The Holocaust and the Literary Imagination*, New Haven and London：Yale University Press, 1975：7.

杀扭曲的接受，"小说中用夸张化、戏剧化和歇斯底里的方式展现了错位和荒诞的犹太传统文化"。① 罗斯改编经典作品绝不是对历史知识的不尊重，而是以此为契机加入到了美国知识分子相关政治身份的讨论中去，他指出了美国少数族裔在民族创伤基础上重建个人和民族身份的方式，大屠杀的受害者安妮的日记虽然被广泛接受，但是日记本身的感伤方式却歪曲了对抗大屠杀恐惧的准确性和重要性。罗斯在这里呈现了大屠杀书写的历史困境：一是由于大屠杀的特殊性，大屠杀书写具有的历史真实性问题，文学的书写、文学的展现能否还原大屠杀？二是无论是虚构还是有关大屠杀的回忆录，只能是在人们已经接受的基础上去复制和重复创伤，而不能赋予创伤新的含义。罗斯在提出问题的同时，也阐明了自己的观点，他认为"不是我们要对过去负责任，而是过去需要对我们负担责任，需要帮助我们面对当前，祛除过去带给我们的创伤，只有这样我们才能继续面向未来富有意义的建构"。②

八九十年代之后罗斯的大屠杀书写更具想象性、多样性和讽刺性，他在严肃的大屠杀书写中加入了色情化的描写，这种大胆颠覆性的书写探索了大屠杀呈现方式的多种可能性，其目的是质疑并瓦解大屠杀作为界定美国犹太人犹太性身份的核心地位。在"祖克曼三部曲"的尾声《布拉格飨宴》中作家祖克曼受人之托去布拉格寻找大屠杀遇难者的文稿，主要讲述纳粹占领下捷克犹太人的辛酸苦难，但是祖克曼来到布拉格后却被告知，这位大屠杀的遇难者根本就不是死在纳粹的枪口下的，而是死于偶然的车祸中，在纳粹占领期间，他也没有遭受任何苦难，而是躲在朋友家的浴室里享受着香烟和妓女。这里的大屠杀不是 20 世纪最大的悲剧，而滑稽地变成了一场狂欢，这表明一方面大屠杀已经成为表现个人和历史悲剧的有力资源，另一方面因为美国犹太人生活的相对和平与安全，使他们对大屠杀的书写充

---

① Kramer M. P. and Hana W-N, eds. *The Cambridge Companion to Jewish American Literature*, Shanghai: Shanghai Foreign Language Education Press, 2005: 213.

② Ibid. , 220.

满了想象性，甚至可能是歪曲的表达。罗斯正是强调大屠杀的歪曲性书写的可能性，其真正目的是指向美国犹太人的身份问题，针对已经消失的大屠杀历史，在记忆和想象的重构中具有多种可能性，而犹太人自我身份的定义也因此具有了不确定性。法国当代哲学家、作家芬凯尔克劳特（Finkielkraut）的《想象犹太人》也表达了相同的观点，认为历史转化为记忆背景下的身份建构在自我界定中存在模糊性和脆弱性。

罗斯以悖谬性和色情化的方式书写大屠杀，原因主要在于他的特殊身份——美国犹太人，生活在安全的美国，不是大屠杀事件的亲历者。这种身份使罗斯在书写大屠杀事件时缺少直接的认知，但是也没有了受害者在表述创伤记忆时的心理重负，从而能够以更加自由的姿态来审视犹太人的历史。同时，更重要的是罗斯力图通过这一书写方式凸显大屠杀在犹太民族认同和凝聚中所发挥的历史悲情和道德资本的作用，瓦解大屠杀的严肃性、神圣性，质疑大屠杀作为当代美国犹太人认知民族身份的核心地位，从而突破西方世界单纯以大屠杀来定义犹太人的思维定式。尽管罗斯也承认大屠杀是犹太民族历史进程中的一个重要部分，并且这一事件也已经内化为犹太民族的集体记忆，但是他更想表达的是在犹太民族沉重的历史文化记忆中，还有比大屠杀更为重要的内容，而当代犹太人的命运与文化身份内涵也要远远超越大屠杀的遭遇，例如《旧约》中记载的关于圣教史的记忆、两千多年的犹太大流散（diaspora）的记忆等，这些历史记忆对当代犹太人来说或许更有意义。并且即使是大屠杀恐怕也不能仅仅着眼于德国纳粹主义，纳粹主义只是西方基督教文化两千多年来排犹历史的一个极端化表现，大屠杀不能替代或者遮蔽犹太民族的其他历史记忆。

三　大屠杀书写的空间化

有论者认为"美国犹太小说被束缚在必败的境地：忘记过去意味着犹太身份的失落；而记住历史，则意味着你书写的是欧洲而不是美

国小说"。① 罗斯似乎并没有陷入这样失败的境地，反而在对大屠杀
等犹太民族历史大事件的书写上开拓出新的道路。罗斯在《夏洛克行
动》中非常专注地追踪大屠杀及其影响，突破了美洲大陆的限制，以
更宽广的视野关注世界。罗斯围绕着大屠杀这一核心历史事件，将其
影响架构在当今的美国、古老的欧洲、新兴的以色列（中东地区）
等空间之上，体现出大屠杀书写的空间化扩展。

　　《夏洛克行动》讲述一个美国广告商人在以色列冒充作家菲利
普·罗斯，并出席了1988年在耶路撒冷对纳粹战犯"恐怖的伊万约
翰·德米扬鲁克"（此人被认为在任特雷布林卡集中营的看守者时
屠杀犹太人）的审判。这个冒充者趁此机会在中东和欧洲各地宣扬
"流散主义"（diasporism），认为大屠杀还会再次发生，必须带领犹
太人从以色列撤出，重返欧洲各国定居。真正的菲利普（在此区别
于作家本人，是作品中的主人公）本来就计划去以色列为《纽约时
报书评》采访大屠杀的幸存者和作家阿哈龙·阿佩费尔德。得知消
息后，菲利普决定前往以色列去揭露和阻止冒充者皮皮克的荒唐举
动，并找回他被窃取的身份。菲利普在追踪皮皮克的过程中却卷入
了一场涉及巴勒斯坦抵抗运动、以色列情报机构、大屠杀幸存者、
反犹主义运动的阴谋中。最终，菲利普答应加入以色列情报组织代
号为"夏洛克"的行动中，而他活动的细节却因为保密的原因而被
删除了。

　　作品的情节非常复杂，从简要的情节概括中，似乎看不到大屠杀
书写的内容，但是作品非常巧妙地把各个不同层次的大屠杀记忆渗透
进情节叙述之中，并通过作家菲利普揭示出美国犹太人的身份是如何
和这些记忆模式纠缠在一起的。首先，在情节层面，作品关注的重点
是菲利普和皮皮克1988年旁听的有关战犯德米扬鲁克的审判。这场
当代审判唤起了之前开启大屠杀研究的最重要的首次对纳粹战犯的审

---

　　① Kramer M. P. and Hana W-N, eds. *The Cambridge Campanion to Jewish American Litera-ture*, Shanghai: Shanghai Foreign Language Education Press, 2004: 218.

判，也就是在 1961 年同样在耶路撒冷对纳粹战犯艾希曼的审判。在那次审判中，承受恐惧和屈辱的普通的大屠杀幸存者第一次站在公开场合诉说他们所遭受的折磨，控诉纳粹大屠杀的罪恶。其次，在文本层面，包含了很多真实的内容，如罗斯为《纽约时报书评》所做的与以色列的大屠杀幸存者、作家阿佩费尔德的访谈，内容就是关于小说如何展现大屠杀的讨论。此外，作品中还包含着其他有关大屠杀的文本，例如罗斯的小说《鬼作家》（小说改编了《安妮日记》）、贝娄的《贝拉罗萨暗道》（作品中贝娄直接谈到大屠杀问题，反思了美国犹太人与大屠杀幸存者之间复杂的关系）。

在这些有关大屠杀的书写中，罗斯强调了犹太人在美国和中东以色列冲突地区的不同生存状态，小说通过中心人物真实的大屠杀幸存者、作家阿佩费尔德与美国作家菲利普之间的对立存在，凸显了发生在欧洲的大屠杀悲剧与美国犹太人安全的生活之间的距离。罗斯在访谈录中曾说："每一种假如的生活，都存在可能的对立的另一面。"① 小说中阿佩费尔德和菲利普是同龄人并且同为作家，同样写有关大屠杀、有关犹太人身份的小说，但是他们的生活经历却是如此不同与对立，"在乌克兰的森林中，孩童时候就要东躲西藏，逃避追杀，而此时我却在纽瓦克的操场上玩飞捕手的游戏，这使他比我更了解生活的不合理"。② 小说中菲利普的冒名者皮皮克也很好奇阿佩费尔德与菲利普之间的关系，问道："你为什么要和阿佩费尔德谈话……而不是我呢？"菲利普沉思了他与阿佩费尔德之间彻底分裂的历史，说道：

> 因为阿龙和我是截然不同的两重性……因为我们（菲利普与假冒者皮皮克）在他人看来只是复制品，除此之外什么都不是……而他（阿佩费尔德）却被认为不是真正的犹太人；不同的

---

① Searles George J., ed. *Conversations with Philip Roth*, Mississippi: Mississippi UP, 1992: 198.

② Philip Roth, *Operation Shylock: A Confession*, New York: Vintage Books, 1994: 111.

定位塑造了我们不同的生活和风格迥异的书，这是截然不同的 20
世纪的犹太人的传记。①

在这里阿佩费尔德和菲利普展现了 20 世纪历史中犹太人生活的
对立，而大屠杀是导致这种对立生活的关键原因。通过这样的对比，
罗斯探寻造成犹太人身份困惑的历史之谜，为何发生在古老欧洲和新
兴以色列的是战争和破坏，而在大洋彼岸的美国，犹太人却取得了史
无前例的财富和成功。

在这部作品中，罗斯对大屠杀影响的探寻已经超越了他以前作品
中所设置的美国/欧洲的双重性，而是小心翼翼地把问题设置于时间和
空间的交叉点上，也就是美国与欧洲问题的交叉点——以色列（中东
的政治）上。有评论者指出罗斯对其犹太身份自我定义时不再局限于
关注纽约或东欧，而是将视野扩大到耶路撒冷、西海岸和戈兰高地②。
小说中特别强调了菲利普所在的空间地点的特殊性，他不是待在普通
的宾馆客房中，而是"在美国的保护地，雇用阿拉伯人的宾馆，坐落
在耶路撒冷的另一端，在 1968 年前约旦和以色列的分界线上"③，这个
地点引起了历史的共鸣，加强了故事发生时间和地点的特殊性：

　　像是五月的下午，温暖，微风，间歇的安静，即使是在 1988
年 2 月，我们距离以色列士兵仅仅有几百码的距离，就在前几天
以色列士兵向一群暴动的阿拉伯男孩们投掷了催泪瓦斯。德米扬
鲁克正在接受审判，他在特布林克集中营谋杀了数百万的犹太人，
在离我住的灌木林不远处，阿拉伯人起来反抗犹太人对占领区的
管理。在柠檬树和橘子树中间，这个世界变得不再如此迷人。④

---

① Philip Roth, *Operation Shylock：A Confession*，New York：Vintage Books，1994：201.
② Ibid.，636.
③ Ibid.，51.
④ Ibid.，88.

　　罗斯在描写酒店周围的风景中加入了对历史的联想，其关键的转折点就是大屠杀的发生，已经成为历史记忆的大屠杀与如今发生在以色列与阿拉伯之间的血腥战争产生了共鸣，地理学意义上的空间也与犹太人的民族身份交织在一起，将小说主人公菲利普特殊的美国犹太身份凸显了出来。菲利普夹杂在德米扬鲁克的审判、阿拉法特和以色列防御部队之间，背景却是代表美好、舒适生活的两棵果树，菲利普可以自由地从美国到以色列或者欧洲来旅行，并且可以确保自身的安全，但是在以色列、阿拉伯地区生活的无论是犹太人还是阿拉伯人却不得不面临生与死的抉择，这里暗含着罗斯对大屠杀的后果和犹太复国主义危机的思考。需要特别注意的是，以色列对于罗斯来说并不是回归，不是圣经中所说的回到上帝的"应允之地"（promised land），而是一种"朝圣之旅"（pilgrimage），在完成朝圣之后最终还是要回到美国安全的家中的。这种旅行的循环本质自身就设定了身份认同的不同空间，身份认同并不仅仅局限在固定空间中，而是允许美国犹太人在保持美国身份的同时，在以色列这个犹太人的国家中想象身份建构的可能性，或者说是"反身份"（counterlife）。罗斯自己非常喜欢这样一个英文单词"counter"，中文的意思是反、对立、对应的意思。罗斯的小说题名《反生活》（The Counterlife）就是对这一词以及所代表观念的典型运用和体现。这种反生活/反身份表达了罗斯的身份观念，罗斯在小说中就阐明了当代犹太人的身份再也不是本质一块，而是"可能性之中的选择——是和/和/和/和/和……所有这些纷繁错综的现实存在，相互纠缠着，叠盖着，冲突着，相连着"。①

　　罗斯大屠杀书写的空间化特征最根本的原因在于其自身文化所具有的双重性：犹太文化和以美国为代表的西方文化，罗斯对自身的双重文化属性具有清晰的认识，他曾写道："在我成长时期，最大的威胁来自国外，来自我们的敌人德国人和日本人，因为我们是美国

---

　　① ［美］菲利普·罗斯：《反生活》，楚大至译，湖南人民出版社 1988 年版，第382 页。

人。……在国内，最大的威胁来自那些反对或抵制我们的美国人——要么对我们以恩人自居，要么严厉地排斥我们——因为我们是犹太人。"① 罗斯在双重文化的夹缝中经历了文化碰撞和社会生活的种种挑战，他无奈，同时也自觉地成为双重文化境遇的跨界生存者，他不得不把自身的文化认知架设在两种异质文化之上，又不自觉地进行着文化差异的比较和思考。同时，罗斯是一位严肃的现实主义者，他非常关心当下的现实世界，尤其关注犹太文化在当今世界所面对的困境，包括与伊斯兰文化的严重对立，与美国那种"宠爱"的暧昧关系以及欧洲长期以来的排犹主义等，以色列的诞生正是犹太民族历史与现实困境的一个根本性的体现。因此罗斯将大屠杀设置在美国、欧洲和以色列（中东地区）这三个空间之上，将历史事件、民族记忆和当今政治交织在一起，他并没有简单轻易地判断正义与否，也没有提供解决的出路，而是提供了一幅了解各方的地图——美国犹太人的看法、以色列的处境、中东紧张的局势，希望能够引导人们从一种更为宽广的历史空间来真正地理解犹太文化的命运和特性。

第三节　应允之地今何在——罗斯的以色列书写研究

　　1948年以色列宣布独立建国，成为世界上唯一以犹太人为主体的国家，犹太人在流散了3000年之后终于可以回到《圣经》上所记载地流淌着牛奶与蜂蜜的"应允之地"，流散世界各地的犹太人纷纷移民到此，犹太民族的生存方式和文化存在方式发生了质的改变。犹太民族把"以色列地"看作民族和精神生活的核心，正如以色列国歌所唱到的："纵然两千年颠沛流离，希望仍未幻去，锡安与耶路撒冷，啊，我们会以自由之身重归故里。"但是这个犹太人的故乡作为

---

① 　Philip Roth, *The Facts*: *A Novelist's Autobiography*, New York: Farrar, Straus and Giroux, 1988: 20.

主权国家建立后却一直得不到周围国家的认可，战火不断，处于不稳定的状态中，这给本身就具有历史复杂性的犹太人的归属问题又蒙上了政治的阴影。犹太民族不得不面临全新的民族身份命题，尤其是对于已经成功融入美国社会的美国犹太人，他们该如何在回归和流散间抉择？如何认识自我的民族身份？美国犹太作家菲利普·罗斯在20世纪60年代被批判为犹太浪子，似乎背离了犹太传统，但罗斯却较早将以色列纳入自己的小说世界中。罗斯的以色列书写是他犹太性最显著、最集中的体现，是他从迷茫到自觉探寻犹太民族身份的最为复杂的空间实践。

"以色列对罗斯来说就像是文学粉碎机里的饲料"，① 罗斯的确将以色列放在他的文学的世界里粉碎研磨。早在罗斯的成名作《波特诺的怨诉》中就有以色列书写的内容，虽然篇幅较为简短，但却可见年轻的罗斯力图突破美洲大陆疆界局限的雄心，用宽广的国际视野关注犹太人的身份问题。在《反生活》和《夏洛克行动》这两部小说中，以色列书写更加丰富和复杂，以色列不仅是故事发生的空间，更重要的是彰显了美国犹太人以及犹太民族身份的历史与现实的困境。罗斯在这三部小说中的以色列书写围绕着当代犹太民族身份认知这一核心线索，按照时间上的序列由浅入深，由简单到复杂，将以色列作为检验犹太民族身份的实验场，从犹太民族身份的历史多维性和内在的矛盾性方面质疑了以色列作为本质的犹太人家园的唯一性，体现了罗斯对犹太民族命运的历史考量和现实忧思，表明罗斯逐渐深刻的犹太意识。

一　圣地探险

《波特诺的怨诉》中以色列书写主要集中在小说最后 15 页主人公亚历山大·波特诺的以色列之旅。波特诺在经历了与众多非犹太女性

---

① Parrish Timothy, ed. *The Cambridge Companion to Philip Roth*, Cambridge: Cambridge UP, 2007: 70.

失败的性爱关系之后，把眼光投向犹太家园——以色列，期望自己能
在犹太人自己的国家内重振作为犹太男人的尊严。波特诺一踏上以色
列的土地就感到无比地亲切和熟悉，"路上的行人、饭店的招待、售
票员、搬运工、出租车司机等等，人人都是犹太人……所有的脸都像
是他的朋友，邻居，叔父，老师和父母亲"，①他终于走到了同族的
亲人中间，终于回到了故乡，就连海边的沙子，也是犹太的沙子，他
看到的所有一切都加上了定语"犹太的"，这一抽象的具有民族属性
的定语，也凸显了波特诺初到以色列这个犹太人的家园时的兴奋、激
动和欣喜若狂，表达了怀揣朝圣、希望心理的圣徒对以色列家园的热
忱和理想化认知。如果说犹太民族在经历了纳粹大屠杀的浩劫后，在
以色列获得了重生，那么波特诺也希望在经历众多的性爱失败之后，
能够在以色列重拾犹太男人的气概，获得新生。

　　波特诺洗心革面坚决要做一个犹太人，他迫切希望能够在犹太女
性面前证明自己的犹太男人身份。他邂逅了两位犹太女性，一位是以
色列军队的中校，一个是守卫西奈边界的志愿者内奥米。在面对第一
位开朗活泼、略显主动的中校时，波特诺突然失去了男子汉的性能
力，中校穿上制服扬长而去。而波特诺并不甘心，在面对第二位犹太
女性内奥米时，波特诺积极主动，甚至想到要和她结婚生子永远居住
在山区，但是内奥米却认为是波特诺喝多后的胡言乱语，并一脚把波
特诺踢开，认为他是"自我贬低，自我嘲弄"②，是精神病患者。波
特诺这个性爱英雄在这两个以色列女人面前败下阵来。在美国，波特
诺是个犹太坏孩子，他放纵情欲，甚至要"引诱48个来自美国每个
州的女孩来发现美国，征服美国"③，但这让他饱受良心的谴责，因
此一直在矛盾和分裂中痛苦地挣扎。终于到了以色列的他，希望重新
开始，做一个犹太乖孩子，让本我回归犹太人，严肃而认真地与以色
列犹太女性"谈婚论嫁"，然而得到的却是以色列女性的拒绝和嘲

---

① Philip Roth, *Portnoy's Complaint*, New York: Bantam, 1970: 286.
② Ibid., 299.
③ Ibid., 265.

讽，这让渴望在以色列犹太女性身上找到犹太男性自我身份的波特诺再次感受到了绝望的痛苦，他的希望彻底破灭了。

　　小说中的以色列是波特诺自己选择的战场，对峙的双方分别是要证明自己男性身份的美国犹太青年波特诺和新建国家以色列的犹太女性，这两方带有明显的时空印记，美国犹太青年波特诺是离散犹太人的代表，是旧式的犹太人，而以色列的犹太女性则代表着以色列所倡导建设的新型犹太人，这两者的冲突、交锋实际上揭示了以色列建立后当代犹太民族身份建构所具有的差异和冲突。首先波特诺是美国犹太人，是流散的犹太人，流散本身就被认为是上帝施加在犹太人身上的惩罚，他们被迫离开家园，遭受异教文化的排挤、敌意和歧视，是一种非正常状态下暂时性、寄居性的生存。在美国，波特诺的家庭生活犹如生活在孤岛之上，波特诺 17 岁之前，他所知道的唯一世界和全部的世界就只是犹太人的世界。在波特诺的早年记忆中，有一个场面给他印象很深刻，有一天，他站在家里窗户边，看着外边的雪，充满渴望地问妈妈："你喜欢冬季吗？"① 只是简单的季节变化，波特诺为什么如此激动？因为除去冬季的危险，冬季就在外边，并且是无处不在、不受压抑的，和他所处的局促、受限的犹太家庭形成鲜明对比，虽然只隔着一扇透明的玻璃窗，但对波特诺一家人来说这外边的世界是一个遥远的国家。在这样自我封闭也是自我保护的犹太家庭中长大的波特诺在外人面前谨小慎微、彬彬有礼，他学习成绩好，门门功课都是 A，他从不调皮，放学就回家，毕业后又有了好工作，完全符合美国主流文化对犹太人的想象。

　　相对于流散中的旧式犹太人，以色列建国后，根据国家意识的需求建构新型的犹太人，尤其是青年男女，"是拓荒者，英勇无畏，粗犷强健"与"大流散时期犹太人苍白、文弱、怯懦、谦卑、颇有些阴柔之气的样子"形成强烈的反差。② 波特诺在以色列遭遇的两位以

---

　　① Philip Roth, *Portnoy's Complaint*, New York: Bantam, 1970: 37.
　　② 钟志清:《"把手指放在伤口上"：阅读希伯来文学与文化》，中央编译出版社 2010 年版，第 216 页。

色列犹太女性具有典型的新型犹太人的特征，她们虽然身为女性，但是都非常强壮，并且一身戎装，具有男性的力量和坚强的意志。她们完全按照以色列的国家意志要求自己的行为，中校在军队中执行国家权力，而内奥米则放弃了家庭，听从国家的召唤去戍守西奈边界，她们都义无反顾地放弃了个人的价值观，按照国家意识形态的要求纯洁化自我的身份，丝毫没有个人的感情与欲望。当波特诺在酒吧寻找女性目标时，反被中校当作猎物猎取；当波特诺向内奥米倾诉衷情时，被内奥米看作是无稽之谈。在以色列犹太女性面前，波特诺的性爱诉求失败，隐喻了波特诺所渴望的在以色列找回自我犹太男性身份的失败。本以为回归以色列可以获得正常的男性性健康，可以治愈因流散而出现的神经质，可以克服因流散而造成的无能，但是都归于失败，波特诺戏剧性的又回到了孩提时代对同为犹太女性的母亲的恐惧，显示了波特诺圣地探寻个人独立身份的失败。

　　《波特诺的怨诉》是罗斯的成名作，小说发表于 20 世纪 60 年代末，这个时期以色列正处于与周围中东国家的激烈矛盾甚至战争当中，与美国的关系也较为暧昧。年轻的罗斯非常敏锐地感知并书写了遥远的以色列对美国犹太人在身份认知和民族情感等方面产生的复杂影响，一方面美国犹太人对以色列寄托了情感和美好的希望以及憧憬，尤其是 1967 年六日战争之后美国犹太人大受鼓舞，支持以色列。但由于时空的距离间隔和文化的差异，对以色列更多的是一种跨越大洲的想象；另一方面由于以色列作为独立的国家所行使的特定政策以及犹太人的极度不安全感使以色列陷入了武力和战争的泥潭，美国犹太人对此保持着有距离并较为清醒的认识。正是由于对以色列的这些矛盾情感，导致了波特诺在到达以色列之后先是兴奋，过后便是失望，表达了美国犹太人对以色列较为基本的认识模式。从书写的规模和深度来说罗斯的以色列书写都还处于尝试阶段，以色列书写只是作为情节发展的一小部分，缺少对以色列近距离的现实观察和实践，还没有把以色列问题作为单独的主题进行研究，尤其是对于以色列的历史深层问题，如犹太复国主义、阿以冲突等涉及以色列政治争端和以色列对流散海外的犹太人思想和生活所产生的影响还未涉及。随着以色列在中东地区从边缘走向中心的演变以及作为流散海外的美国犹太人对其民族身份探寻的深入，罗斯的以色列书写慢慢发展成为"以色列小说"。

二 畸形的犹太家园

20 世纪的八九十年代罗斯推出了两部被认为是"以色列小说"的作品《反生活》和《夏洛克行动》，这两部小说最终承担起了更加深入和复杂的以色列书写。在这两部作品中以色列成为了重要的背景，这标志着罗斯创作空间的扩展，即从美国扩展到欧洲大陆，同时也反映了在美国多元文化的氛围中，随着美国犹太作家对犹太身份的探寻，美国犹太文学逐步建构起了与犹太国家以色列的关联，"很难忽视犹太国家在形成美国犹太人民族精神气质上的重要影响"。[1] 尤其是在 20 世纪六七十年代继大屠杀进入美国主流文化话语之后，作为犹太人家园的以色列逐渐成为书写的另一个重点。不过以色列已经由一个理想化的国度、一种象征变成了一个清醒的现实主义的文化空间，成为检验犹太人身份的实验场。罗斯笔下的以色列，历史和现实交汇，各种矛盾集结，每一种思想都可以发出声音，每一种思想也都有了对立面的讨论，展现了犹太文化的悖论式特征。

《反生活》是罗斯以色列书写较为集中的力作，小说共有五章，其中第二章以"犹太区"（Judea）命名，主要讲述发生在以色列的故事。在这一章中美国犹太人亨利做完心脏病手术之后去了以色列的特拉维夫，在那里做康复治疗。亨利在以色列感受到了强烈的犹太民族情感，要重生做个纯正的犹太人。亨利放弃美国优越的中产阶级生活，决定定居以色列，并以以色列极端右翼复国主义领袖李普曼作自己的精神领袖，成为犹太复国主义的成员，拿起武器参加以色列的保卫战争。亨利的哥哥内森为了阻止弟弟，也来到以色列，

---

① Furman Andrew, *Israel Through the Jewish-American Imaginations*：A Survey of Jewish-American Literature on Israel 1928 – 1995，Albany：State University of New York，1997：1.

力图劝阻弟弟这种狂热的行为。通过内森的所见所闻，展现了生活在以色列的犹太人的思想、行为以及他们之间存在的观念上的对立。《反生活》中的以色列书写将以色列从犹太民族精神上的神圣家园转化为现实中疯狂和流血的战场，以色列不再是朝圣者想象性的精神空间，也不再是犹太人历史的圣地景观，而是文化、政治、宗教、军事激烈冲突的敏感地带，体现着犹太民族在价值认知层面的矛盾纠结。

对亨利来说，回归以色列意味着可以在以色列这一犹太人的家园中进行自我身份的探索，也就是说以色列给了美国犹太人可供想象和选择的身份空间。亨利放弃了自己在新泽西舒适的牙医生活，到了以色列最艰苦的犹太区，在以色列破旧的希伯来语学校里，和孩子们一起学习，他想象自己和孩子们一样完成自我民族身份的认同，"我不仅仅是个犹太人，我也是个犹太人，我和那些犹太人一样最深处是个犹太人"。[①] 亨利在以色列的每一天都能感受到犹太身份对他的召唤，不仅源于他内心对于犹太民族身份的向往，还在于以色列的外界环境给予他的影响，让他急切地要重塑犹太民族身份，亨利把重新发现的自我沉入更加广阔的犹太民族的群体身份中，他从一个性无能的男人变成了一个无所畏惧的犹太人。亨利转变的突出表现是，当他开车带着内森去希伯伦时携带着步枪。内森发现了亨利的改变："我不确定步枪是否真的需要，或者他就是如他那样夸张地直接地炫耀，他从在美国一个柔弱的犹太好男孩变成了现在这样之间的巨大差距，这杆步枪是他全部选择的令人震惊的象征，他祛除了自身的羞耻。"[②]

犹太复国主义者李普曼是以色列的化身，其犹太民族意识非常强烈，认为犹太人应该严格恪守犹太教教规，个人的"我"应该服从犹太整体民族性的"我们"。李普曼试图以武力来简化犹太人的身份，塑造成为好战的犹太人，从而结束犹太人的"自我分裂"，维护

---

① ［美］菲利普·罗斯：《反生活》，楚大至译，湖南人民出版社 1988 年版，第70 页。

② 同上书，第 127 页。

确定性的本质的犹太身份。李普曼指责所有没有回归以色列的散居犹太人，这些犹太人无视犹太祖国的建立，仍然在居住国生活，忘记了自己背负的责任和义务。李普曼的弥赛亚救赎梦想是非常危险的，是对犹太传统中"不断增殖的自我"（self-proliferation）① 的思维方式的严重抹杀。罗斯对这种极端犹太复国主义持有谨慎的态度，呈现出极端犹太复国主义与犹太传统之间内在的矛盾性。

在以色列也有对犹太身份有不同理解的少数派，是一些具有民族倾向的知识分子，如内森的记者朋友舒基，他看到了血淋淋的代价，弟弟在与阿拉伯人的战斗中成了炮灰，父亲因突发心脏病去世，儿子也即将参军面临死亡的威胁。因此他反对武力、极端的复国行动，他崇尚理性，政治立场较为温和，他清醒地看到了以色列这块地方已经成为犹太天才们创造疯狂和流血的土地。可是他的声音却淹没在声势浩大的保卫以色列的运动中。舒基感受到了自己在以色列这块土地上的尴尬，"我是一个被荒谬扭曲了的畸形人，在我们固有的历史中，像其他人一样被这种困境的要求毫无希望地扭曲了。不过这样一来，变成了更合你胃口的一种性格。写一写像我这样对现实不满的以色列人，政治上软弱无力，道德上四分五裂，连对人家发脾气都讨厌得要命。但是你写李普曼时却要小心"。②

内森则是以色列犹太人身份实验室的观察者，在他看来以色列现在已经变成了"犹太人畸形的家园"。③ 首先，在内森看来，弟弟亨利在以色列的重生只是他自己对于家园的想象，是欲望的家园，亨利被欲望蒙蔽了双眼，如康拉德《黑暗的中心》中深入非洲腹地的白人船长库尔兹，"我的弟弟，还没有认识，这艘船的目的地就是毁灭，而我无能为力"。④ 内森告诫弟弟："纽瓦克厨房的餐桌恰好是你记起

① Parrish Timothy, ed. *The Cambridge Companion to Philip Roth*, Cambridge: Cambridge UP, 2007: 89.

② ［美］菲利普·罗斯：《反生活》，楚大至译，湖南人民出版社1988年版，第194页。

③ 同上书，第84页。

④ 同上书，第325页。

犹太意识的源泉……纽瓦克厨房的桌子正好是你作为犹太人的回忆，亨利——这才是伴随我们长大的环境。这是父亲。"① 其次，李普曼所代表的犹太复国主义已经将以色列变成了一个好战的以色列，以色列已经不是两千年前那个逝去的家园，"应允之地"如今已然成为战火的核心，充满了敌意和危机。那些号称保卫以色列的复国主义者偏执的宗教情感和单纯崇尚武力的思想已经破坏了神圣家园，扭曲了犹太人的生存，对周边的国家和人民造成了威胁。

《反生活》是罗斯创作历程中最关键的一部，其重要性不仅在于其后现代实验小说的艺术性，而且还在于它的新主题，在多维空间中考量当代犹太人的身份认同，展现以色列作为犹太人本质故乡所具有的悖谬性以及对当今犹太民族身份归属所产生的影响。《反生活》发表于20世纪80年代，这个时期美国社会由于大屠杀所带来的耻辱感以及美国社会的反犹情绪基本上都已平息，美国犹太人的社会地位明显提升，美国犹太人更加自由、富裕、有影响力，他们对以色列的支持和帮助也更加公开化，尤其是以色列在中东地区的地位越来越巩固后，很多美国犹太人在犹太复国主义运动的感召下移民去了以色列生活，这对散居美国的犹太人的身份认知产生了巨大的冲击。在这种氛围中，美国犹太人改变了对以色列的认识，想象中的故土家园随着直接接触面的扩大，更具有了现实主义的色彩。以色列虽然取得了巨大的成就并且成为唯一的犹太人为主体的独立国家，但是这个国家又被许多严重的问题所困扰，美国犹太人对以色列的认识和看法也莫衷一是，由此导致美国犹太人对自身身份的认同更为复杂和多变。在这种社会背景下，犹太人曾经的圣地、千年流散的精神家园以及如今战火纷飞的以色列国都让罗斯不得不思考以色列能否赋予犹太民族新的身份？失去地理空间几千年的犹太人是否能够真正回归？罗斯将以色列作为一个实践的空间，深度发掘以色列作为犹太人本质故乡所创造的

---

① ［美］菲利普·罗斯：《反生活》，楚大至译，湖南人民出版社1988年版，第163页。

新意义是如何冲击、考验当今犹太民族的文化身份认知的。同时，罗斯以强烈的普世主义的倾向，同犹太复国主义、反犹主义、流散主义对话，让众多不同地域、不同身份、不同观点的犹太人展示各自的立场，多重维度思考当代犹太人的文化身份，这使他的以色列书写以文学的姿态介入当下现实政治的同时具有了更为深远和厚重的犹太意识。

三　返回美国

《夏洛克行动》一书是对《反生活》一书中发现的以色列畸变的反思，两部作品形成了一种呼应、对立的关系。《反生活》一书中以色列书写完全出自虚构，有虚构的情节和虚构的人物等，但所讨论的都是当代犹太人最现实、最敏感、最关注的问题，如犹太复国主义、反犹主义、犹太散居等；而《夏洛克行动》一书的情节大部分都是真实事件，如1988年以色列在拉马拉军事法庭对纳粹战犯"恐怖的伊万·德米扬鲁克"的审判，以色列境内阿拉伯人发动的无数次暴动，人物设置方面也全然是现实版，不仅菲利普·罗斯以真名出现，而且还出现了罗斯的前妻克莱尔、大屠杀的幸存者和以色列作家阿哈龙·阿佩费尔德等，但是作品讨论的问题却具有普遍性和哲理性，如身份的不确定、历史的多面性等，因此《夏洛克行动》与《反生活》构成了以色列书写的"反生活"。

《夏洛克行动》主要讲述了美国犹太作家菲利普·罗斯来到以色列阻止他的冒充者皮皮克假冒他的名义宣扬流散主义，找回他被窃取的身份，菲利普在以色列追踪皮皮克，但却被卷入了一场涉及巴勒斯坦抵抗运动、以色列情报机构、大屠杀幸存者、反犹主义运动的阴谋中。菲利普答应加入以色列情报组织代号为"夏洛克"的行动中，他活动的细节却因为保密的原因被删除。这部小说中的以色列书写不像《反生活》中那样集中，而是支离破碎地散落在小说叙述中，但叙述的间隙中总是透露出美国这一文化空间的存在。例如主人公菲利普在以色列的位置，他不是待在普通的宾馆客房中，而是在耶路撒冷另一端的美国保护地，这里美国政府雇用了阿拉伯人做服务员。菲利普作为来自美国的犹太作家被夹杂在对德米扬鲁克的审判、阿拉伯人和以色列防御部队之间，既有对历史中大屠杀的恐惧（对德米扬鲁克的审判），又有现实中与周边阿拉伯人战争的威胁，可谓四面楚歌，情况危急。但菲利普所处的背景却是代表美好、舒适生活的两棵果树和美国人安全的宾馆客房，这一特殊的位置形象地说明了罗斯以色列书写的特征，即以色列虽然是一种现实，存在战争、暴力乃至死亡的威胁，但是仅是遥远的存在，对于生活在美国的犹太人来说，他们可以自由地从美国到以色列或者欧洲旅行，并且可以能确保自身的安全。

小说中以色列对于美国犹太人来说绝非《圣经》中上帝的“应允之地”，而只是一场有惊无险的旅行。小说结尾描述了1991年的中东战争，伊拉克的炸弹落入了特拉维夫的住宅区，电视画面中满是死伤的血腥画面，传递出罗斯对以色列在中东前途的深深忧虑。此时美国国力的强大显示了出来，美国帮助以色列架设起爱国者导弹，保护以色列避免遭受空中打击，等等。正因为有了美国的保护，作品中的主人公菲利普才能够自由地抽身离开以色列，回到美国安全的家中。小说的结尾设置了菲利普与以色列摩萨德特工斯米尔伯格见面的一个地点，这个地点不是在以色列，而是在美国纽约阿姆斯特丹街的犹太熟食店，在这里，这样一个独特场景的设置说明对罗斯的以色列书写意义的理解需要在美国语境之下。在犹太食品店里，菲利普回忆起小时候他经常去的一家熟食店，他们家经常买的食物包括：用两层厚厚的油纸包起来的美味丝滑的熏鲑鱼片，肥得流油的白鲑，厚厚的雪白多肉的鲤鱼和辣椒腌制的黑貂肉……罗斯用近似普鲁斯特式的丰富浓郁的笔调来描写食物，关于食物的记忆让他想象中世纪犹太格托中犹太人的生活，那些水手和普通人的日常生活饮食非常简朴，他们负担不起豪华的晚宴，而“上古遗留的味道就是生活”。① 在这里罗斯展

① Philip Roth, *Operation Shylock: A Confession*, New York: Simon, 1993: 378.

现了犹太人日常生活的细节是如何转移到个人和文化记忆中的，犹太历史是如何嵌入到美国社会的。从中可见美国犹太人的犹太家园或许并不是欧洲或以色列，而是纽约的犹太熟食店，美国的家继承了浓厚的欧洲犹太格托的味道，并且远离欧洲犹太人在"二战"时期经历过的苦难。罗斯认为美国犹太人的犹太性寻根应该摆脱以色列或者欧洲犹太人所承载的沉重的受难历史，而把自身归属于美国的犹太历史之中。

另外，在犹太熟食店里，斯米尔伯格给菲利普讲了一个看似非常游离的关于中国服务员在犹太熟食店工作的笑话。笑话的内容是，一位顾客进入一家熟食店，发现服务员是说意第绪语的中国移民，结账时这位顾客大骂熟食店的老板："这顿饭糟糕极了，更糟糕的是中国服务生竟然说流利的意第绪语。"店老板幽默地回答道："不要太大声哦，他还以为他在学英语呢！"① 这个笑话讽刺了新移民渴望适应移入国的文化方式以及其民族身份认同的固定化模式，笑话的重点是犹太人的意第绪语已经变成了一种进入美国社会的媒介，通过它你可以变成美国人，表明了美国犹太文化已经同化到美国这个多元文化社会中。犹太民族的意第绪语不再是老一代美国犹太作家如辛格等所强调的民族语言，反倒是成为进入美国社会的一种可能性。罗斯在这里正是将意第绪语与以色列做了类比联系，两者都是犹太民族身份的重要标志，甚至是作为本质特征的定义，笑话的意蕴是，意第绪语不再是犹太人民族身份的唯一标识，而以色列也并非是美国犹太人想象和创造自身民族身份的本质来源，犹太人对自身民族身份本质性的探寻不应仅仅局限在以色列，而应该在其流散的历史中探寻、认知。

综观罗斯的以色列书写，可见一条清晰的循环轨迹：美国—以色列—美国，美国是罗斯以色列书写的出发点和落脚点，美国是其自我认知、理解世界和进行文学创作的土壤。作为出生并生活在美国的犹

---

① Philip Roth, *Operation Shylock：A Confession*, New York：Simon, 1993：385.

太作家，罗斯相比较前辈犹太作家如辛格、马拉默德等更加美国化，他的生命体验主要来自美国，他以美国犹太作家的身份去理解体验以色列和欧洲。在以色列的一次文学会议上，罗斯更是强调自己是个美国作家，只是偶然来书写犹太人。在这个简洁的陈述中准确地反映了他的作品中复杂的混合文化身份，这也正符合"二战"后美国少数族裔作家文化身份认知的复杂模式，即他们的作品看上去越是民族化，那就越是美国化。在美国民权运动和身份政治浪潮之后，美国社会形成的多元文化格局使以前受排挤的少数族裔能够发出自己独特的声音。正是在美国这一多元文化语境中，允许并唤醒了美国少数民族的族裔意识，同时也催生和引发了他们向自身族裔历史的探寻。于是美国的少数族裔作家，如非裔、西班牙裔、亚裔等为了更好地确认他们如今的美国身份，都转向叙述甚至是创造本民族的族裔历史，如美国黑人作家托尼·莫里森、艾丽斯·沃克，美国华人作家汤婷婷、谭恩美等都是这一历史潮流中的一员。罗斯的创作正是当代美国少数族裔作家用小说建构本民族历史的多样文学和文化遗产历史潮流中的典型。

　　但是比其他美国少数族裔作家更复杂的是，罗斯的作品不仅宣称他的美国身份是民族身份的结果，而且他的民族身份还是美国身份的结果，罗斯正是在美国社会多元文化中去书写犹太生存方式的改变，并且去探寻塑造自我身份多样性的可能。美国—以色列—美国，两个不同空间的循环往复，在本质上也预设了美国犹太人的身份认同不能仅仅局限在一个空间之中，而应具有多重性，正如罗斯在《反生活》中所说："问题的症结在于并非或此/或彼，有意识地从可能性中选择，这些可能性等同于困难和遗憾——是和/和/和/和/和以及同样也是。生活的确就是一个'和'字：……所有纷繁错综的现实存在，相互纠缠着，遮盖着，冲突着，连接着。"[①] 以色列作为犹太民族的

————————————

① ［美］菲利普·罗斯：《反生活》，楚大至译，湖南人民出版社1988年版，第382页。

本质故乡给了美国犹太人可供想象和选择的自我身份的空间，可以建构与其美国身份相反的、对立的身份。罗斯笔下的主人公们暂时到达以色列，在这里进行自我探索的实践，充分体验犹太民族身份的复杂性，并变成其想成为的犹太新人，表明身份的可塑性和延展性，但要注意的是同时也造成了他们主体性的内部分裂，如《反生活》中的亨利、《夏洛克行动》中的真假菲利普·罗斯。

同时，美国犹太人的身份也是特殊的历史和文化环境相互作用的结果，依赖社会语境等很多复杂的因素，可以说"在每一个犹太人身上都有一群犹太人，犹太人是三千多年镜像片段的汇集"。[①] 虽然罗斯的以色列书写质疑了以色列作为犹太人本质家园的唯一性，认为犹太人的"应允之地"在美国，而不是以色列，但是以色列承载着犹太人三千多年流散的历史，却是无法剔除的。因此，以色列作为犹太民族历史的象征与美国叠加在一起构成了美国犹太人认知自我身份的条件，在《反生活》中祖克曼对自己的孩子实行割礼的长篇大论就可以说明："割礼充分表明了你的位置……割礼拆穿了动人心弦的田园牧歌式的谎言。这个世界不存在那种史前天真无邪、美妙如仙境的生活。"[②] 可见，罗斯的以色列书写道出了并不存在本质的、纯粹的犹太身份，当代犹太人的身份只能是碎片化和偶然性的存在，任何简化甚至消减犹太人身份复杂性和多样性的做法都会带来危险，正如在《身份与暴力——命运的幻象》（2000）一书中，阿玛蒂亚·森指出："在当代，实现世界和谐的希望很大程度上取决于我们对人类身份多重性的更为清晰的把握，以及充分认识到，人们的这种多重身份是纷繁复杂的，并且坚决反对将人们按照某一单一、鲜明的界限来进行划分。"[③]

---

① Philip Roth, *Operation Shylock: A Confession*, New York: Simon, 1993: 334.

② ［美］菲利普·罗斯：《反生活》，楚大至译，湖南人民出版社 1988 年版，第404 页。

③ ［印度］阿玛蒂亚·森：《身份与暴力：命运的幻象》，李风华等译，中国人民大学出版社 2000 年版，第 4 页。

第四节　来自父辈的遗产——
　　　　家族历史的记忆

家庭一直是犹太民族最重要的社会观念，是犹太社会、历史、宗教和文化传承的重要载体。犹太民族在漫长的流散历史中失去了国家的地理区域，因此犹太民族的社会生活中心、文化活动中心就只能集中于私人化的家和家庭空间之中。犹太人的家庭是实施宗教礼仪的最基本单位，各种节期和每日的祈祷都是在家庭这一主要场所内进行的。因此家庭这一由房屋物质材料构成的最基本的生活单元，成了犹太民族存在的具体形式。同时，家庭也是人际交往和文化传承的基本单位，是文化传统传递和保存的最主要途径，因此，家庭是犹太人之间亲密联系和情感冲突的基本范式，是犹太民族保持其犹太性的基本场所和获取身份认同的主要空间。虽然美国犹太人的家庭组织相比较传统的犹太家庭有所改变，例如宗教生活有所减弱，但是从基本模式上仍然保留着犹太民族的传统，正如当代美国犹太宗教精神领袖卡普兰说：“犹太生活主要的和不可或缺的中心无疑在犹太人家中，子女们在那里初面人世，获得文化和精神生活的基本知识。基本的犹太习俗和犹太价值在那里世代相传。犹太教作为一种生活方式的方方面面无一不是与犹太家庭联系在一起的。”① 犹太家庭把犹太传统、犹太文化传递给下一代，是维系他们犹太身份的重要途径。在罗斯的身份探寻中，犹太家庭成为他对自身犹太性最初认知的初始语境，相比对宏大、久远的民族历史而言，犹太家庭所承载的家族记忆和个人体验更加清晰、直观和具体。

罗斯大部分作品中主人公生活的背景都是犹太家庭，其早期作品总是聚焦在主人公最熟悉、所生活的犹太家庭，犹太家庭成为罗斯笔

---

① ［美］摩迪凯·开普兰：《犹太教：一种文明》，黄武福等译，山东大学出版社2002 年版，第 416 页。

下的主人公们生活的具体场所以及展示自身犹太属性的舞台，是形成主人公犹太身份意识的源头和语境。罗斯选择以犹太家庭这一小角度为小切口，使他的作品更加"接地气"，更贴近美国犹太移民的生活，能够从本源上梳理美国犹太人民族身份形成的原始语境，他对美国犹太家庭变迁的记录成为记录美国犹太移民美国生活的百科全书，成为美国犹太民族身份的家族记忆的范本。例如评论者指出："除了偶尔尝试写写非犹太人世界，罗斯作品的主要背景是美国犹太生活，尤其是美国犹太人的家庭生活。那是他开始的地方，也是他……几乎总是会回去的地方。"① 如《再见，哥伦布》《波特诺的怨诉》《鬼作家》都有非常多的对家庭生活的描写，基本上都是犹太家庭束缚了犹太青年人的自由，让他们心生厌倦，甚至与家庭分裂；中期作品例如《解剖课》《布拉格狂宴》《反生活》《事实》等虽然对家庭生活的描写减少，但是主人公已经有意识地与犹太家庭、族群保持一定的距离，体现了其对自身犹太传统的重新评估以及对犹太民族历史的多重思考；晚期作品如《遗产》、"美国三部曲"、《反美阴谋》等则更多地集合美国历史，扩展了视野，更多地结合美国历史，在美国历史语境中重新书写犹太人家庭，书写自己成长的犹太家庭背景，书写犹太家庭中父子亲情以及在美国生活的犹太家庭面对灾难的恐惧等。罗斯对犹太家庭的书写虽然是一个比较细致的小角度，但是对家的描写可以看成是对美国国家的隐喻，生理上的血缘家庭与隐喻性的国家之间构成了同质关系，个体对家的看法反衬出对国家的看法。因此，梳理罗斯对犹太家庭的书写可以从更加具体可感的角度来认识罗斯犹太身份探寻之路的起因以及探寻的过程和结果，明确其认知的转变，从对犹太身份的质疑、背弃到重新审视、珍重继承。

一 犹太家庭的美国化变迁

罗斯多篇小说中对美国犹太家庭的描写很具有写实主义的风格，

---

① Halio Jay L. and Siegel Ben, *Turning up the Flame—Philip Roth's Later Novels*, Newark: University of Delaware Press, 2005: 203.

尤其是通过对犹太家庭的描写，展示了美国犹太人生活的具体细节，包括犹太人的穿着、饮食以及家庭成员中的关系。阿佩尔菲尔德认为"罗斯通过塑造犹太人物的复杂性和他们生活的巨变，保存了犹太人的真实生活""熟知他角色的可辨识性和隐藏性。不管什么时候，他用审视的眼光仔细检查，不干预他们的生活。他绝不理想化犹太人"。[①] 罗斯用形象和幽默的语言记录了美国犹太移民艰苦创业的历史，将大写的历史落实在具体的家庭生活上，刻画出犹太家庭基本的家庭模式：父亲努力工作，忙于应对工作，缺少与家庭成员的交流；母亲勤俭操持，几乎掌控着整个家庭的运转；子女听话乖巧，但都渴望自由独立的生活。美国的犹太家庭在保持自身犹太民族属性和适应美国社会生活之间进行了长期的拉锯战，一小部分继续居住在贫民窟或者说犹太聚居区，大部分则搬离出去，进入了美国乡村世界，实现了"美国梦"。《再见，哥伦布》中浓缩了犹太家庭的美国化变迁，凸显了犹太家庭在美国社会的变化，居住在下城区的尼尔舅妈家为代表的传统犹太家庭与已经搬迁到郊区的尼尔女朋友布伦达的美国化犹太家庭形成了鲜明的对比，说明美国犹太家庭的经济基础以及美国化的程度产生了巨大的分化。在"美国三部曲"中罗斯更是以史诗一样的笔触，以编年体的方式记录了纽瓦克聚居区中祖克曼以及他的好友们的家庭变迁，从父辈的下层生活、艰苦创业到自身的守业、融入美国，再到下一代背离犹太传统完全美国化之后家庭的分崩离析，罗斯笔下的美国犹太家庭已经与欧洲传统的犹太家庭产生了巨大的不同。

首先，罗斯的小说典型化了犹太家庭在美国的泛宗教化或者说是世俗化的变迁。由于犹太民族没有自身的地理空间领域，只能寄居在异质文化之中，为了更好地保持自身的民族属性，避免自身的同化，他们在历史上就一直强调家庭生活的宗教化，这是保全犹太性的重要一点，在家庭生活中要遵循犹太教的教义生活，排斥世俗化，犹太民

---

① Milbauer Asher Z., and Donald G. Watson, eds. *Reading Philip Roth*, New York: St. Martin's Press, 1988: 13 – 14.

族就像刺猬一样，卷缩在一起，卷缩在以家庭为单位的堡垒中抵御寄居地异质文化的侵扰。但在罗斯的小说中他再现了"二战"时期美国犹太家庭的世俗化。从家庭空间的转移就可窥豹一斑，传统犹太家庭空间的核心在客厅，主要用于会客以及各种宗教节日庆祝，但是在罗斯笔下美国犹太家庭的空间核心却是厨房和卫生间，家庭的主要活动也主要集中在这里，这表明美国犹太家庭的宗教化生活已经明显减弱，而家庭琐事等日常的世俗生活明显增强，因此美国犹太家庭已经开始由宗教性功能向世俗化变迁。《再见，哥伦布》中尼尔的格拉迪斯舅妈的天地就是厨房，狭小、拥挤、灰暗的空间却是家庭的核心。舅妈每天要在厨房里做四次饭，大家也在厨房用餐，人多的时候拥挤不堪，尼尔总是抓紧时间用餐及早离开。与舅妈家局促的厨房形成鲜明对比的是帕廷金家宽敞的厨房，独立的餐厅，不用在厨房里用餐，厨房冰箱里永远都存放着丰富的食物。《波特诺的怨诉》中厨房也是一家人主要的活动空间，母亲整日忙碌在厨房中，波特诺永远不会忘记母亲在厨房里拿着刀叉威胁他吃犹太的洁食食物。《反生活》中在以色列战乱的环境中，内森给弟弟亨利指出以色列并不是我们犹太意识的来源，而"纽瓦克厨房的餐桌是你记起犹太意识的源泉"。① 罗斯也曾在访谈中多次提到厨房，在自己还是孩子的时候，在家庭的厨房里最初获得了政治概念，"我很骄傲地说我比大多数美国民众早了近20年，在自己的厨房中认识到尼克松是个骗子"②。同时需要注意，如果说厨房是母亲为主导的空间，代表着传统，也代表着传统的约束，那么卫生间则是个人的私密空间，具有很强的反抗性，《波特诺的怨诉》中波特诺经常独自待着的唯一私密空间就是卫生间，《遗产》中父亲患病摔倒后在卫生间大小便失禁。可见，罗斯笔下的犹太家庭生活的物质空间发生了变化，厨房以及卫生间超越了承载犹太宗

① ［美］菲利普·罗斯：《反生活》，楚大至译，湖南人民出版社1988年版，第163页。

② Searles George J., ed. *Conversations with Philip Roth*, Mississippi：Mississippi UP, 1992：87.

教文化意蕴更浓厚的客厅或者是犹太教堂和社区，更具有生活气息和日常化生活伦理。

　　其次，罗斯小说中家庭成员之间的伦理关系紧张而微妙。评论者指出"罗斯的成功之处在于，能够将犹太文化中的一些要素，如幽默、传统的家庭伦理等作为一种工具、创作技巧来表现当代人普遍的生存困境"。① 犹太家庭是移民世界中维持犹太传统稳定性的主要力量，但是也是最容易被外来价值和标准渗透的地方。美国犹太家庭的内部呈现出紧张和分裂的征兆，家庭这种天生脆弱的社会结构受到了外界力量的侵袭。虽然家庭成员之间的相互关怀是一般家庭伦理的核心，但是在犹太家庭的伦理中，父与子的伦理关系却较为特殊，父子冲突是伦理关系的主要面向，往往影响甚至决定了犹太青年人叛逆的个性以及身份认知。因此父子伦理关系是犹太文学中一个长久的命题，在犹太作家的创作中经常出现，并且上升为文学的母题，成为犹太民族文化模式的一个基本特征。然而在罗斯的笔下，传统的父子伦理关系让位于更加明显的母子伦理关系，父亲在家庭中往往是失声的，母亲却异常强势，凸显了犹太母亲在美国犹太家庭中的地位。《再见，哥伦布》中的格拉迪斯舅妈几乎掌管着家庭的全部大权；《奥兹》中奥兹的母亲决定了奥兹在家里的一切；《波特诺的怨诉》中波特诺认为母亲无所不能又无处不在。罗斯这样的处理与犹太家庭在美国生活的经济方式有密切的关系，父亲必须承担起养家糊口的世俗重任，家庭内部的建设，尤其是子女的教育，犹太母亲起到了主导甚至是决定性作用，犹太母亲能干的传统保留了下来。由于罗斯笔下主人公多是年轻人，他们在家庭生活中接触的主要是母亲，因此犹太传统的习得主要通过母亲来实现，母子之间矛盾最多也产生于此。罗斯作品中最为突出的是犹太青年与犹太母亲之间的矛盾，这一矛盾展现的特点暴露出母亲所体现的犹太民族身份与犹太青年所向往的美国身份之间的竞争关系，

――――――――――

　　① 曲佩慧：《寻找真我——菲利普·罗斯小说中的身份问题》，博士学位论文，吉林大学，2013年，第20页。

同时展现出罗斯笔下犹太男性身份的被压抑。罗斯对母子伦理关系的处理非常巧妙，一方面由于犹太母亲在家庭中的绝对权威，犹太儿子一般都言听计从、非常恭顺，母子的伦理关系非常和谐，表面体现出犹太儿子对犹太传统的绝对忠诚和继承，因此有尼尔在舅妈面前的忍耐及波特诺对母亲的惧怕；另一方面由于和谐背后是内心的暴风骤雨以及精神的扭曲，犹太儿子在绝对服从的表面之下内心却吹响反抗的号角，犹太儿子们利用一切能够逃过母亲监管的领域进行着"地下革命"，奥兹试图在母亲面前证明自己愿意跳下高楼；波特诺躲在卫生间性幻想暂且躲避母亲……这些受过压抑的犹太儿子在犹太好青年与犹太坏青年之间徘徊，而当他们长大离开家之后仍无法正确处理犹太家庭的影响，并直接导致了犹太男性与女性交往的困境。

二 犹太家庭内部的纷争

罗斯早期小说中的犹太青年对犹太家庭的反抗比较懦弱，他们对犹太家庭的诅咒、憎恨还停留在内心层面，还未付诸行动。《再见，哥伦布》中的尼尔看到了犹太家庭的变迁，本有机会与布伦达过上富足的美国中产阶级生活，但最终没有迈出家门，对尼尔来说对东区的犹太家庭还存在诗意浪漫的想象；《波特诺的怨诉》中波特诺已经30多岁，过了而立之年，本应该离开父母独立生活，但他仍生活在母亲的羽翼之下。这些犹太青年虽然在内心无数次与家庭诀别，但是从没有走出过，如同卡夫卡的人生。波特诺言道："只要父母还健在，一个犹太男人（在父母眼里）就还是个15岁的男孩，他会一直是个15岁的男孩，直到父母离世（他才能长大）。"① 从《鬼作家》开始，《被释放的祖克曼》《解剖课》《布拉格飨宴》等，祖克曼这个罗斯的文学代言人，成为美国知名的青年艺术家，这些小说围绕着这位作家的成长构成了一个有机的整体，同时祖克曼与犹太家庭的纷争也已白炽化，并成为作品讨论的主要内容。

---

① Philip Roth, *Portnoy's Complaint*, New York: Bantam, 1970: 111.

　　罗斯80年代的祖克曼系列几乎都围绕着作家祖克曼与犹太家庭
的纷争而展开，《鬼作家》中祖克曼是青年作家，在美国发表了反映
犹太家庭内部纷争的小说走上了创作之路，却因为这部小说被犹太家
庭和犹太社区排挤在外，异常苦闷，离开家庭；《被释放的祖克曼》
中祖克曼虽然已成为美国知名作家，但是与家庭的纷争和过节仍时刻
困扰着他的写作和生活，失去了犹太父亲以及犹太传统的根基使祖克
曼才思枯竭；《解剖课》中与犹太家庭的矛盾已经内化为祖克曼精神
和肉体的痛苦，犹太母亲的去世加剧了他心理上的内疚和身体上的病
痛，他在疼痛的病态中将自我与犹太家庭的矛盾提升为对个体自由与
社会约束之间悖论困境的思考。祖克曼实现了《波特诺的怨诉》中
波特诺期待许久而未能实现的独立梦想，悖谬的是祖克曼虽然表面上
获得了独立，离开了犹太家庭，自身却仍切不断和犹太家庭的联系，
被看作是犹太叛徒的他此时反而渴望得到犹太家庭、犹太社区的理
解。于是祖克曼开始去考证美国历史以及犹太民族历史对自己的犹太
家庭的影响，或者说是美国犹太家庭承载了什么样的历史负担。祖克
曼希望通过这样的考证来反思是何种历史造就了现在的我以及为何我
的行为会让自己的犹太家庭、犹太社区如此愤怒。

　　表面上祖克曼系列中犹太家庭纷争的核心都围绕着如何在文学作
品中再现犹太人的形象和生活，其实则是美国犹太人对自我的认知，
反映了两代美国犹太人对自我身份认知出现的差异以及所造成的冲
突。"在罗斯的前期祖克曼作品中，祖克曼一直在与族裔责任强加于
个体的各种限制作斗争。"[①] 家庭中的父母认为祖克曼的所作所为，
尤其是他的小说是对犹太家庭的出卖，是对犹太人的亵渎和诋毁，而
这会给美国犹太人带来麻烦，甚至将祖克曼的小说与发生在欧洲的大
屠杀相比，父亲在临终时仍不原谅他，甚至指责他是"孬种"连弟
弟亨利都认为他是一个"没心没肺的孬种""你用那本书杀死了他

---

　　① Parrish Timothy, ed. *The Cambridge Companion to Philip Roth*, Cambridge：Cambridge UP, 2007：137.

（父亲），内森"。① 祖克曼的母亲得了脑癌，却不忘提醒祖克曼犹太同胞所遭受的大屠杀，母亲虽然不能说话，却默默地拼写出了"Holocaust（大屠杀）"！祖克曼的父母虽然都是出生在美国的犹太人，但是他们的犹太民族身份要强烈得多，他们在美国社会的奋斗过程更加剧了对自身民族属性的认同，他们在犹太民族身份中找到安全感，同时在犹太民族当时所遭受到的大屠杀的遭遇中提炼出了共同的身份。虽然他们幸运地躲过了浩劫，但是犹太同胞在不同空间遭受的完全差异性的命运，让他们不得不对生活境遇格外敏感，并格外注意自身形象，防止相似悲剧的出现。因此祖克曼的父母关注更多的是祖克曼的小说给犹太民族在美国的生活带来的无形压力或者是负面影响。祖克曼作为新一代的美国犹太人，他接受的是美国式的自由教育，"在青春期发生过火气旺盛的争吵——周末深夜不归，皮鞋的流行式样，高中时代常去不卫生的地方，他们总说我喜欢顶嘴而我总是不断否认"。② 而成年后的内森走上了作家的道路，他崇尚艺术的自由，他对自我身份的认知具有更多美国色彩，他能够以较为外位的角度观察自己的犹太家庭以及犹太社区，在受到来自家庭中父母以及社区中律师的干涉和指责之后，他仍然我行我素，"我不要别人管我"。③

美国犹太人对自我身份认知的差异也正体现了美国犹太人身上的犹太身份与美国身份的不相融或者说是互斥性。年轻的内森为自己所遭受到的责难而倍感压力和无辜，他似乎总是在发出疑问：我们为什么不能同时成为犹太人和美国人呢？这也正是罗斯在不同时期的"祖克曼系列"作品中所发出的疑问。正如有评论者指出："罗斯只是个'碰巧是犹太人的美国人'（an American who happens to be a Jew）。"④

---

① ［美］菲利普·罗斯：《被释放的祖克曼》，郭国良译，上海译文出版社 2013 年版，第 217 页。

② ［美］菲利普·罗斯：《鬼作家及其他》，董乐山译，四川人民出版社 1987 年版，第 72 页。

③ 同上书，第 97 页。

④ Parrish Timothy, ed. *The Cambridge Companion to Philip Roth*, Cambridge：Cambridge UP, 2007：127.

这也符合罗斯对自己的定位，一个碰巧是犹太人的美国作家！这反映出罗斯自身混合的文化身份。罗斯的祖克曼系列作品延续了从犹太家庭的内部矛盾这一小角度进入的连贯性叙事传统，主题和手法更加多样化，更具有普适性。罗斯的作品是当代美国作家用小说建构民族历史多样文学和文化遗产大转折的一部分。很多非裔本土美国作家、西班牙后裔作家、亚裔作家等纷纷转向或者是创造了美国历史之前的历史，为了更好地确认他们如今的美国身份，罗斯的作品从犹太人和犹太后代的角度来审视作为美国人的历史处境，比其他少数族裔作家更为复杂的是，罗斯的作品不仅宣称他的美国身份是民族身份的结果，而且他的民族身份还是美国身份的结果。罗斯在美国社会多样混合文化中强调了身份的多样可能性以及身份所承载的历史束缚。

三　父亲的遗产

随着罗斯年龄的增长以及对身份探寻的深入，罗斯的眼光更加深邃，他将犹太民族的历史以及美国国家的历史等宏大的社会话语场域等纳入自己的文学版图，带来了创作的新高峰，例如《反生活》、《夏洛克行动》、"美国三部曲"等。需要注意的是罗斯在90年代还推出了一系列聚焦个人成长和犹太家庭的作品，例如反映个人成长历史的《事实》、聚焦父子关系的《遗产》、结合犹太家庭背景与美国历史事件的《反美阴谋》等。在这些作品中罗斯修正了早期作品对犹太家庭叛逆的姿态，代之以对自我以及犹太家庭的重新审视，可以说是一种和犹太家庭的不算迟到的重新和解，这也正是难能可贵之处，罗斯从不让自己停下来，他源源不断地吸纳着时代的精神以及社会的风尚，并将自己的思想与社会思潮碰撞的火花融入自己的作品中，"与时俱进"。纵观后期作品，更加凸显的是罗斯的自由个性，但是这种自由与早期反叛所标榜的自由有所不同，当他已经完全获得了自由之身、自由之精神，回头却发现自由其实太过轻飘，尤其是人到中老年之后，看《垂死的肉身》中老年凯普什自由生活的孤独，看《凡人》中凡人失去家的枷锁之后的轻飘。

　　进入 90 年代后，罗斯不再那么锋芒毕露，而是逐渐平和，向犹太传统"握手言和"。"像波特诺、祖克曼一样，他知道就是从父母处逃脱，他仍然会发现他们在某地等着他，通常是在他心里的某个角落。他发现问题不在于负罪感使他靠近家庭，而是作为美国犹太人所具有的种种焦虑与怀疑促使他回到自己的根。"① 80 年代末的《事实》《遗产》以及 2000 年的《反美阴谋》更加重视回忆犹太家庭传统，重新理解和审视家族的遗产，或者说重新发现了家庭生活中尤其是父辈所代表的犹太民族属性，《波特诺的怨诉》中那个愤怒的犹太浪子，回归了理性，在家庭中找到了犹太祖先的衣钵，梦想自己也成为其中的一员。

　　罗斯早中期的作品对犹太家庭、家族都是以一种叛逆的姿态逃离的，个体与犹太家庭都是对立的，但是在后期的作品中这种对立被和解所取代，犹太家族的和睦与犹太父亲的形象被凸显出来。罗斯试图用较为平实和温情脉脉的文学叙述去重塑一个和睦团结的犹太家族历史以及其中一个犹太好男孩的成长史。《反美阴谋》中人物都是罗斯的家庭人物，母亲贝丝，哥哥桑迪，而叙述者就是小罗斯，讲述的背景就是罗斯的故乡纽瓦克。书中开头写道："童年回忆中充满了永恒的恐惧。当然，没有哪个人的童年是没有恐惧的。但是，我想，假如林德伯格没有成为总统或者我不是犹太人的后裔，那么我是否会成为一个不担惊受怕的小孩。"② 至于为何罗斯有这样的转变，可以从当时的历史语境以及罗斯自身等多方面去追查原因，罗斯在《事实》中给出了这样的解释，在经历过 1987 年的手术后，罗斯本人经历了一种情感的崩溃，为了克服空虚、抑郁、沮丧，他开始寻找活力和出路，"如果危机本身部分原因来自重新制造他自己的祖克曼神话，那

---

　　① 万志祥：《从〈再见吧，哥伦布〉到〈欺骗〉——论罗斯创作的阶段性特征》，《外国文学研究》1993 年第 1 期。

　　② Philip Roth, *The Plot Against America: A Novel*, New York: Random House, 2004: 1.

么治疗就需要返回自己的身份，回归一开始就逃避的核心自我"。①

在这一过程中犹太父亲的作用被凸显出来，一改之前作品中对犹太父亲的讽刺、挖苦、嘲笑，甚至还有小小的不屑，而且将父亲作为叙述的主角，说明罗斯对以父亲为代表的犹太传统的尊重和感情。在《事实》中几乎一半的篇幅都围绕着犹太家庭中父子关系展开，《遗产》中几乎全篇都是对父亲的回忆。《事实》中罗斯回忆自己离开家去上大学，去追求自由，作品除了记录罗斯追寻自由之路之外，还有一条深沉的情感牵引。作品开头便写到孩提时的信条："听着，以色列，家庭是上帝，家庭是第一。在我们的知识范围内，犹太家庭是抵御任何形式威胁纯洁的避风港，从自我隔离到异邦人的敌意！"② 而父亲则是他最初的身份模型。《遗产》写到父亲在去世之前的痛苦，罗斯告诉自己"我必须准确地记住，我告诫我自己，准确地记住每一件事情，这样，当他走后，我可以重新创造一个创造过我的父亲。你一切都不能忘记"。③ 父亲赫曼与疾病的战斗与大屠杀的犹太集体性记忆发生了共鸣，与犹太人需要记忆的义务职责发生了内在化的联系。罗斯的觉醒发生在给父亲洗澡之后，父亲弄脏了一切，"你必须记住一切。他的遗产，不是命令犹太男性记住上帝和以色列子民的犹太教的经文护符匣，而是屎""不是因为清洁象征着别的什么，而是因为它不是，它什么都不是，它只是活生生的现实"。④

父亲在这里已经超越了单纯伦理上的个体，而是具有了某种象征意义，成为犹太民族身份的象征。国内很多学者单独去研究《事实》和《遗产》，解读出罗斯与父亲之间的浓浓父子之情，却没有将之放在罗斯整体的犹太家族书写体系中，因为只有这样才能看到罗斯赋予父亲形象的象征以及隐喻含义。正是通过父亲形象所暗含的犹太父辈

---

① Philip Roth, *The Facts: A Novelist's Autobiography*, New York: Farrar, Straus and Giroux, 1988: 24.

② Ibid., 14.

③ ［美］菲利普·罗斯：《遗产》，彭伦译，上海译文出版社2006年版，第116页。

④ ［美］菲利普·罗斯：《遗产：一个真实故事》，彭伦译，上海译文出版社2006年版，第176页。

的身份观念，罗斯含蓄地表达了与父辈的冲突隔阂，同时又传递出父子关系中的浓浓亲情，彰显出犹太传统身份中应该被传承并且必须被继承的遗产。在《遗产》中父亲遗留下来的三个具体的物件具有明显的文化表征作用：父亲的经文护符盒、祖上留下的剃须杯以及父亲失禁的大便，这三个物件分别表征着父亲的宗教信仰、日常生活以及身体特征。从中可见罗斯从更为积极的层面去描写父亲，"一种逾越父亲权利的尝试，就像父亲曾经将权威施压于自己。那是排泄物，而不是历史的，宗教的，或者文本的遗产——清洗的行为什么都不象征，因为它不多不少就是生活的现实"。[①] 家族的历史记忆就这样如此生动鲜活甚至是带着人体排泄物的新鲜传递了下来，这次罗斯不是愤怒地拒绝，而是如此坦诚地接纳，并且希望能够做父亲孝顺的儿子，从中可见罗斯对自我犹太民族身份的一种和解以及对身份认识的更深一步，千帆已过之后的内心澄澈，任何身份都具有历史形成的境遇，反抗与排斥或许是某一特定历史时期所必须采用的激进手段，但是都不可能是彻底的根绝，因为有些东西是镌刻在你的血液之中的。"我不是独自一人坐在这条小船上划行。不，我是在有史以来最大的兵舰上航行……只要透过舱口朝里面看一眼，就会发现我们全都紧靠舱壁躺在那里，既呻吟，又叹息。满怀忧伤地怜悯自己，怜悯我们这些眼神忧郁而噙着泪水的犹太人的儿子。我们此时都在波涛汹涌的罪恶的海洋上漂泊，被摇荡得呕吐不止。我有时也回顾自盼，看看我自己以及和我一起哀号的人们，患忧郁症的人们，还有那些像我们的祖先一样尚在驾船的人们……这艘该死的船什么时候才会停止颠簸啊？什么时候？只有那时候我们才能不再抱怨晕船之苦——到外面透一口气，过人的生活！"[②]

---

① Parrish Timothy, ed. *The Cambridge Companion to Philip Roth*, Cambridge：Cambridge UP, 2007：166.

② ［美］菲利普·罗斯：《遗产：一个真实故事》，彭伦译，上海译文出版社 2006 年版，第 116 页。

第四章

美国社会编年史

身为犹太人，这是罗斯无法自主选择的族裔身份；出生于美国，美国身份更是罗斯的当下现实。美国身份是作为社会成员与美国文化所具有的价值信仰观念的认同和情感归属，罗斯曾说：

> 如果我不是一个美国人，我就什么也不是。这就是我所被赋予的身份。这种身份不只是给予我生命、呼吸、肉体和头脑，美国赋予我生身之地及其源于她的一切……我们说话的方式，我们看待事务的态度……"美国犹太作家"这个称谓没有任何意义……历史让我成为美国人。我从来没有因为自己是个犹太人而萌生疏离之感。我深感疏离，大多源于美国生活的限制，而不是因为我是一个犹太人……①

罗斯还曾坦诚地讲道："不管是在我的作品中还是在我的生活中，我从来都没有试图割裂与生俱来的民族纽带。"② 罗斯对自我身份的认知反映了"二战"后美国多元文化语境中少数族裔的文化身份认知模式，基本上都强调美国文化对自身的塑造，而少数族裔的身份则

---

① Shostak Debra, *Philip Roth—Countertexts*, *Counterlives*, University of South Caraolia, 2004: 236.

② Searles George J., ed. *Conversations with Philip Roth*, Mississippi: Mississippi UP, 1992: 86.

是美国文化自身的属性之一，两者交织在一起，难以区分。尽管罗斯在这里强调自己的美国作家身份，但是他的作品如果不放在犹太民族历史中也是很难被全面把握的。同样，尽管罗斯多次避免谈论自己的犹太族裔身份，但是他的族裔性如果不放在美国历史中理解也是片面的。进入90年代之后，罗斯追踪美国犹太移民融入美国社会，追寻"美国梦"的历史，去考量犹太个体在美国化进程中所遭遇的身份困惑。需要注意的是罗斯这一阶段的历史书写与之前对犹太民族历史的书写又有所不同，犹太民族历史是一种碎片化、破碎性、想象性的书写，多是旁观者的外位化或者是朝圣者想象的视角，凸显出想象与现实构成的强烈对比和反差；而对美国历史的书写中则呈现出了连续的线性、史诗性特征，具有强烈的写实风格和理性精神，可以看作是对美国社会历史的编年史记录。

第一节　回归：重新发现美国

从1959年的《再见，哥伦布》开始到90年代的"美国三部曲"，罗斯经过近40年的历练，从最初总是被冠以"犹太作家"和"用一片肝脏进行手淫的犹太人"，到2005年其作品全部被收入"美国文库"，标志着罗斯经典作家身份的确立，表明罗斯的作品具有了更多的美国性，更多地反映了美国经验。罗斯在90年代之前的作品大多都纠结于美国犹太人的身份焦虑感，并由此出发去探寻犹太民族历史所造成的压迫感；90年代之后，罗斯的作品回归到了美国社会之中，"美国性不仅仅成为他作家的职业视野、文学实践以及进行文学创作的思想源泉"。① 而且成为书写、剖析的对象。80年代罗斯离开美国去以色列、欧洲探寻犹太民族的历史，90年代罗斯回归了美国本土，更多地去探寻犹太人在美国的历史，并且相比较70年代罗

---

① 薛春霞：《永不消逝的犹太人：当代经典作家菲利普·罗斯作品中犹太性的演变》，浙江大学出版社2015年版，第165页。

斯创作的美国社会的讽刺图，90 年代的回归是一种提升，不再是嬉笑怒骂而是一种厚重的写实风格，尤其是《美国牧歌》《我嫁给了共产党人》《人性的污秽》构成的"美国三部曲"，"确立了罗斯作为美国悲剧最重要作家的地位"①，真正显示了罗斯的文学创作力。

一　多层美国空间的勘探

在访谈录《并非虚构，仅是回忆》中罗斯说道："我在 1989 年回到美国后，一直觉得精力充沛，同时我也意识到自己正面对一种新的创作题材，是关于这个国家的。其实是老题材了，然而我突然有一种耳目一新的感觉。我在这个国家长大，对它了如指掌，也许是离开它有 10 来年的缘故吧，我产生了一种新的创作冲动。"② 这种创作冲动化作创作实践，直接产生了罗斯 90 年代之后以美国作为主要叙事空间的作品。巴赫金曾把空间和时间作为叙事的两个共同组成部分，文学应把握现实的历史时间与空间，把握现实时空中现实的、历史的人。列斐伏尔在《空间的生产》中指出："空间从来就不是空洞的；它往往蕴含着某种意义。"③ 罗斯对美国的重新发现首先是空间上的，罗斯提到的 10 年的离开并不是地理空间上的离开，从罗斯的经历表中可以梳理出，这 10 年虽然他多次出国，在英国、欧洲等地往返，但是主要居住地仍然是美国。因此罗斯所说的离开更多是指其作品与美国社会的游离，细数罗斯 1979 年至 1989 年 10 年的作品，也就是从《鬼作家》（1979）到《欺骗》（1990），基本的创作主题是对犹太传统的回归，对犹太民族历史的探寻，其作品的空间多架构在美国—英国—以色列之上。进入 90 年代以及 21 世纪之后，罗斯身份探寻的叙事空间明显回到了美国国内。

---

① Halio Jay L. and Siegel Ben, *Turning up the Flame—Philip Roth's Later Novels*, Newark：University of Delaware Press, 2005：125.

② ［美］杰弗里·布朗：《并非虚构，仅是回忆——菲利普·罗斯访谈》，李庆学译，《译林》2007 年第 1 期。

③ Lefebvre Henri, *The Production of Space*, trans. Donald Nicholson-Smith, Oxford：Blackwell, 1991：154.

　　之所以说是罗斯对美国的回归还有另一层含义，罗斯早在出道之时就曾经与他所处的美国历史语境进行有机的互动，以发现美国的社会现实，例如罗斯的《让她去》《广播》《我们这一伙》《伟大的美国小说》等都是集中反映美国社会生活的。罗斯在1974年发表的演讲《书写美国小说》被作家、社会学家、历史学家多次引用，成为说明美国六七十年代现实巨变的经典评价，"20世纪中期的美国作家全力以赴地试图去理解、描述，然后让人们相信更多的美国现实……但现实已经超过了我们的才能，文化每天都抛出让小说家嫉妒的角色"。① 罗斯对美国社会现实的理解具有很强的时代背景和现实诉求，他认为当代美国人的生活和价值观已经不能靠虚构来呈现了，也就是说现实生活变化之迅速、巨大已经超出了一些传统小说家虚构的本领。"对一个虚构的小说家来说，他并没有真正地生活在自己的国家，这是严重的阻碍。"② 当现实变得不可接受，或者太过虚幻的时候，作家深陷其中，无法从外部去看这个世界，最终失去了对这个世界的表达能力，导致美国的虚构小说"自觉地对我们时代宏大的社会和政治现象失去了兴趣"。③

　　罗斯进入90年代的作品又回到了美国空间中，《遗产》（1991）、《夏洛克行动》（1993）、《萨巴斯的剧院》（1995）一直到"美国三部曲"以及2000年之后的老年系列作品，都更多地突出了美国的社会文化空间。例如《遗产》中讲述了父亲赫曼在美国扎根的过程；《夏洛克行动》虽然穿插着欧洲、以色列的空间，但是起点和终点都发生在美国新泽西的纽瓦克以及纽约的犹太熟食店；《萨巴斯的剧院》中萨巴斯的哥哥在"二战"中殉职，身裹着美国国旗安葬在美国国土上；"美国三部曲"中几乎涵盖了美国"二战"后所有的历史大事件；老年系列作品中对生活在美国都市中老年人生活困境的揭

　　① Philip Roth, *Reading Myself and Others*, New York：Farrar, Straus and Giroux, 1975：120.

　　② Ibid. , 121.

　　③ Ibid. , 124.

示。罗斯身份的探寻和历史书写的视野明显挪移到了美国国内，虽然仍从美国犹太人的角度出发，但是明显地淡化了族裔性，或者说是已经完成了对族裔性的超越，扩展到了对美国多元文化中族裔身份的普遍性问题的考量，将美国当代社会重要的政治、经济、人文等事件纳入其中，展现了身份与历史、政治、权力等的密切联系。

在罗斯的作品中美国作为叙事空间出现了分层，有美国社会的宏观历史空间，有美国社会的城市空间，也有移民生活的具体家庭空间，这种空间层次的划分具有逐渐深入、细化、递进的关系，互相联系、相互嵌套，彼此产生着作用力。首先对美国社会宏观历史空间的发掘，"美国三部曲"又可以被看作是"历史三部曲"，"因为三部作品都关注美国历史上的某个特定阶段，以某个历史事件为切入点，来探讨当时美国犹太人的生存状况和自我认识状况"。① 罗斯笔下的历史空间绝不是历史学家或社会学家所说的历史，并非是对历史事件的记录，罗斯善于将普通人的人生经历放置于美国宏大的历史空间之中，将个人的小写的历史嵌入历史空间中，显示了历史空间的权利对普通人生活的影响，甚至是决定。"美国三部曲"中的历史空间几乎涵盖了美国从"二战"到20世纪90年代的历史大事件，从50年代的麦卡锡主义，60年代的自由运动，70年代的战争，到80年代的克林顿丑闻等，记录了美国社会变革最多也是最快的半个世纪的历史。

其次，罗斯对美国城市空间的发掘体现了美国城市空间在"二战"之后发生的转变，尤其是美国少数族裔移民生活的城市空间的变迁，在罗斯小说中这种变迁可以从多个层次去解读，尤其是从经济学角度去看城市空间的演变。在罗斯笔下出现最多的城市空间就是新泽西的纽瓦克了，这一城市空间在罗斯的作品中构成了一种潜在的连贯性，罗斯往往是通过人物的眼睛所见到的和自身所经历过的串联起整

① 金万锋：《菲利普·罗斯后期小说越界书写研究》，博士学位论文，东北师范大学，2012年，第84页。

个城市空间的历史演变和繁荣衰退。如同福克纳笔下邮票般大小的约克纳帕塔法体系。如果说福克纳的约克纳帕塔法是虚构想象的王国的话，那么罗斯的纽瓦克则更具有现实性和写实性。罗斯从美国犹太移民生活的演变串联起从"二战"之后至今的城市图景，从而折射出整个城市空间的变革。"美国三部曲"有学者也将其称为"纽瓦克三部曲"①，在《美国牧歌》中作为瑞典佬生活的故乡，纽瓦克经历了从繁荣到衰败的转变，由最初的犹太移民奋斗的工厂和实现"美国梦"的港湾，到之后变成彻底的荒原，城市的暴乱彻底地摧毁了纽瓦克的制造业等，有评论者指出："《美国牧歌》就是一曲献给纽瓦克的挽歌。"②

罗斯对美国空间最细微的勘探则是家庭生存空间，家庭空间可以说是最小的权利空间，体现着个人的社会地位，也见证着狭小空间中人与人最真切的伦理关系。罗斯笔下的家庭空间主要是犹太家庭空间，是犹太人在美国安身立命的唯一安全港湾，是美国犹太人身份感的直接表征。例如在《反美阴谋》中犹太父亲赫尔曼最大的梦想就是"在美国拥有自己的房子"，因为"克尔街的犹太人已有像模像样的地下室、遮阳的走廊和石板阶梯，似乎房屋正面就表现出这些大胆先驱者对美国化形式的渴望"。③ 从房子的意象可见犹太人渴望在美国社会的同化，甚至房屋的结构造型都彰显着犹太移民对美国社会的渴望。但是却遭受着来自反犹主义的威胁，他们的房屋被泼洒上油漆，整个家庭笼罩在恐惧之中，可见犹太家庭在美国的不安全、不安定感，表明犹太人的"美国梦"所面对的现实阻力。《遗产》进入了一个普通犹太家庭的内部空间，彰显的是家庭空间内部犹太父子伦理关系的变化，儿子在父亲病重的危急时刻才认真地审视父亲，才认识

---

① Kimmage Michael, *In History's Grip: Philip Roth's Newark Trilogy*, Stanford: Stanford UP, 2012.

② Shechner Mark, *Up Society's Ass, Copper*, Madison: University of Wisconsin Press, 2003: 166.

③ Philip Roth, *The Plot Against America: A Novel*, New York: Random House, 2004: 8.

到父亲保持着的传统的犹太生活方式的价值和意义，以往犹太家庭空间的对立、紧张，甚至分崩离析被亲情、理解、对话所取代，而犹太家庭空间内部的稳定也反映出犹太传统文化与美国生活方式的和解。罗斯将少数族裔的个体置放于多重的美国空间中，从宏大的历史空间到相对狭小的家庭空间之中，展现个体在美国文化语境中生存的困境和焦虑，凸显历史对个体作用发生的路径和历史中个体对命运的抗争以及无奈。

二　复杂的美国主题

罗斯曾说《萨巴斯的剧院》是他第一本关于美国的书，"源于我对美国的发现"，[1] 是罗斯在伦敦和美国两地生活之后的发现。在伦敦，他发现自己越来越成为陌生人，"认识到我被剥夺了自己的语言，我的语言是美式英语，描述美国的事情"，[2]《萨巴斯的剧院》标志着罗斯转向具有强烈能量的内在化的场所、语言以及更加复杂的美国主题。这本小说表面上异常个人化，似乎没有之后作品宏大的历史场景，并与《波特诺的怨诉》构成了某种形式上的呼应，题目构成上可见的明显的相似性，名词加上所有格加上名词的形式（*Portnoy's Complaint* 和 *Sabbath's Theater*）；人物异常相似，典型的犹太坏男孩（Jewboy）的形象；风格都非常个人化，无视一切道德伦理规范，追求着个人性爱的自由，以自我意愿为主导，甚至是反人类的。

在萨巴斯看来作为犹太人能够获得美国身份完全是建立在哥哥的生命基础之上，不是作为犹太受害者，而是作为有战功的拯救犹太人的美国人。哥哥毛蒂是萨巴斯的偶像，"二战"中作为美国飞行员前往欧洲战场，却盖着美国国旗躺在棺材里回到美国，整个家庭都笼罩在阴郁悲伤之中。哥哥的死去使萨巴斯对死亡异常恐惧，否则他也不会成为好斗的木偶戏演员，试图通过操纵和控制别人的生活来掩饰他

---

[1]　"Philip Roth", from *Writers of the Century*, documentary series for French television, February 1997.

[2]　Ibid.

对死亡的恐惧。他"尽情大哭，大声谈话，然后哑然，然后又大声说些让人费解的字和句，即使他自己也不明白"。① 当萨巴斯把自己包裹在美国国旗中时，他想到了哥哥的葬礼，在哥哥的葬礼上，哥哥身上覆盖着美国国旗，他成为受人尊敬的美国人，哥哥用个人的努力甚至是生命回报给这个犹太家庭以正当的美国身份。但萨巴斯又是分裂的，一面他接受了塑造他的美国文化，成为忠心的爱国者，即使仅仅是象征性的顺从；另一面带有一些讽刺性的是他的立场又是犹太人的。当萨巴斯裹着美国国旗时他不愿意放下来，"他的脑海中红色的、白色的、蓝色的都是胜利，上帝保佑美国的圆顶小帽（yarmulke，犹太男子在祈祷、学习、吃饭时戴着的圆顶小帽）"。② 罗斯从《萨巴斯的剧院》开始通过美国犹太族群中个人身份认同的困境展现美国主题的复杂性。

如果说在《萨巴斯的剧院》中对美国主题的表现较为私人化、个体化的话，那么在"美国三部曲"中，罗斯将宏大的美国历史与裹挟在历史中的个人结合起来，其中的个人虽具有犹太性，但是已经扩展到了美国中产阶级，明显淡化了族裔的属性，具有更强的普适性。罗斯记录着美国 20 世纪后半期的历史，如同福克纳对美国南方历史的记录。虽然罗斯早期作品似乎专注于个人心理主义，例如《波特诺的怨诉》、"凯普什系列"，但是罗斯始终没有割裂主人公们与外界文化思潮的关联，如波特诺与美国 60 年代的自由主义运动，尤其是性解放运动具有的联系。但罗斯 90 年代之后更加娴熟，他将主人公置放于无法解开的关系网中，用现实主义的叙述模式，展现美国历史，以此作为他虚构小说的解释语境。罗斯的历史观念更加深沉，展现了历史不会消亡，历史甚至会以充满暴力且强大的报复性控制着妄图摆脱它的个体。在"美国三部曲"中，罗斯让祖克曼这个无所不知的共同的叙述者试图在美国一个世纪甚至更长的历史事件中，去追寻主

---

① Philip Roth, *Sabbath's Theater*, New York: Houghton Mifflin, 1995: 407.
② Ibid., 413.

人公们被遮蔽的身份。

与之前罗斯所持的流动身份构成观不同，罗斯在这里首先承认了身份是历史的产物，历史推动或阻碍主人公们的自我创造。作品中祖克曼都听闻过主人公们的事迹，却无法理解他们如何成为现在的他们，每一位主人公都像是一个谜团，读者阅读的过程就是跟随祖克曼去解开谜团，揭示他们历史的过程。尽管祖克曼在故事中总是希望能用想象去填平历史与当下之间的空缺。最终祖克曼得出了结论：历史离不开个体的叙述，而同样，个体同样在历史中被塑造，与他所处环境的事件和话语有密切联系。在这个过程中，罗斯进入了历史的中心问题：事实是什么？历史是什么？历史如何而知？如何书写历史？罗斯寻找策略将他的人物放置于美国舞台之上，同时保留聚焦在匆匆的历史潮流中的演员的主体性，如此一来在人物的个人自治与历史决定论之间展开角逐。罗斯试图避免他在写作中发现的错误，他曾提醒过自己"试图带入历史，就像是把大象带入歌剧阿依达的舞台。这对于舞台来说太大了。世界之间的重叠创造了写作的能量"。① 公共和私人世界的重叠引发了故事。人对困境的自我意识暗示了历史的决定性作用，同时伴随个人对历史不尽地诉说和书写。

"美国三部曲"对美国历史的编年史的记录尤为出彩，作品中几乎包含了"二战"以来美国的当代史，少数族裔美国化的经济、政治历程，以及所牵连的城市发展史等，扩展了文本内涵，显示了罗斯宽广的创作视野和深厚的历史文化意识。有评论者指出："在'美国三部曲'中，罗斯所做的就是将个人融入到历史框架中，这么做的目的是想要说明身份不仅仅是社会、政治和文化等力量的产物，也是这些力量的笼中之鸟。"罗斯堪称是美国社会的敏锐观察者，他深入美国本土意识的核心之处，揭示出美国多元文化社会中包含的各种矛

① Shostak Debra, *Philip Roth—Countertexts*, *Counterlives*, University of South Caraolia, 2004：231.

盾，尤其是多元文化中个人身份的探寻与美国所构建的"美国梦"之间的落差，虽然罗斯是从犹太族裔的角度进入，但是却并不仅仅局限于犹太族裔的身份，而是扩展到普通美国人的心理和社会生活的独特之处，并与人类共有的身份状况相联系，描述了人类与外部社会生活永恒的生存困境。

三 新现实主义手法的成熟

黄铁池教授认为罗斯的艺术手法在不断嬗变的过程中，任何一种主义都无法涵盖他的全部创作，"罗斯始终站在时代的前列，不懈地探索文学表现的新方法，他从一个现实主义作家过渡到现代主义再进入到后现代作家之列，尝试了各种前卫的写作技巧，为读者提供了广阔的阅读空间"，[①] 罗斯小说创作最鲜明的特征就是他在艺术形式上的新颖独特和标新立异。90年代回归美国主题之后，罗斯的作品基本上是后现代现实主义或者说是新现实主义风格。后现代现实主义或者说新现实主义，"主要是指坚持现实主义的叙事手法，追求细节真实，营造逼真的外表，着重反映现实生活和历史事件，同时吸收现代主义、后现代主义的手法，是对现实主义的一种创新"。[②] 罗斯的"美国三部曲"可以说是他新现实主义叙事手法的成熟以及娴熟之作，作品没有诗情画意的渲染，也没有情节离奇的晦涩，有的是朴实无华，将"二战"后美国的重大历史事件与主人公的个人经历嵌套在一起，构成了他后期创作的主要叙事手法。

首先是大叙事与小叙事的结合，或者说是回归历史。罗斯将人物置于"二战"后美国社会、政治、历史、中产阶级家庭的中心，个人世界与历史事件的重叠引发了故事，历史中的个人发觉自我陷入困境的过程，也伴随着对历史不尽的言说书写。需要注意的是罗斯对历

---

① 黄铁池：《不断翻转的万花筒——菲利普·罗斯创作手法流变初探》，《上海师范大学学报》2009年第1期。

② 王守仁：《回忆　理解　想象　知识——论美国后现代现实主义小说》，《外国文学评论》2007年第1期。

史大叙事的言说与个人故事结合的方式，他将历史学家的历史编纂学与小说的叙述模式融合在一起，用一种历史的谱系学知识将大写的历史与小写的个人身份联系起来，将历史的厚重与个人的脆弱巧妙地结合起来。历史不再只是作为强大的背景存在，而是切实进入个人的生命之中，彻底击败了他们自认为的个人奋斗；个人也并不是外在于大写的历史，而是用生命记载历史的变迁，融进历史进程之中。"美国三部曲"中的人物都在努力实现着自我身份的转换，争取做自我命运的主宰者，做自我身份的塑造者，他们都以为自己实现了梦想，但是最终命运又把他们拉回残酷的现实中，当下的历史或许无影无形，却从不曾离开，也不可能切断。瑞典佬的犹太身份始终伴随着他，并且遗传给了他的女儿，不仅惩罚了他，更造就了女儿这一恐怖分子；艾拉来自社会的最底层，他深知劳动人民、工人阶级的不易，成为共产主义的追随者，并热衷于为被压迫者争取权利，他在电台节目中担任主角，他扮演林肯，希望像林肯解放奴隶一样，解救工人阶级，却被婚姻出卖，被前妻告发，成为美国50年代麦卡锡主义的牺牲品，连累到艾拉的哥哥和小祖克曼。《人性的污秽》见证了美国少数族裔争取权利的历史，尤其是美国的"政治正确"，最初是保障弱势群体的权利，例如对同性恋、女性、非白人等的尊重，多元化的教育，吸收少数族裔作家以及女性作家的作品等，本是尊重人权，营造和谐社会，但是却陷入了相反的极端。希尔克早于政治正确性提出的时代，他是一名黑人，利用肤色的白皙，他背叛了自己的族裔，成为当时已经被主流接受的犹太人，成为大学教授，在偶然的一次课堂点名中他被认为冒犯了逃课的两名黑人学生，被学院内部体制抛弃，成为政治斗争的牺牲品。

其次，历史的真实性追求与暴露故事虚构性的结合，这是新现实主义不同于传统现实主义的主要方面。罗斯用细节的真实，营造出逼真的外表，罗斯是美国历史的经历者，也是研究者，他对历史的兴趣，让他花费了大量时间去翻阅美国的史料。罗斯90年代初期的《夏洛克行动》就大胆利用了真实的历史材料，例如以色列审判纳粹战犯恐怖的伊万等；"美国三部曲"之后，罗斯对历史真实性的逼真再现更加游刃有余，尤其是《反美阴谋》将真实性与虚构性结合得天衣无缝，是一部典型的反历史小说，有评论认为罗斯笔下的"历史在这里拐了一个弯"①。小说主要涉及美国40年代的历史，故事的背景是飞行员林德伯格战胜了罗斯福，成为美国总统，上任后推行反犹政策，因此导致美国在"二战"中倒向希特勒一方，国内局势大变，给美国普通人，尤其是犹太人的生活带来了巨大的冲击。罗斯大胆地对历史作出了假设，这种假设揭示了历史的脆弱性，让人看到历史进程中的多种可能性，也是罗斯一贯倡导的对立性生活的又一尝试。罗斯对历史的虚构是建立在对历史细节真实地掌握之上的，绝非空穴来风，也并非完全想象。罗斯曾说："我把有真名实姓的历史人物拖进我的故事时，并没有无缘无故地将各种观点强加到他们头上。"② 罗斯曾提及过自己在阅读历史学家施莱辛格自传时，看到了在1940年共和党孤立主义者推选林德伯格竞选总统，这句话给了罗斯创作的灵感。林德伯格在美国历史上真有其人，并且是种族至上主义者，他曾在1941年9月11日发表过战前演讲："犹太人就是战争的鼓动者，他们对美国的威胁正在于他们控制、影响着电台、报纸和政府。"③可见罗斯始终关注社会现实，他的小说并非语言游戏，具有很强的现实和社会意义。

最后，元小说叙事策略的成熟运用，主要是指叙事话语的非线性、碎片化和自反性，消弭了自传和小说的界限，使真实和虚构难分难辨，具有很强的后现代主义色彩。"元小说的后现代含义非常重要，它实际上强调世界的虚构性：读者的期待被粉碎，传统的叙事模式被颠覆，读者和文本之间的关系变得游移，文本和叙事主题的统一性和

---

① 林夕：《历史在这里拐了一个弯——菲利普·罗斯的〈反美阴谋〉》，《外国文学评论》2005年第1期。

② 转引自王守仁《回忆 理解 想象 知识——论美国后现代现实主义小说》，《外国文学评论》2007年第1期。

③ 林夕：《历史在这里拐了一个弯——菲利普·罗斯的〈反美阴谋〉》，《外国文学评论》2005年第1期。

完整性受到质疑，语言作为意义的仲裁失去了它的确定性。"① 罗斯从"祖克曼三部曲"就开始尝试运用元小说的叙事策略，在"美国三部曲"中更加游刃有余。90 年代之后的作品仍惯用祖克曼这个叙述者，直到罗斯《鬼魂退场》中重申祖克曼的离开，这是祖克曼这个虚构人物在罗斯小说世界里谢幕的表演。罗斯安排祖克曼这个叙述者去讲述那些美国历史中人物的故事，自身就具有很强的探索性，巧妙地将叙述者自身的精神成长和探索融入作品中，实现了双层线索的铺设，体现了元小说独特的文学审美观。"美国三部曲"中的叙述者都是祖克曼，他仍以小说家的身份出现，和小说中主人公的经历都有交集，成为见证者和参与者，但是又与读者有某种等同性，他与主人公们成长路径的不同，又造成了间隔性，他迫切地想解开谜团进入主人公命运的要求也正是促使叙事展开的过程，这种知与未知的双重身份，使祖克曼一方面可以作为情节发展所需必要信息的补充者，另一方面又可以置身事外对事件进行评说和解释。祖克曼第一人称的叙述时而有参与者的确信，时而又有旁观者的困惑，时而出现评论者的反思，他试图从支离破碎的历史中讲述故事，同时不用给出完整的答案。祖克曼在《美国牧歌》中开始是作为舞台的中心人物，后来听说瑞典佬的死讯，马上就消失了，转变成了一个叙述声音，不是开放的，成为隐含作者的不明显的第三人称叙述者。《我嫁给了共产党人》中祖克曼从历史角度翔尽概括了艾拉的经历，暴露出了艾拉的秘密，也改变了祖克曼的认识。

第二节　建构：犹太人的"美国梦"

作为犹太族裔美国作家，罗斯的创作一直十分关注犹太人的"美国梦"，也就是犹太人融入美国主流社会的过程。在罗斯的早期创作

---

① Parrish Timothy, ed. *The Cambridge Companion to Philip Roth*, Cambridge: Cambridge UP, 2007: 26.

中，"美国梦"并未成为显性主题，而是作为小说故事的叙述背景，主要强调美国犹太人陷入犹太传统与美国文化夹缝所导致的身份焦虑。《再见，哥伦布》中犹太青年尼尔与恋人布伦达各自家庭的差异凸显了犹太人融入美国主流社会过程中的分化；《疯狂者艾利》讲述了表面已经成功实现"美国梦"的律师艾利对犹太身份的敏感；《犹太人的改宗》中犹太小男孩奥奇接受了美国主流文化的影响，对犹太教义进行质疑，而"美国梦"成为塑造主人公叛逆个性的主要催化剂；《波特诺的怨诉》《欲望教授》《我作为男人的一生》中强调了遭遇文化冲突的主人公们精神困惑的状态；从"美国三部曲"开始，罗斯将"美国梦"拉到前台，直接作为显性主题，将个人置于美国社会的大舞台之上，凸显个人命运与社会历史之间的互动以及历史的最终决定性作用；《美国牧歌》的标题本身就显示了"美国梦"在小说中的中心地位，小说中祖克曼从小的偶像——瑞典佬是犹太社区的成功者，娶了美国小姐，住在有百年历史的石头房子中，追随着播撒苹果树的约翰的脚步，实现了"美国梦"，却因为女儿的炸弹失去了所有的一切；《我嫁给了共产党人》中艾拉出身下层最终成为美国知名电台主持人、知名社会活动家，却因为前妻的检举揭发，成为美国 50 年代麦卡锡主义的牺牲品；《人性的污秽》中科尔曼隐瞒了自己的黑人族裔身份，成功实现了"美国梦"，成为大学教授，但是却因为点名用了"幽灵"（spook，亦有黑鬼的意思）被指认是政治不正确，被迫辞职；《反美阴谋》中作为犹太人的小罗斯一家为真正地成为美国人、实现"美国梦"经受了各种物质和精神上的痛苦挣扎。罗斯书写的犹太人的"美国梦"其实质是犹太人美国身份的追寻，同时丰富了美国文学对"美国梦"书写的传统。

一 "美国梦"——民族叙事的话语建构

"美国梦"是美利坚民族的集体梦想，是对其自身生存意义和生存方式的宏大叙事和构想，体现了美国社会的整体价值取向和理想象征，是美国和美利坚民族奋进的灯塔。"美国梦"这一词汇概念是詹

姆斯·特拉斯洛·亚当斯在其著作《美国史诗》中首次明确提出的，
"美国梦是一个国家梦，在那国家里的每个人的生活会更好、更富有、
更丰富，每个人都能获得与其才能和成就相称的机会。……它是这样
一个梦想，每一个男人和女人都能得到最充分的发展，不被其他旧文
明社会里逐步形成的障碍所阻碍，不被为了阶级而非为了任何一个阶
层的个人的利益而发展起来的社会秩序所压制"。① 之后流行开来。
《美国大辞典》中对"美国梦"的解释是：美国人的人生观和社会价
值观的反映，通常指的是一种发财致富的梦想，也指获得较高社会地
位的梦想，信奉机会均等，人人都有成功的机会。② "美国梦"既包
含自由平等的政治诉求，也有物质财富和机会人人均等等基本内容。
随着时代的变迁，"美国梦"的内涵不断丰富，美国的历史就是一部
追求"美国梦"的历史。"美国梦"也成为美国的立国之本，是贯穿
美国历史的核心概念，它早已渗透进美利坚民族的文化基因之中，也
内化为美国人的集体无意识。

　　"美国梦"本质是关于民族自我叙事的价值支点，一般来说一个
民族自我叙事的价值支点源于其民族的历史文化传统，但是美国没有
自身悠久的历史传统，因此只能着眼于未来理想的启蒙叙事，具体
化、形象化为"美国梦"，以此作为美利坚民族聚合与向心的根本。
"美国梦"是西方梦的继续和延伸，自从哥伦布发现美洲新大陆，美
洲新大陆就成为充满神秘未知、探险发财成功的圣地，成为受到宗教
迫害的清教徒和政治犯等的理想之地。1620 年 12 月五月花号轮船承
载的清教徒们正是带着对未来的理想来到这片充满了牛奶和鲜花的
"新迦南地"，他们希望能通过自己的辛勤劳作和真诚忏悔在这片尚
未开发的土地上建设新的伊甸园，这也正是"美国梦"的发轫之始。
"美国梦"的生成是西方启蒙思想在美洲大陆落地生根的真正实践，
为美国文化的各个层面，国家、民族和个体身份提供了积极的叙事和

　　① Adams James Truslow, *The Epic of America*, Boston：Little, Brown and Company, 1931：405.
　　② 杨峥：《美国大辞典》，中国广播电视出版社 1994 年版，第 389 页。

形象。因此美国从政府到个人都自认为自己是启蒙思想遗产的最佳继承者，认为自己是启蒙价值理想的担当者或化身，等于普世价值观的代表，有充足的理由去追讨任何背离启蒙价值的罪孽，将所崇尚的"美国梦"推行于全世界，尤其是试图在政治舞台上扮演世界警察的角色。

"美国梦"作为民族叙事的话语，是美国主流意识形态的主要表征，彰显着美国主流文化，"美国梦"并非单一确定的固定意义构成，也并非是以某人或者某个事件所倡导或者所标志，"美国梦"的形成就是主流意识形态不断建构的过程，是一个持续不断的建构过程。"美国梦"作为一种民族叙事，需要在美国移民社会和多元文化中起到强烈的聚合作用，因此作为主流意识形态具象表征的"美国梦"能够吸纳任何有利于这种聚合作用的有益成分，"美国梦"就像吸铁石一样，把有磁性的都吸引上来。随着美国历史的变迁，"美国梦"不仅仅作为主流意识形态适应经济发展要求，而且通过对未来理想的完美展示、积极形象的塑造以及乐观情绪的培养不停地召唤民众的模仿与崇拜，使"美国梦"推陈出新、生生不息，"美国梦"也膨胀为一个灿烂的"美国梦"。富兰克林出身贫寒，经过自学和奋斗，成为美国著名科学家、金融家、政治家；林肯，从鞋匠的孩子成为美国总统；施瓦辛格从奥地利的农家小孩成为知名影星和加州州长；史泰龙从跑龙套的小演员成为好莱坞巨星等都是成功实现"美国梦"的典型代表，他们成为"美国梦"的标志性符号。

在"美国梦"的建构过程中多种意识形态、多重话语形式相互合力发生作用。来自欧洲的清教徒带来了西方的思想资源如宗教、政治理想以及下层人的暴富成功梦想；美国的立国文书《独立宣言》强化了"美国梦"作为独立国家的政治性，提炼了民主、平等、自由等核心精神；西进运动则是一次"美国梦"的实践，成就了自由和成功的个人神话；好莱坞电影等大众文化产品大肆制造、推销"美国梦"；大屠杀事件也经历了一个美国化的过程，而美国文化的主体特性和主流价值观念与大屠杀叙事完美地结合起来，与其说是大屠杀的美国化，不如说是"美国梦"的道德普世主义价值观吸纳了大屠杀素材，美国人已经把自己视为启蒙价值理想和普世价值观的担当者或化身，因此美国人有充足的理由去追讨任何背离启蒙价值的罪孽，包括巴拉克·奥巴马在内的诸多政坛人物和广告精英，都曾经如人所愿地深情引述这一概念，因为它是美国政客在"推销游说"过程中最具威力的"撒手锏"。总之，简单地说，"美国梦"是一部"杰作"，一件散发着旁物完全无法超越的思想之美的艺术品。

　　美国文学则是"美国梦"建构过程中重要的一支叙事话语，一部美国文学史可以说是一部"美国梦"的历史。弗雷德里克·艾·卡彭特教授（Frederic I. Carpenter）说："因为持续和无处不在的'美国梦'的影响，美国文学异于英国文学。"① 在美国文学史中对"美国梦"的建构也经历了一个渐变的过程，尤其是在殖民时期作家都赋予"美国梦"以开拓、致富、进取的精神内涵，富兰克林通过他的《自传》不仅开创了美国自传文学的传统，而且更重要的是通过自传文体树立起实现"美国梦"的楷模形象；建国后作家惠特曼可谓是第一个美国人的形象，他的作品给"美国梦"描绘了自由民主的版图；之后传统"美国梦"开始出现迷茫与失落，甚至"美国梦"在文学作品中遭遇到了颠覆与解构，从马克·吐温、杰克·伦敦、西奥多·德莱赛到司各特·菲茨杰拉德等作家笔下都是"美国梦"的破灭，在多元文化的美国当代社会中作家多克托罗、莫里森、罗斯、任碧莲等的作品也纷纷从少数族裔文化与美国主流文化的复杂关系等方面对"美国梦"进行了解构，很多评论者认为"美国梦"变成了"美国噩梦"。《美国梦，美国噩梦：1960年以来的美国小说》一书中，凯思林·休姆提出："在当代美国作家的作品中弥漫着由于对未来失去信心而产生的失望和沮丧，这些作家可以被称为'失梦的一代'（the

---

　　① Carpenter, Frederic I. , *American Literature and the Dream*, Freeport：Books for Libraries Press，1968：3.

Generation of the Lost Dream）。"① 但是需要注意，"美国梦"实际上已经成为美国民族叙事的价值支点，当这些文学作品在描述"美国梦"破灭的同时，客观上却是进一步强化"美国梦"对读者潜意识的影响。"美国梦"所表征的美国价值理想已经成为美国民族的文化无意识，追寻"美国梦"本身就是"美国梦"的表现形式，即使美梦变成噩梦。

二 犹太人的"美国梦"

"美国梦"在最初孕育之时就对不同文化、不同种族、不同阶级的人产生感召力，虽然现实并非如此美好，但是在一个文化多元程度不断增长尤其是社会不断分裂的时代，"美国梦"是少数能够将所有美国人联系在一起的珍贵之物。矗立于美国纽约哈德逊河口的自由女神像便是"美国梦"的具体标志，迎接着从海上来到美国的移民们。"把你们的那些人给我吧：那些疲惫的人，贫困的人，蜷缩在一起渴望自由呼吸的人，在你们富饶的海岸边遭到遗弃的无家可归、颠沛流离的人，把他们交给我，我在金门之侧高举着明灯！"这镌刻在自由女神像底座上的十四行诗就出自美国犹太女诗人爱玛·拉扎鲁斯（Emma Lazarus，1849—1887）的《新巨人》，以其寥寥的几笔诗文已然刻画出一个开放、充满热情和自由的美国形象。值得注意的是诗人是美国犹太诗人，在她的诗歌中可见她以美国人自居而骄傲自豪，彰显出"美国梦"不分民族不分等级的包容精神，同时也淡化了移民融入"美国梦"的复杂情结：既是一种本土的自我言说，也是一种他人眼中的美国，因此移民眼中的"美国梦"绝不是单一的明朗图景，尤其对个体来说，去国离乡的忧愁、对异国他乡的憧憬和当下得失之间的彷徨共同充斥在多族裔的多元"美国梦"的书写当中，罗斯的书写则正是犹太人的"美国梦"。

---

① Hume Kathryn，*American Dream，American Nightmare：Fiction Since* 1960，外语教学与研究出版社 2007 年版，第 292 页。

犹太民族是美国少数族裔当中的佼佼者，在进行少数族裔统计时都不再把犹太人包含其中。但是如果仔细去梳理美国历史，就会发现成功表象下犹太移民美国之路的艰辛。犹太人到达美国经历了四次比较集中的移民潮，第一次出现在哥伦布开辟新航道的一个半世纪之后，1654 年是犹太人定居美国的开端，23 名赛法第犹太人从巴西抵达新阿姆斯特丹，也就是现在的纽约市，之后到 1776 年 2500 名犹太人定居美国，这是犹太移民的先河；第二次犹太人移民美国是在欧洲拿破仑战争结束之后，大概是 1815 年，主要是德国德裔犹太人，他们带来了欧洲的启蒙思想，跻身知识分子的行列，确定了犹太人积极正面的形象；第三次犹太人的美国移民潮开始于 19 世纪 80 年代，主要是俄裔和东欧的犹太人，这是美国移民潮中最大的一次，总数达 300 万人，时间持续 40 余年（罗斯的祖辈就是在这次移民潮中来到美国的）。这些犹太移民的文化素质较低，在美国面临巨大的生存困境，东欧犹太人经过在美国社会的努力奋斗，逐渐崭露头角（罗斯在《遗产》中追述了父亲在美国求职生存的过程）；第四次犹太移民潮则是在欧洲纳粹反犹主义席卷欧洲的战争背景下，他们逃离欧洲，逃往美国，寻求生存的庇护，数量在 20 万人左右（《疯狂者艾利》的背景正是欧洲大屠杀幸存者的到来）。

在这长达 300 年的移民潮中，第一代犹太移民一般都是从事比较繁重的体力劳动，尤其是东欧移民，受教育程度相对较低，只能在所谓的"血汗工厂"里缝制衣服。他们一般都留长须，穿黑衫，头戴小圆帽，并且脸色苍白，身体羸弱，成为美国犹太人的固定形象。此时犹太人强烈的生存欲望与"美国梦"达成了契合，犹太人纷纷走进学校，将学校作为改变命运的敲门砖，犹太人所学的专业大多是金融家、药剂师、牙医、律师和教师。他们在美国的多个领域内都占有举足轻重的地位，甚至把握着美国的经济命脉，尤其是在 20 世纪，美国社会和美国犹太人之间的互动给美国的政治、外交、宗教、科技、法律、文艺等各领域注入了活力。他们在这块新大陆上找到了发挥他们聪明才智的广阔天地，大显身手的中央舞台和一个安定的家园，貌似已经实现了"美国梦"。美国犹太人追寻着他们的"美国梦"，美国犹太作家也记录着这样的追寻之旅，作家们感兴趣的是比物质丰富、社会地位提升更为艰难的身份认同。

早期美国犹太作家主要书写美国犹太移民在美国寻找上帝允诺的"福地"的艰难过程，与"美国梦"所指向的美国作为理想之地有相似之处，但是具有更强的犹太民族文化和宗教色彩，例如亚伯拉罕·卡恩（Abraham Cahan，1860—1951）、玛丽·安汀（Mary Antin，1881—1949）、纳撒尼尔·维斯特（Nathanael West，1903—1940）、亨利·罗斯（Henry Roth，1905—1995）等，他们笔下的犹太人已经意识到自身的民族文化与"美国梦"之间的差距，在面临强烈的生存压力时，更加向往"美国梦"。卡恩在《戴卫·莱文斯基的发迹史》中讲述了莱文斯基1885年从俄国抵达美国后的故事，莱文斯基的监护人急于使他变成一个美国人，于是把他从一个商店带到另一个商店，买一套西装、上衣背心、一顶帽子、一方白手帕、硬领、皮鞋、领带。一面买这些东西，一面对莱文斯基说："好，你现在看起来不再像个乡巴佬了""这样你就像个美国人了。"① 可以说这是最直接地"融入"美国生活方式的手段，"没有比这样更能使一个外国人迅速而又毫无痛苦地改变他的原籍了"。② "二战"之后涌现的如辛格、贝娄、马拉默德、罗斯等犹太作家，他们的个人身份更加美国化，但是他们的作品在追溯犹太民族融入美国社会的同时，却更多地书写犹太人在美国现实生活与"美国梦"之间的距离和身份的困境。贝娄是"二战"后美国犹太作家中的杰出代表，"美国文学界有充足的理由选贝娄作为'二战'后美国作家中的精英。这样人们把贝娄作为一种文化图标，很多人买他的书，很可能就是因为他是贝娄，一个用小说背负伟大的美国传统，展示当代美国多样性体验，描述美国志向的人"。③ 贝娄笔下的《奥吉马奇历险记》中奥吉更是追求自由

---

① Cahan Abraham, *The Rise of David Levinsky*, New York: Harper Brothers, 1917: 212.

② 邓蜀生：《美国犹太人同化进程初探》，《世界历史》1989年第2期。

③ Hyland Peter, *SauBelow*, London: Macmilan Education Ltd. , 1992: 192.

和平等"美国梦"的精神历险者；马拉默德笔下的美国犹太小人物更是已经超越了犹太性，形形色色的非犹太人与犹太人混杂在一起，适应了"美国梦"所指向的共同的人性，人人都是犹太人，显示了美国文化多元性的特点；罗斯则是更加直接的"美国梦"的记录员，"美国三部曲"记录了美国犹太人融入美国文化的过程，揭示出在差异中寻求调和与包容的"美国梦"的最终失败。

三　反犹主义的幽灵

反犹主义作为专门的术语词汇在西方社会出现是在19世纪末，1879年德国学者威廉·马尔首次将anti（反对）与semite（闪米特人）两个词组合在一起，表达了当时人们对犹太人的特殊厌恶情绪，意指"一切厌恶、憎恨、排斥、仇视犹太人的思想和行为……认为犹太人从本质上、历史上、种族上、自然属性上就是一个能力低下、邪恶、不应与之交往、理应受到谴责或一系列迫害的劣等民族"。[1] 而反犹主义的行为其实和犹太人的历史一样久远，也就是说犹太民族在生成过程中就伴随着异质文化对它的排斥，特别是犹太人在大流散之后，犹太人一直是基督教世界的异类，在欧洲各国流浪的犹太人被强迫居住在法定的区域，这就是犹太格托：犹太人被驱逐在固定的区域，和外界的交流受到管制，这也正是欧洲反犹主义的明显表征。

犹太民族在欧洲遭受到的迫害，在他们到了美洲大陆之后并没有停止，第一次犹太移民潮的时候，就遭受到了当时新阿姆斯特丹总督斯图文森的拒绝，他在给荷兰西印度公司顶头上司的信中称犹太人为"可恨的敌人"和"猥亵基督名字的人"，并要求准许他赶走这批不速之客，为的是"不让这一欺诈成性的民族来进一步毒害和骚扰新殖民地"，[2] 可见最初的反犹主义来自欧洲旧世界，后来美国本土也滋生了反犹排犹的幽灵——反犹政党、反犹报纸《守卫者》等。1913

---

① 徐新：《犹太文化史》，北京大学出版社2006年版，第347页。
② 汤天一：《操纵美国命运的犹太人》，百花洲文艺出版社2006年版，前言。

年犹太人奥·弗兰克在乔治亚州被控谋杀了一位 13 岁的白人女孩，法庭让黑人出庭作证，尽管黑人已经承认是他杀了女孩，弗兰克还是被判处死刑。之后，州长斯拉顿认为弗兰克是无辜的，设法给他减刑，没想到暴徒把弗兰克劫持出狱，绞刑处死，整个死刑过程给拍了照片，印成明信片后销路很好。

如果说美国早期反犹主义主要来自宗教信仰不同的话，那么犹太人在商业、政治上的成功也激起了美国国内的另一群反犹势力。有人把 1929 年美国股市崩溃归罪于掌控金融命脉的犹太人。福特汽车公司的创始人福特就是著名的反犹主义者，福特公司的停车场曾竖立过这样的牌子："犹太人不可信，犹太人出卖美国。犹太人传播共产思想，犹太人宣扬无神论，犹太人损毁基督教。犹太人操纵出版业，犹太人制作肮脏电影，犹太人控制了金钱。"美国在政治上也存在反犹主义，20 世纪 20 年代的"恐红"时期，犹太人几乎又成了共产党的代名词，到了麦卡锡主义盛行的 50 年代，犹太人更是遭受到了严格的审查，在 1953 年还有犹太人卢森堡夫妇因向苏联出售原子弹机密的罪名被判处了绞刑。这种背景下很多犹太人改名换姓，甚至向亲生孩子隐瞒犹太背景。

独特的生存方式和长期遭受反犹主义迫害使犹太民族"紧缩成为一个自我封闭的刺猬"，① 他们自卑、恐惧、警觉不安，并已经内化为犹太人的心理无意识。虽然美国犹太人逃离了"二战"时欧洲纳粹的犹太大屠杀，但是这种巨大的民族灾难和历史创伤对美国犹太人心理上的冲击不可低估，"作为安全的美国人我们不在那里。然而在想象中，我们却一直在那里"。② 可见美国犹太人心理上的不安全感甚至是恐慌，即使在"二战"结束后美国主流社会对犹太人普遍同情和接纳的情况下，美国犹太人仍然有强烈的自我保护意识。美国犹太人对自身的犹太民族身份格外敏感，如黑夜丛林中的猫头鹰一般，

---

① ［荷兰］道格拉斯·怀特：《犹太人：坚强的族裔》，庄礼伟译，《南风窗》2002 年第 11 期。

② Rosen Norma, *Touching Evil*, Detroit, MI：Wayne State UP, 1990：6.

警惕着周围可能的一切形式的反犹主义，同时也更加注重维护自身在美国多元文化社会中的"良好公民形象"。虽然纳粹大屠杀没有在美国本土发生，但是却"一直以可能性的方式在美国犹太人生活中在场，随时可能成为受害者的焦虑促使美国犹太人自我扼杀其犹太性，即为了寻求美国身份的庇护，疏离和遗弃那些带有强烈犹太性的犹太人"。① 可以说美国犹太人成为纳粹大屠杀的遗产继承者，因此对反犹主义以及大屠杀书写成为美国犹太作家作品中不可忽视的主题。

美国犹太作家尤其是贝娄、马拉默德、奥兹克、罗斯，他们的作品具有很强的犹太性，从犹太民族文化属性中获取资源获得启示，将美国社会的反犹主义与犹太传统文化中的受难文化联系到一起，以此说明文化的同化、融入并不能保证反犹主义的消失，甚至美国历史都可以偶然性地拐弯，在美国国内产生与欧洲相同的对犹太人的屠杀，如罗斯在《反美阴谋》中所虚构的。马拉默德笔下大多都是犹太小人物，他们生活在底层，受到不公平的对待。《基辅怨》主人公雅柯夫是一个普通穷苦的犹太人，只因自己的犹太身份，只因想要让自己的生活更好一点，对一个基督教徒下意识的好心救助，结果陷入因谋杀罪被冤枉的圈套。而作品发表的时间正是20世纪60年代美国民权运动的高峰期，揭示出了美国在构建多元文化"美国梦"中的谎言；奥兹克的《披肩》《罗莎》展现了反犹主义和纳粹大屠杀事件对人性的毁灭性影响，强调了历史不能遗忘，即铭记历史就是对反犹主义最有力的斗争；罗斯在《反生活》中就专门有一章写了以英国为代表的基督教世界的反犹主义，在"美国三部曲"中分别指出了美国社会在经济、政治和文化等领域存在的反犹主义，在《反美阴谋》中还以美国历史中真实的具有反犹思想的林德伯格虚构了一段美国陷入反犹主义狂潮的历史。

"二战"之后的美国犹太作家被认为"是大屠杀的孩子，而不是

---

① 文圣：《奥斯维辛的美国"残余"：〈反美阴谋〉中的残余性身份政治》，《外国文学评论》2013年第2期。

犹太聚集区的孩子，他们不写新近在欧洲发生的事——他们没有直接的经历——但这些恐怖却在他们作品的每一页，包括绝望的喜剧中都留下了阴影"。① 这种阴影在当代美国犹太作家的作品中基本上都有，虽然看不到大屠杀具体事件的直接书写，但是字里行间都有一种恐怖的气息。贝娄的《晃来晃去的人》（*Dangling Man*，1944）、《受害者》（*The Victim*，1947）、《抓住时光》（*Seize the Day*，1956）等，马拉默德的《魔桶》（*The Magic Barrel*，1957）中收录的"湖畔淑女"（Lady of the Lake）和"最后的莫西干人"（The Last Mohican）、《傻瓜》（*Idiots First*，1963）、《助手》（*The Assistant*，1957）等，这些作品创作的时间距离纳粹大屠杀的时间非常近，因此作品中对大屠杀的创伤书写更加直接，情绪更加强烈；罗斯的《疯狂者艾利》（1959），贝娄的《萨穆勒先生的行星》（*Mr. Sammler's Planet*，1970），辛格的《情敌：一个爱情故事》（*Enemies，A Love Story*，1972），奥兹克的《食人者星系》（*Cannibal galaxy*，1983）、《披肩》（*The Shawl*，1980），这些作品对纳粹大屠杀保持着沉默、边缘化的书写，经常只有某种暗示或是提及一个句子，但却是大屠杀书写的高潮，这些作品几乎都成为美国文学的经典作品。这些作家的大屠杀书写可以说都是大屠杀曲折影响的结果，虽然呈现形式有所不同，但是可以说都是对大屠杀的"超越""主要是指对大屠杀事件认识的超越"。这种超越既不是忘记，也不是娱乐化；而是不再过多地纠缠大屠杀事件本身，把大屠杀事件作为一个背景或故事发展的一个引子或串联故事的一个楔子，然后在此基础上，从根源上分析大屠杀产生的原因，反思对待幸存者的态度，以及表达自己的人道主义立场。贝娄、辛格、罗斯等是进行这种超越的代表作家。② 至此，大屠杀得到了在美国犹太书写中的地位，并成为美国犹太传统中的一部分。

---

① ［美］莫里斯·迪克斯坦：《途中的镜子》，刘玉宇译，上海三联书店 2008 年版，第 205 页。

② 乔国强：《论美国犹太大屠杀文学的创作与研究》，《外语与外语教学》2016 年第 1 期。

四　美国少数族裔的身份认同

美国作为移民国家而非民族国家，一直试图将不同族群、宗教信仰和文化背景的移民融合为一个整体，主要是以来自英国的盎格鲁—萨克逊民族为主导，也就是 WASP（White Anglo Saxon Protestant）。可以说英国为美国提供了作为独立国家必须的因素，例如人口、语言、思想和文化等，美国在此基础上创建了自己的文明与传统，因此WASP 成为美国人近四百年时间中的文化核心，切实影响了人们的日常生活。也正是在这样强大文化核心的吸引下，美国才得以凝聚来自世界各地的移民，保持自己的价值观。由于美国独特的历史条件，国家不是由具有共同历史传承和文化积淀的民族组建而成，因此维系国家的稳定团结只能靠指向未来价值许诺的包含诸如自由、平等、民主的"美国梦"的实践性，从而形成了以 WASP 为美国社会主流文化的价值取向以及生活方式。在这种社会和文化的基础之上，美国社会少数族裔群体必然要同化到与以白人为主导的盎格鲁新教文化为核心的主流文化中，否则将被排除和驱赶，少数族裔原有的身份和母国文化、历史被消声和边缘化了。外来移民必须彻底切断与母体文化的联系，接受美国人的价值观念，效仿美国人的生活方式，认同美国社会的政治、文化、心理以及民族情感。这种以 WASP 文化为主导的同化一定程度上强化了移民的美国国家认同和美利坚民族自身的民族认同。但是文化并非强制力能够隔断的，这种一元主导对美国这样的移民国家来说只能是一种幻想，直到 20 世纪初得到了改变。

20 世纪初到 20 世纪 50 年代，大规模的外来移民加剧了美国社会的多元化，主流的 WASP 文化已不能完全消化、包容如此庞大的移民群体，美国熔炉论就应运而生，认为美国社会就是一个文化的熔炉，可以保留少数族裔的优秀文化，并塑造新型的美国人。这种认同理论认为不同族裔群体之间的交往、接触和交流，最终带来对美国主流文化的认同。看似非常平等、不带有任何强制性，然而由于少数族裔在美国社会中本身就处于弱势地位，与主流的白人文化不可同日而语，虽然熔炉论强调不分主次平等地同化，但是却非常不现实，"不意味着所有不同族裔的文化价值观得到平等地体现，盎格鲁的文化特性自然会更显著一些"。① 作为一种自然同化行为的熔炉论，可能时间上要漫长许多。针对熔炉论有很多争论，有学者认为美国是一个成功的大熔炉，各民族人民来到这片新大陆上，同化为新的美利坚人，直至今日这一进程仍在持续着。也有学者认为熔炉论在美国历史上从未发生过，这一理论不过是个美妙的理想。② 但是如果否定熔炉论那将无法解释美国社会中少数族裔的同化问题，同时，如果夸大熔炉论的效果，那也是对美国族群问题的简单化处理。因此客观评价熔炉论，并放在特定美国社会的历史语境中去理解，便能够理解熔炉论在当今美国社会仍然具有的现实意义。正如国内学者指出"熔炉论从一个侧面反映了美国文化统一性的本质特点不仅贴切也十分形象，但随着美国移民解构变化与移民文化发展，显露了它自身的不足与弱点"。③

20世纪60年代是美国社会的大变革时代，声势浩大的黑人民权运动、女权运动、学生运动、性解放运动等相继展开，一些被主流文化边缘化的亚文化群体和人群得以在美国社会发出不同的声音。仅仅在60年代美国就出现了103个民族集团和173个土著民族单位，加起来有200多个民族单位，因此有学者认为美国已不是"民族大熔炉"，似乎变成了"民族博物馆"。④ 美国社会的多元文化时代到来了，当然美国社会的多元性早已有之，美国社会是合众为一（one out of many，out of many，one）的。但是60年代之后的"众"（many）具有了自主性的选择，真正成为多元文化中的"一元"。这里的元不仅包含少数族裔群体，还包括宗教团体、性别群体等，多

---

① 何良：《美国少数族裔的国家认同研究》，博士学位论文，北京外国语大学，2015年，第49页。

② 伍斌：《历史语境中的美国熔炉论析论》，《世界民族》2013年第3期。

③ 余志森：《熔炉、拼盘还是葵花——对美国多元文化的再思考》，《历史教学问题》2013年第5期。

④ 姜飞：《从大熔炉、沙拉碗到织锦——20世纪中叶以来的美国文化寓言》，《中国社会科学报》2011年11月17日第16版。

元指的是美国的各种族和族裔人群。少数族群纷纷打出了多元文化
的旗号,突出其自身独特的身份,并利用集体身份的建构抵抗主流
文化的同化,形成了当今美国族群的多元化、族群之间相互渗透的
结构特点。在这种多元文化下的身份认同保护了少数族裔具有的原
生性,提高了社会的包容度,保护了少数族群的权利。有研究者提
出了较为理想化的结果,美国威斯康星大学跨文化传播研究学者温
迪·利兹-赫尔维茨(Wendy Leeds-Hurwitz)认为多元文化带来的
是"织锦"的最佳结果,将个性化的丝线有机并置并视为在一个崭
新的整体过程中展现某种"期望中的形象"。① 不过这种理想化的结
果并未出现,尽管美国多元文化政策比欧洲实践的效果要好,却也
同样触发了很多社会问题,例如国家的分离主义增强,威胁到社会
和国家的稳定,同时特意给予少数族群的保护措施和优待政策,也
与自由主义下个人平等的原则相互冲突。

美国少数族裔作家对自身族群文化认同的关注成为他们作品最显
著的主题,他们本被消声的文字成为美国高校讲堂上的经典书目,例
如美国印第安文学、黑人文学、女性文学、犹太文学、华人文学等,
并对西方经典文学产生一定的冲击。需要注意的是少数族裔文学在多
元文化语境下认同的困境,他们对原生性文化无法回归,同时无法融
入美国主流文化,夹在中间被悬置起来。罗斯就是其中一员,他在
《反生活》中明确指出了"问题的症结",认为"在于并非或此/或
彼,有意识地从可能性中选择,这些可能性等同于困难和遗憾——是
和/和/和/和以及同样。生活就是和……所有风险的现实存在相互
纠缠着,遮盖着,连接着。反正或者"。② 这是罗斯在80年代所持有
的身份观念,强调身份的流动性、多样性。进入90年代之后的罗斯
看到了少数族裔身份认同的现实,对美国的身份政治有了重新的认

----

① 姜飞:《从大熔炉、沙拉碗到织锦——20世纪中叶以来的美国文化寓言》,《中国社
会科学报》2011年11月17日第16版。

② [美]菲利普·罗斯:《反生活》,楚大至译,湖南人民出版社1988年版,第382
页。

识，他质疑以种族身份去界定个体身份的可行性以及多重身份并存的可能性。因此罗斯在"美国三部曲"中将身份根植于更加广阔的历史之中，发掘身份的形成与特殊的历史、文化环境的依赖关系。从中可见罗斯对身份的探讨已经跃出了种族身份的界限，开始从更为普遍的人所处的社会历史语境来探寻身份。

第三节　记录：当代美国社会编年史

《美国牧歌》《我嫁给了共产党人》和《人性的污秽》构成了一个主题上的三部曲，被称为"美国三部曲"，讲述了"二战"后美国人尤其是纽瓦克地区的美国犹太人生活中的历史时刻，因此又被称为"历史三部曲""纽瓦克三部曲"，三种命名显示出这三部作品围绕着美国、历史以及纽瓦克为核心。三部曲出版之后10年时间内就被证明是当代美国文学的经典，巨大的销量证明了作品的流行度，从学界到美国电视脱口秀等节目给予的高度评价证明了其所兼具的深度和广度。2004年出版的《反美阴谋》成为畅销书，并获得史密斯文学奖和美国历史学家协会库柏奖。《反美阴谋》与"美国三部曲"具有主题上的一致性，罗斯用想象的可能性去演绎美国历史，揭示出历史对普通人的影响。罗斯这些作品可以说是对美国社会编年史的记录，尤其是突出反映了美国作为高度多元文化国家的特殊多样性。罗斯选择了他所熟悉的纽瓦克作为其美国历史书写的具体空间，以犹太移民色彩彰显美国的多元文化，由美国犹太人作为少数族裔的代表，之后扩展普及对个体生命形式的思考，揭示出当代美国社会的问题，以及美国人的心灵史。

一　"二战"后美国多元文化语境

"美国三部曲"中的叙述者都是作家祖克曼，他作为局外人进入小时候曾经熟悉的"美国式英雄"们的人生，犹太人塞莫尔·利沃夫是纽瓦克出来的篮球明星，成功商人；艾拉·林戈尔德也是出身贫苦的犹太人，是祖克曼老师的弟弟，从卑微的工人成为知名广播剧明星，还是一名共产党人；黑人科尔曼·希尔克则是祖克曼的朋友，从被排挤黑人华丽转身成为雅典娜学院的古典文学教授。叙述者一步步地进入这些美国偶像的世界，他们不分种族、不分肤色、不分信仰，各自追逐着"美国梦"所许下的承诺，有了物质、名望、事业、家庭上的收获和成功。塞莫尔家族事业有成，婚姻家庭生活幸福，娶了美国白人小姐，搬进了郊外的石头屋子；艾拉成为家喻户晓的明星，社会活动家；科尔曼则是受人尊敬的大学教授，他们都成为实现"美国梦"的成功者。罗斯笔下的人物都是美国社会的少数族裔，他们实现自我的过程，或者说是追求"美国梦"的过程，伴随着美国社会在"二战"之后的崛起过程，美国社会的蒸蒸日上刺激着他们的自我追求，美国社会本身也在实现着"美国梦"的预言，社会稳定，经济、科技和工业产业等迅猛发展，物质生活水平迅速提升。就如同罗斯笔下的这些"美国梦"的实现者一样，美国社会似乎进入了发展的黄金期。然而伴随着罗斯的勘探，他笔下的美国偶像轰然倒塌，塞莫尔家族事业衰败，家庭破碎，女儿成为恐怖分子；艾拉被妻子举报成为被调查的共产党人，失去工作，失去家庭，独自死去；科尔曼被调查辞职，与清洁女工相拥而死。他们最终的悲惨命运显示了个人"美国梦"追求的不现实性，罗斯同样也对美国社会进行了把脉，对美国社会的繁荣进行了剖析。

罗斯在三部曲中对美国历史的记录丝毫不逊色于历史学家，没有人物的历史不可能存在，而没有历史的个体也无法确定自我的身份，因此罗斯将个人命运与社会历史变迁交织在一起，构建了美国历史的全景图。罗斯三部曲中的历史时间节点非常明确，就是"二战"之后，从战争结束的 20 世纪 40 年代到 90 年代长达半个世纪的美国历史。这是美国社会变革最为剧烈的时期，"二战"后美国经济实力骤然增长，实现了世界经济体系中绝对、全面的优势，国内财富剧增。美国社会内部经历了变革和转型，尤其是人口结构发生的改变带来了民族关系的变化。美国社会的多元化趋势更加明显，越来越多被主流文化压抑的边缘族群试图发出声音，要求改变自身的地位，直接导致了美国的民权运动，从此少数族裔成为一支非常重要的政治力量。民权运动之后，多元化的美国社会在家庭、婚姻、宗教以及教育等方面都发生了许多转变，而罗斯正生活在这一巨变时期，因此他的作品也就更关注这个时期的美国历史。

三部曲中的历史时期虽然有所交叉，但是整体上保持着宏观的时间上的连续性，《美国牧歌》主要是美国60年代的历史，是各种主义、各种运动集体亮相的时代；《我嫁给了共产党人》主要围绕着战争刚刚结束的50年代的历史，是政治氛围较为紧张的冷战时期；《人性的污秽》则是美国八九十年代的历史，主要围绕对"政治正确"问题的思考。三部曲的时间性是较为鲜明的，各自有自身的时间主轴，但是也不妨碍时间上的交叉，例如对越南战争都有所涉及，对美国60年代的黑人暴力运动有所交叉，但是他们并不重复，都服务于各自的时间主轴。因此，罗斯的小说似乎是在记录美国历史，几乎将所有的历史大事件都写入了他的小说中，50年代麦卡锡主义，60年代性解放运动，70年代越南战争到80年代政治正确，90年代恐怖袭击，乃至2000年之后科技进步等，热点和重点就是罗斯的着眼点。

后现代语境下传统历史观发生了巨变，历史再也不是一成不变的既定事实，而是在各种权利机制制约下的文本构成，可以被不同的人根据各自的经验重新书写和阐释，从而文学在本质上与历史具有了一致性，或者说具有了天然的契合性，都是一种文本的构成。因此文学纷纷去解构历史，或者说历史被戏说、解构、去神圣化。虽然罗斯的《美国牧歌》《反美阴谋》等作品被很多学者用新历史主义去解读，但是本人认为罗斯持有较为严肃、传统的历史观点，他同古板而又严苛的历史学家一样，将历史织锦一般织入他的小说文本中。罗斯并非强调历史的文本性、可构建性等，而是强调历史既有他的必然，又有他的偶然；历史既有他的轻快，又有他的厚重。罗斯试图为美国历史正名，相比较世界上其他具有悠久历史的民族国家而言，美国没有可供炫耀的悠久历史，美国二三百年的历史怎能与犹太民族千余年的历史相比，然而罗斯对犹太历史并没有过多地去追溯，而是如此厚写美国历史，记录在案，记录在册，这就是美国历史。同时，罗斯阐明"美国梦"中所宣扬的自由，不背负历史重担的自由是无法实现的；美国已经有了自身的历史，这种历史虽然并不古老，但是却切切实实地影响甚至决定了几代以及更多人的命运。当然，罗斯并非历史学家，他尊重历史的完整性，但是他的出发点并非探寻历史的宏大规律，而是落脚于个人的命运，他使用历史进程中的碎片化事件，将个人与历史黏合在一起，个人命运中又或隐含或彰显了历史在个人身上的痕迹。

二　纽瓦克的历史兴衰

"美国三部曲"中三位主人公都出身于美国新泽西州纽瓦克市的犹太人聚居区，三部曲讲述的重点也可以凝练为 20 世纪 30 年代到 90 年代纽瓦克历史的沉浮和生活在其中的人们的生活变迁。罗斯本人也正是出生在纽瓦克，纽瓦克之于罗斯就如密西西比河之于马克·吐温、拉法耶特之于福克纳、芝加哥之于贝娄，虽然纽瓦克在美国地理版图上并无什么特殊之处，不是政治中心，也非经济发达之地，甚至还是最不友善、最不受欢迎的城市，[①] 然而对罗斯而言，那是他的出生地，是他唯一熟悉的地方。罗斯甚至把自己为何写犹太人归结于纽瓦克这个地方，因为罗斯本人并非宗教信徒，在他看来，这个世界上并没有上帝。他之所以老是写犹太人，可能跟他自己是犹太人也没啥关系，而是因为地域性，"在纽瓦克，大多数居民都是犹太人，如果我生活在明尼阿波利斯，就会写当地人了"。[②] 慕名前来的游客在罗斯的家乡纽瓦克，可乘坐观光巴士参观罗斯的高中，并且萨米特大道与科尔大道交会路口被命名为"菲利普·罗斯广场"。因

---

① 纽瓦克，地球上最不受欢迎的城市，英国《每日电讯报》报道美国旅游杂志评出全球十大最不友善城市，纽瓦克排名第一。

② 丁扬：《菲利普·罗斯：反叛的终结》，《国际先驱导报》2013 年 4 月 3 日。

此美国学者迈克尔·吉米奇（Michael Kimmage）将"美国三部曲"命名为"纽瓦克三部曲"① 则更为准确，以纽瓦克取代美国，更具有具体性和特殊性及明显的区域性特征，而纽瓦克的历史也成为 20 世纪美国历史的缩影。

纽瓦克见证着美国虽不悠久但却荣耀的建国、快速发展以及转型的兴衰历史。纽瓦克的历史始于殖民地时代，新泽西州是最初的北美 13 个殖民地之一，纽瓦克建于 1666 年，最初的含义是新的安身之地，因此有"新方舟"（New Ark）或"新工作"（New Work），后被合成为"纽瓦克"（Newark）。纽瓦克在 18 世纪初迅速崛起，成为工业重镇，其中制鞋、皮革和酿酒是当地知名产业。19 世纪纽瓦克的工业走向多样化和现代化，托马斯·爱迪生在纽瓦克成立了自己的工厂，发明了蜡纸、油印机、二重和四重电报机、第一台英文打字机，成为纽瓦克制造业发达的一个缩影。美国最大的人寿保险公司保德信保险公司在纽瓦克诞生，纽瓦克成为世界上保险销售量最大的城市之一。20 世纪初纽瓦克又成为大型商业中心，市民的夜生活极其丰富。这里被称作"消费者的麦加圣地"，形成了很多少数族裔社区，其中以王子街的东欧犹太社区最为出名。随着有色人种的迁入，纽瓦克白人开始迁出，人口出现了明显的下降趋势。20 世纪 60 年代后期纽瓦克开始走下坡路，一度成为种族骚乱和犯罪之城，有作家写道："纽瓦克曾是能生产任何东西的城市，现在却变成偷盗之都；过去每条小巷里都能看到工厂和紧张工作的人们，现在除了酒馆、比萨饼店和如同仓库一般破旧的教堂，整座城市变成了一片废墟。"② 大量中产阶级仓皇逃离了这座城市，与向往之地和居住之城的纽约相比，纽瓦克成为背离之地的原型，又一次见证了人们的迁徙，只不过之前是到来，而这次是离开。作家费德勒认为纽瓦克与文学是绝缘的，"即使作为孩子，我们也能感到一种不确定性，我们的家乡缺乏特征……或

---

① Kimmage Michael, *In History's Grip: Philip Roth's Newark Trilogy*, Stanford: Stanford UP, 2012.

② 吴云：《由衰转兴的纽瓦克》，《人民日报》2009 年 11 月 2 日第 13 版。

许我们不知道它的平凡之处到底在哪里，居住在那儿就像居住在它的丑陋里"。①

　　几乎所有有关纽瓦克的史料都被罗斯写在了他的小说中，罗斯的小说见证并记录着纽瓦克的历史兴衰。与其他美国城市相比，纽瓦克独特的历史价值体现在它移民城市的渊源以及城市在现代化过程中的变迁，这恰是美国历史独特性的典型体现。作为移民城市，罗斯的祖辈正是随着移民大潮，从东欧犹太小村庄来到这里，城市的历史正是他祖辈的历史，虽然短暂，但却是可供他追溯的家族史，城市虽然破败，但却是他们的根基；作为现代化的新兴城市，纽瓦克产业机构的变化和经济的兴衰转型也成为美国千千万万个城市的缩影。纽瓦克成为罗斯犹太族裔与美利坚民族联系的中心，成为犹太古老传统与现代文明的交汇地。纽瓦克对罗斯来说是其犹太家族繁衍之地，更是他成为美国人的生成、见证之所。无论纽瓦克兴盛、繁荣还是衰败、破落，罗斯全部的作品都直面它的社会现实，不美化也不贬低，忧伤、怀旧地回溯它的辉煌历史，也客观地记录它的艰难不幸和痛苦。在美国历史上毫不起眼甚至被遗忘之地，在罗斯的文学世界中却焕发了异样的文学光彩。

　　在罗斯的早期小说中，尤其是《再见，哥伦布》略带忧伤地记录了纽瓦克的贫穷和居民的搬离，然而尼尔却仍回到了纽瓦克，回到了纽瓦克的公共图书馆，满怀浪漫主义的依恋而去抵抗现代化过程中城市的衰败。"纽瓦克三部曲"更加现实，更加理性，工业化时代的阴霾笼罩着纽瓦克，正如人物的命运一样，城市也走向历史的衰败，吉米奇指出："对城市中心赤裸地描写是一种社会批评的形式，是揭发丑闻的创造性表达。"② 罗斯在这些作品中最大限度地利用了纽瓦克的历史，纽瓦克成为连接主人公们与美国历史之间的工具，串联起书

---

①　Fiedler Leslie, "The Image of Newark and the Indignities of Love: Notes on Philip Roth", in *Critical Essays on Philip Roth*, ed. Sanford Pinsker, Boston: G. K. Hall, 1982: 23.

②　Kimmage Michael, *In History's Grip: Philip Roth's Newark Trilogy*, Stanford: Stanford UP, 2012: 3.

中人物和 1930 年到 1990 年的美国历史，纽瓦克那丝毫不引人注意的历史成为小说内在的节奏和中心主题。

《美国牧歌》中穿插了纽瓦克城从移民时期经济上的兴盛发达到社会动荡衰落的变迁历史。"克尔大街是富有的犹太人居住区……战后到纽瓦克的第一代移民重组为一个社区。这种灵感主要来自美国生活的主流意识……克尔街的犹太人已有像模像样的地下室、遮阳的走廊和石板阶梯，似乎房屋正面就表现出这些大胆先驱者对美国化形式的渴求。"① 然而这种平静、祥和的氛围并没有持续多久，经历了手套工厂的繁荣与兴盛，保险业的发展等，纽瓦克在 60 年代走向了黑暗，遭遇了经济上的衰落、城市暴动、纵火、犯罪等，几乎毁了纽瓦克所有的希望。"以前什么都生产，现在成了世界上的汽车盗窃之都……在纽瓦克每 24 小时有 40 辆车被盗。……车是杀人凶器，一旦被盗，就成了四下乱飞的火箭②，成了世界上最糟糕的城市。"

《我嫁给了共产党人》更多地强调纽瓦克与美国社会遭受同样的政治上的麦卡锡主义；《人性的污秽》没有像《美国牧歌》一样集中地直接书写纽瓦克的历史，但是字里行间仍都能够看到一个种族分裂、暴力滋生严重的纽瓦克，符合纽瓦克作为最大族群混据点的历史状况，书中黑人科尔曼一家在纽瓦克遭受了严格的区分和歧视，虽然科尔曼的父亲和母亲都已经从事较为体面的工作，但是却只能是有色人种的工作。父母极力反对科尔曼的拳击运动，认为这是粗野的不体面的下等工作，"田径比拳击文明多了，对你更合适，科尔曼。亲爱的，你跑得多美啊"。③ 纽瓦克的拳击俱乐部几乎都是黑人，老板也都是黑人，并且是警察。之后科尔曼从犹太人身上看到了可能性，"犹太人……是为外人引路、展示社会可能性、向一个有文化的有色

---

① ［美］菲利普·罗斯：《美国牧歌》，罗小云译，译林出版社 2004 年版，第 7—8 页。

② 同上书，第 23 页。

③ ［美］菲利普·罗斯：《人性的污秽》，刘珠还译，译林出版社 2003 年版，第 97 页。

人种家庭演示成功之道的精明人士"。① 可见当时纽瓦克种族歧视的
严峻，从一定意义上可以说"纽瓦克三部曲"中罗斯将纽瓦克作为
整个当代美国社会的缩影，纽瓦克的历史就是美国的历史，生活在纽
瓦克的少数族裔的命运也就是美国民众的命运。纽瓦克不仅仅承载着
犹太移民、黑人等少数族裔的历史，也浓缩着整个美国"二战"后
的历史和社会形态。

三　纽瓦克孩子们的"美国梦"

罗斯在"纽瓦克三部曲"中其目的并非是要向读者重现历史，而
是展示历史中人物的命运，这些人物就是从纽瓦克走出去的孩子们，
他们是三部曲中的叙述者祖克曼、《美国牧歌》中的瑞典佬塞莫尔、
《我嫁给了共产党人》中的铁人艾拉、《人性的污秽》中的科尔曼，
还包括罗斯封笔之作《复仇女神》中的坎特。他们都携带着特定的
历史和文化基因，他们都是少数族裔（祖克曼、瑞典佬、艾拉、坎特
都是犹太人，科尔曼则是黑人），他们都通过个人的自我奋斗实现了
"美国梦"（祖克曼是知名作家、瑞典佬家庭事业双丰收、科尔曼是
大学教授、艾拉是知名广播剧演员），然而等待他们的却是美国噩梦
（瑞典佬家庭的破碎、艾拉被妻子背叛、科尔曼失业惨死于车祸、坎
特患病孤苦伶仃的生活）。他们美国式个人英雄主义无法抵挡历史车
轮的巨大重力，完全坍塌了下去，瑞典佬的手套工厂在 60 年代的城
市暴动中被毁，女儿成为恐怖袭击者；艾拉在 50 年代的麦卡锡主义
中被妻子揭露是共产党人，遭到调查审判；科尔曼在 90 年代的"政
治正确"中被指控歧视黑人，失去教职……看似宏大的历史事件就这
样直勾勾地进入了个人的世界，彻彻底底地改变了他们的人生，表面
上看这是美国犹太人或者说少数族裔追寻"美国梦"的失败，然而
从深层次上实际拓展了美国历史语境之下普通美国人重塑自我身份以

---

① ［美］菲利普·罗斯：《人性的污秽》，刘珠还译，译林出版社 2003 年版，第 99
页。

及如何面对的历史，在更为普遍的意义上指出了自我身份不仅仅是叙述建构，而且是更加复杂的历史的产物。

纽瓦克的孩子们的童年都有些另类，他们都是少数族裔，都来自美国社会的最底层。瑞典佬的家境还较为优越，但也是其父辈经过艰苦奋斗逐渐发家致富的，瑞典佬的父亲娄·利沃夫十四岁就到皮革工厂干活，"每天 12 小时的劳作，像牲口一样忙碌，这里污浊不堪，臭气熏天，红色、黑色、蓝色和绿色的燃料水泼洒一地，碎块的皮子到处都有，地下尽是油洼、盐堆和大桶的溶剂。这便是娄·利沃夫的高中和大学"。① 这反映出了纽瓦克在城市经济发展过程中少数族裔所从事的低下工作和窘困的生存状态，也正是在这样的艰苦劳作之上，为瑞典佬的生活奠定了丰厚的物质基础。艾拉要更加不幸一些，他出身在贫穷的犹太家庭，缺乏父母的关爱，脾气暴烈，在母亲的葬礼上7 岁的他就满怀愤怒，不曾掉下一滴眼泪，并且在工地上干各种力气活，与意大利移民发生冲突，打死了人，他看到劳动人民的辛苦和社会的不公，坚定地成为了共产党员。科尔曼的家族虽然是黑人，但是却都接受了教育，祖母之前是黑奴，由她的女主人教会了识字，进入了有色人种师范学校，祖父曾是牧师，科尔曼的母亲是出色的护士，父亲是验光师，他们一家是模范黑人家庭，全家通读所有古典名著，参观艺术博物馆、天文台，但是歧视却无处不在，父亲的眼镜店在大萧条中倒闭，只能当列车服务员，母亲无论多么优秀，最多只能争取当个有色人种护士长，开朗的科尔曼对自己的未来充满希望更是遭受到了无情的打击，卖热狗的摊主拒绝卖给他，叫他们"黑鬼"，妓院识破他的黑人身份，他被抛到了马路中央。

少数族裔的出身使他们对自身的现状不满，迫切地想抛掉自身旧有的族裔身份，重塑自我，融入美国社会，追寻"美国梦"的理想。美国独特的建国历程使自身的民族认同具有明显的自我塑造性，"不能说自己有天然的疆域，悠久的历史，或者人民属于同一教会，共有

---

① ［美］菲利普·罗斯：《美国牧歌》，罗小云译，译林出版社 2004 年版，第 10 页。

一种古老的习俗，或根生于同一血统……美国人通过信奉自由、平等和确立在意见一致基础上的政府，认定自身为一个民族"。① "美国梦"更是美利坚民族自我聚合的话语表征，"美国梦就是梦想能有这样的一片土地，人们生活更好，更富足，更完美，根据能力与成就每个人都能有机会……这不仅仅是汽车和高薪水的梦想，还是社会秩序的梦想，在这样的社会中不管他们的出身和地位，每一个男人和女人都能完全发挥他们内在的潜能，得到他人的认同"。② "美国梦"所允诺的人人平等、自由、民主成为一代代美国人神圣的信仰和集体无意识，可以不分肤色、不分阶级、不分外貌、不分信仰、不分血统和种族等，只要通过个人的努力就有成功的希望，就能够创造奇迹。正如美国人口学家霍拉斯·卡伦所言"美国不像其他国家那样是一个民族，美国是一个思想"③，而"美国梦"正是对这种思想的形象阐释。

三部曲中的主人公们纷纷怀揣着各自的"美国梦"出发了，他们的"美国梦"各具特色，体现了"美国梦"所蕴含的多重内涵，有田园牧歌的"美国梦"，有政治抱负的"美国梦"，也有种族平等的"美国梦"。《美国牧歌》中瑞典佬很小时候就梦想着能够拥有郊区的大房子，白人妻子，中产阶级的牧歌梦，他还把美国19世纪的约翰尼·阿普瑟德作为自己的偶像，"个头高大，脸色红润，幸福快乐，也许不太聪明，但不需要那么聪明——做伟大的漫游者就是约翰尼·阿普瑟德全部的心思，完全的肉体上的快乐，迈开大步，提着一袋种子，带着对大地景色的无比热爱，无论走到哪里便播下种子"。多美的故事啊。四下看看，到处走走，瑞典佬一生都喜欢这个故事④。《我嫁给了共产党人》中艾拉的梦想更具有现实性，更加具体，指向了美国政治，题目就具有很强的政治隐喻，直接指向了美国20世纪

① 卢瑟·路德克：《构建美国：美国的社会与文化》，王波译，江苏人民出版社2006年版，第24—25页。

② Adams James Truslow, *The Epic of America*, Boston：Little，Brown and Company，1931：405.

③ 转引自朱世达《美国社会的文化矛盾》，《美国研究》1995年第2期。

④ ［美］菲利普·罗斯：《美国牧歌》，罗小云译，译林出版社2004年版，第307页。

50年代的政治氛围，艾拉由于出身低微，更向往政治上能够施展抱负，扶弱济贫，尤其是看到美国社会无产阶级工人们的辛苦劳作，每周四晚上无线电里都是艾拉的节目《自由勇敢者》，都是取材于美国历史上激励人心的美国式英雄，而他扮演最为成功的则是林肯，"我们对任何人都不怀恶意，我们对任何人都抱好感，上帝让我们看到正确的事，我们就坚定地相信那正确的事，让我们继续奋斗，以完成我们正在进行的工作，去治疗国家的创伤，去照顾艰苦作战的斗士和他们的孤儿一生，尽力实现并维护我们自己之间和我国与各国之间的公平和持久和平"。[1] 艾拉几乎要走林肯总统相同的道路，从演员到政治活动家，这也的确是"美国梦"的偶像版本，包括之后的里根、施瓦辛格等都成为这样的政治代表。《人性的污秽》中科尔曼的梦想是平等、没有歧视、自由的"美国梦"，当他第一次意识到黑人所遭受到的歧视之后，他力图通过自我优秀能力的突出得到认可：

> 他自童年起所向往的，就是自由；不当黑人，甚至不当白人——就当他自己，自由自在。他不想以自己的选择侮辱任何人，也不是在企图模仿他心目中的哪一位优等人物，或对他或她的种族提出某种抗议。他知道，在循规蹈矩的人眼中，世上的一切都早有安排，都是一成不变的，他们永远也不会认为他做得对。但，不敢越雷池一步，固守正确的界限，向来不是他的目标。他的目标是决不将自己的命运交由一个敌视他的世界以愚昧和充满仇恨的意图主宰，必须由他自己的意志决定。[2]

但是作为在纽瓦克走出的孩子们，他们的"美国梦"都太过虚幻，以至于美梦转化成为噩梦，他们个人的奋斗、努力似乎都没有抵

---

① ［美］菲利普·罗斯：《我嫁给了共产党人》，魏立红译，译林出版社2011年版，第16页。

② ［美］菲利普·罗斯：《人性的污秽》，刘珠还译，译林出版社2003年版，第123页。

过历史的"偶然性",而这种偶然性也正是历史切实发生在个体身上的必然性。《美国牧歌》中第二、三部分的标题就是"堕落"和"失乐园",其中写到瑞典佬被美国社会60年代的动荡强行拖出了田园牧歌的美梦,家族产业手套工厂遭到破坏,妻子多恩出轨,女儿梅丽成为恐怖主义者,瑞典佬毫无反抗之力,只能默默地承受。《我嫁给了共产党人》中艾拉雄心壮志要为无产阶级和下层人民争取更多的平等权利,但是在麦卡锡主义猖獗的时代,沉浸于美好理想的艾拉遭到了妻子的背叛,妻子在《我嫁给了共产党人》的回忆录中揭露了丈夫的政治生活,诬蔑他是苏联间谍。艾拉及其家族被纽瓦克当地的非美委员会肃整,走投无路的他回到少年时干活的矿场,凄惨地度过残生。《人性的污秽》虽然小说的直接背景是1998年美国白宫的丑闻,即克林顿和莱温斯基性丑闻案,但是塑造科尔曼终身选择的应该是在科尔曼壮年的四五十年代,这个时期是美国种族歧视最为严重的时期,也直接导致了60年代的黑人城市暴动,更使科尔曼最终决定僭越自己的黑人种族身份,扮演成为犹太人,这是美国历史迫使科尔曼作出的"正确选择",但历史又给科尔曼开了个玩笑,在"政治正确"流行的90年代学院体制中,他因为一次普通的课堂点名,因把缺课的两位同学称作"spook"(幽灵,黑鬼)而带来了一系列麻烦,最终失去教职,失去家庭,惨死于车祸。他们英雄主义的个人奋斗终究抵不过历史的车轮,最终成为历史的牺牲品。

四　虚构抑或真实:"9·11"反思

罗斯《人性的污秽》中内森总结科尔曼的一生时写道:

> 这个决定打造一个杰出历史前途的人,这个着手旋开历史弹簧锁、聪明决定成功地改变了个人命运的人,到头来却落入他不能完全指靠的历史掌心:还没有成其为历史的历史,钟表正在一分一秒勾销的历史,随着我的笔不断扩散、一次增长一分钟的历史,未来将比我们更能把握的历史。这个无处遁逃的我们——当

下，共同的命运，流行的情绪，所在国家的思潮，具有制约性质的历史，即我们自己的时代——被一切事物可怕的转瞬即逝的性质所蒙蔽。①

可以说这是对整个"美国三部曲"中的主人公命运与历史关系的总结，在这里罗斯把个体与美国的国家历史紧密联系起来。历史无处不在，看似已经消失在身后，但是几乎在消失的同时决定了个体的命运，个体无处遁逃。罗斯在之后的《反美阴谋》中更加突出了这种历史决定论和个体的无助感。

出版商在 2004 年推出了《反美阴谋》，可谓是意味深长，"9·11"事件三周年，美国总统大选前夕，并且小说的标题很容易让人误以为这是一部"9·11"内幕小说。但纵观小说和"9·11"事件本身没有直接联系，"这部小说并不是纪念'9·11'事件的产物，甚至可以说与'9·11'事件毫无干系"。② 的确，从小说的故事情节来看，和"9·11"所指的美国遭受的伊斯兰宗教势力的恐怖袭击没什么直接的干系，也并非描绘恐怖袭击所造成的冲击和后果，但是却与"9·11"小说关注受害者而非恐怖分子这一点一致，尤其是对美国普通人所遭受的恐怖心理体验来说，《反美阴谋》和一般的"9·11"小说具有相通之处，小说依托恐怖事件来反思美国社会的弊病，揭示恐怖事件发生的政治逻辑以及对少数族裔身份认同的负面效应。

《反美阴谋》中也有恐怖事件，只是并非来自外部，而是来自美国社会自身，并且是罗斯通过想象对美国历史进行的重构。罗斯虚构了 1940—1942 年美国的历史，作品中出现的人物查尔斯·林德伯格确有其人，飞行员出身，是美国反犹势力的代表，但是并未当选过美国总统。罗斯假设林德伯格击败了罗斯福当选了美国第 33 届总统，

---

① ［美］菲利普·罗斯：《人性的污秽》，刘珠还译，译林出版社 2003 年版，第 346 页。

② 毛燕安：《雕空镂影 亦幻亦真——菲利普·罗斯的新作〈反美阴谋〉》，《外国文学动态》2004 年第 6 期。

他上台后在美国推行反犹政策，在国外与纳粹结盟，彻底改变了美国犹太人的生活，整个国家陷入了慌乱。小说重构历史并非目的，重点也不是林德伯格当选总统或者"二战"时期的事件，而是将历史的灾难、恐怖与个人的生活结合起来，强调个体在面对历史灾难时的反应。小说在恐怖的国家氛围中，突出了以第一人称叙述的罗斯一家以及纽瓦克附近犹太人所承受的压力。作品中写道：

> 现在已没人再蓄长须，也没人再着旧式服装或戴小圆帽了……在这片土地上已经生长了三代人。现在作为犹太人，已不需要什么特殊的标志，不需要特别的宗教或信条，也不需要另外的语言，他们已经有了与生俱来的母语，他们已能毫不费力地用各种方言土语来表达自己……但他们无法摆脱那与生俱来的本性，那是他们根本就不可能想到要摆脱的。他们身为犹太人，就因为他们就是犹太人，就像他们生来就是美国人一样。①

虽然犹太人认同了美国身份，但在整个反犹狂潮中，他们被迫需要面对自身的犹太民族身份，个体面对国家、历史的无奈、无助以及绝望的恐怖心理弥漫在作品中。罗斯的父亲赫尔曼每天都在问自己同样的问题："这件事怎么会发生在美国呢？美国怎么会让这样的人来领导我们的国家呢？"② 在恐怖的心理压力之下，父亲崩溃了，他张开嘴巴大声哭泣着。而小罗斯则"恐惧占据着记忆，那是一种永恒的恐惧。当然，没有一个孩子的童年不和恐惧沾边的。然而，假如林德伯格没有当选总统，或者我不是犹太人的后代，我可能就没那么恐慌"。③

---

① Philip Roth, *The Plot Against America*：*A Novel*，New York：Random House，2004：4－5.

② 林夕：《历史在这里拐了一个弯——菲利普·罗斯的〈反美阴谋〉》，《外国文学评论》2005 年第 1 期。

③ Philip Roth, *The Plot Against America*：*A Novel*，New York：Random House，2004：1.

《反美阴谋》并不是把阴谋的矛头指向外部，而是发现美国社会自身的问题，或者说是美国社会自身在文化转型过程中，在"美国梦"掩盖之下的少数族裔认同的问题。虽然罗斯虚构了一段历史，但是虚构并非虚假，具有逻辑上的可能性，明确了美国历史上反犹主义的存在以及在适当机会下有可能发生的历史转向。更重要的是罗斯虽然是从犹太族裔出发反映美国社会，但是因为美国社会多元化族裔构成的现状，其实是指向了美国普通民众的生存状态，罗斯只是从犹太角度解释展现美国文化的属性，具有强烈的美国性。"美国梦"所代表的美国精神中自由、平等、民主基础之上的乐观的自我创造精神也许本身就带有许多弊病。在罗斯看来或许个人可以创造许多自我，去适应自己的欲望和外部的环境，同时个体必须要回答的是这样的自我创造从开始就带有很深的历史传承性和保守性，人性的根本、历史的塑造、文明的修饰以及种族体质的特征和个别的经历等都会在深层次上起到影响甚至决定的作用。罗斯出道之时《再见，哥伦布》以及《波特诺的怨诉》强调犹太族裔文化身份对个人身份的束缚，强调自我身份的再造性与可能性；而时隔近半个世纪的时间里，罗斯发生了彻底的转变，罗斯更强调历史决定了自我的可能性，同时罗斯拓宽了他的写作语境，从犹太家庭的故事去反映美国的社会现实，美国犹太移民后代如何实现"美国梦"的故事变成了美国自身的故事。

《反美阴谋》在"9·11"事件三周年的时机推出，是罗斯对美国文明内部痼疾的反思，罗斯之前在《美国牧歌》中已经预见了美国国家内部遭受恐怖暴力袭击的诱发基因。《美国牧歌》中瑞典佬唯一的女儿梅丽从小口吃，她一出生就是一个复杂的矛盾体，杰里叔叔称她是"天生的畸形人"。[①] 梅丽在祖父母家里，被认为是天主教徒；在外祖父母家里，又成了犹太人；在美国主流社会中，她既不是美国正统白人，也不是少数族裔犹太人，多元化的环境使梅丽的认同陷入了危机，永远不清楚她到底是谁，在美国社会动荡的 60 年代以及越

---

① ［美］菲利普·罗斯：《美国牧歌》，罗小云译，译林出版社 2004 年版，第 61 页。

南战争的阴影中,她陷入了盲目的反抗之中,宣泄着自己无处释放的愤怒。她用一颗炸弹炸飞了小镇上的邮局和百货商店,炸死了善良的小镇当地的医生,从此开始了逃亡生活,最后成为耆那教徒,不洗澡,拒绝一切文明的生活方式,荒唐地尊重所有的生命形式,包括寄生虫。"女儿将瑞典佬拉出向往许久的美国田园,抛入充满敌意一方,抛入愤怒、暴力、反田园的绝望,抛入美国内在的狂暴。"① 尽管许多《美国牧歌》的研究认为作品针对的主要是美国 60 年代越南战争的时代,但是通过细读和定位叙述者祖克曼的叙事框架,就会发现祖克曼的叙述时间点是在 1995 年,应该不仅包括越南战争的 70 年代,还应该包括冷战结束后至"9·11"事件前的 90 年代的美国政治。因此有评论者指出:"罗斯通过形式上稳定常规的'叙事暴力'策略暗示读者,他对美国国内空间的批判和促进反思美国国土安全的更微妙的政治图景。"② 虽然不能说罗斯的小说就预见了美国遭受"9·11"的恐怖袭击,但是他的小说的确展现了美国在多元化时代国内空间遭受的不稳定因素的侵蚀,美国的国家安全以及保护家园正日益成为突出的社会问题。

第四节 沉思:老年创作

2001 年到 2012 年罗斯宣布封笔,这 10 多年的时间罗斯又相继推出了 8 部作品,可见罗斯年纪虽老,创作热情仍十分饱满,虽然鲜有大部头厚重的历史书写作品,但是老年的罗斯淡去了宗教、民族和文化的背景,抛弃了后现代等技巧,返璞归真到人类生命本体上,尤其是老年人的性爱欲望、衰老和死亡,这又是另外一种类型的历史书写,关注的是老年人的生存状态,同时主人公回首人生,反思人生的得失,带出了美国历史的变迁以及历史裹挟下个人生存的改变和对历

① [美]菲利普·罗斯:《美国牧歌》,罗小云译,译林出版社 2004 年版,第 81 页。

② Pattison Dale, *Writing home: Domestic Space, Narrative Production, and the Homeland in Roth's American Pastoral, Twentieth-Century Literature* 60, 2 Summer, 2014: 225.

史的重新思考。《垂死的肉身》正是他晚年创作转型期的作品，代表
了罗斯晚期创作的基本特征；《行话：与名作家论文艺》（2001）是
这个时期推出的一本访谈和随笔集，收录包括普里莫·莱维（Primo
Levi）、阿哈龙·阿佩尔弗雷德（Aharon Appelfeld）、辛格、奥布莱恩
（O'Brien）、昆德拉、马拉默德、贝娄和玛丽·麦卡锡等知名作家的
访谈；发表《凡人》中篇小说，并获得纳博科夫笔会奖和福克纳笔
会奖；《鬼魂退场》获贝娄笔会奖；出版《愤怒》《羞耻》等作品。

　　针对晚年的这几部作品，评论界褒贬不一，很多评论者都还算较
为克制、礼貌地对罗斯的这些作品给予了较为公正客观的评价。对
《愤怒》有较高的肯定，犹太拥护者认为："菲利普·罗斯再次证明
了自己无愧于所获得的诸多奖项以及美国最伟大小说家的殊荣……
《愤怒》进一步证明了他作为首屈一指的文学家的卓越天才。"[1] 但对
《羞耻》的评价却截然相反，当代美国著名作家和书评人凯瑟琳·哈
里森（Kathryn Harrison）指出小说《羞耻》属于"伟大作家写出的
微不足道的作品，……一部慵懒的作品，缺乏其作者的天才——而作
者的天才会帮助我们，正如之前许多次那样，原谅他的偏见和盲
区"。[2] 对《复仇女神》的评价褒贬不一，有人认为这是老作家艺术
生命的尽头，也有人认为这是罗斯又一力作，评论家罗伯特给出了公
允的评价："就《复仇女神》的行文来说是具有冲击力的、精确的，
甚至是完美的，但是故事本身又是平淡、熟悉的，有倦怠之嫌。"[3]
从以上的评论中可以看出，对罗斯老年的这些作品的评价都比较中
肯。针对罗斯晚年的创作，不应该苛求，当然也不能高抬，要有所考
量。其实罗斯晚年超出公众预想推出的一系列老年作品，已经实属不
易，大可不必对老罗斯予以苛求，毕竟这些作品都是罗斯 70 岁之后

---

　　① 孟宪华：《"每个人被迫着发出最后的吼声"——评菲利普·罗斯的新作〈愤
怒〉》，《外国文学动态》2009 年第 4 期。
　　② 转引自佘军《羞辱之后，菲利普神话何在?》，《中国图书评论》2012 年第 4 期。
　　③ 转引自黄淑芳《是非功过谁与评说——评菲利普·罗斯的〈复仇女神〉》，《名作欣
赏》2015 年第 10 期。

的作品，绝对不是罗斯的最佳表现，但也并非是罗斯狗尾续貂的累赘，这是作家勇于进行自我突破的有益尝试。

此外罗斯还参加了一些文学活动，尤其是 2010 年罗斯做客网络媒体"野兽吧"（The Beast Bar），预言小说在下一代人中的可悲命运。罗斯认为在未来 25 年内，小说这种艺术形式将成为只有少数狂热信徒膜拜的异教，"它（小说）将变成祭拜品。我一直认为小说还会有人读，但将只是很少一群人。也许要比现今读拉丁文古诗的人多些，但也就那么多了"。罗斯语出惊人，立即引起了文学圈和出版界的很多讨论。有人错误地认为罗斯的主要观点就是"小说已死"，其实罗斯的用意并非如此，他是强调人们的阅读正在消失，屏幕使人们停止阅读，先是电影屏幕，然后是电视屏幕，现在是最后的致命一击——电脑屏幕。但是罗斯并不悲观，他看到很多优秀的作家带来了优秀的作品，他非常欣赏埃德·多克托罗（Ed Doctorow）、德里罗（Don Delillo）、厄德里奇（Erdrich）等作家。

从这些年记录中可以解读出老年罗斯丝毫没有停下脚步，仍在从事或多或少的与文学活动相关的工作，然而令人遗憾的是虽然早在三十几年前罗斯就被认为是诺贝尔文学奖的有力候选人，但是这些年过去了，他仍然没能获奖，对于文学奖项，作家也许应该保持谦逊和矜持的态度，但是罗斯却丝毫不掩饰自己的欲望。罗斯与一位朋友在偶然的谈话中透露自己没有获奖的怅然与失望，"刚在无线电广播上听到诺贝尔奖的宣布，再一次，没有我的份"。《苏菲的选择》的作者威廉·斯泰隆也说："他（罗斯）常常耿耿于怀，认为诺贝尔奖有时颁给了不值得获奖的人。"罗斯就是这样一位勇敢的作家，他丝毫不掩藏任何真实的想法，并用最为直接的方式表达出来，也许正因为如此，罗斯才成就并继续着他不老的"文坛神话"。

一 性爱的终结

《垂死的肉身》中记录了主人公老年凯普什教授与年轻女性康秀拉之间的不伦之恋，这样的爱情题材非常具有冲击力，老年的凯普什沉迷于年轻女性的性与爱，并带有很大的嫉妒成分，然而在康秀拉得了乳腺癌并面临死亡的悲剧背景下，作品整体的风格更加残酷。作品虽然不同于"美国三部曲"中的宏大社会背景，聚焦的是主人公的命运，但是却高度重视历史发展对个体命运的影响，宏观的背景悄然地与微观的个人相互作用，作品站在千禧年的角度去看 20 世纪 60 年代的性革命，凯普什回忆了中年时期参与性解放运动的故事，在那个年代他认为这是对个人完全的解放，并且具有反战的积极作用，其口号是"要做爱，不要作战"，但是对伦理秩序，尤其是家庭伦理的破坏也是显而易见的，凯普什的自我解放使他成为对家庭以及情人极为不负责任的男人，尽管这并非他所愿。对性爱的沉迷也就成为凯普什这个人物主要的特质之一，整个"凯普什系列"几乎都成为了性爱欲望的写照。在罗斯笔下凯普什是仅次于祖克曼的文学代理人，最早诞生于《欲望教授》，之后是《乳房》。在《欲望教授》中凯普什沉迷于性爱，读大学的时候就与女孩同居，还要请女孩的女朋友一起性行为。在《乳房》中凯普什的性爱欲望更是夸张成了女性的乳房。可以说凯普什的一生都沉迷于性爱欲望之中。

之后罗斯在小部头的创作中依然继续着性爱的书写。在《凡人》中凡人无法控制自己的性爱欲望，婚姻期间多次出轨，纵使三次婚姻也没有能够让他停下脚步，如果健康意味着性能力，那么性能力就意味着一种品质，凡人以此作为信心和力量。因此小说中的主人公总是以此来证明自己，他追求刺激，放纵性欲，置家庭、婚姻于不顾，他与 19 岁的秘书在办公室里偷情，根本无视是否会被发现；他与模特梅瑞特公然地互相挑逗，在各种场合偷欢。《羞耻》中老年阿克斯勒与朋友的女儿同性恋佩吉恩发生不伦之恋，甚至还有一男两女的三人性爱游戏，也远超出一般伦理规范所能接受的范围，凸显了老年个体性爱与社会规则的冲突。需要注意的是罗斯老年的性爱书写已经没有了早年性爱书写的反抗性成分，更多的是用一种平静、沉稳，甚至是冷峻的风格去揭示老年个体所面对的真实人生。

性爱书写在罗斯的小说世界中占有重要地位，罗斯在美国还曾一度被认为是一个色情作家，罗斯小说中"出格"的描写有时还相当过分，率直露骨，令人侧目。作为一个犹太作家，这种描写与他的身份和民族习惯反差甚大。罗斯成长的年代，正是美国历史上翻天覆地的时期，同时文学上也出现了一种泛情色化的创作倾向，从德莱塞的《美国的悲剧》、福克纳的《圣地》到凯瑟琳·温莎的《琥珀》、亨利·米勒的《北回归线》等，一大批"有伤风化"的作品相继问世。稍后裹挟着性自由、性解放的浪潮涤荡了美国文坛的每一个角落，连一向守旧遵教的犹太作家如贝娄、辛格等也在"《圣经》也不忌讳情色内容"的鼓动下写出了一些大胆甚至不避淫秽的故事。性爱书写几乎贯穿了罗斯半个世纪的创作，从早期的《再见，哥伦布》《波特诺的怨诉》，到中期《乳房》《我作为男人的一生》《欲望教授》，再到《垂死的肉身》《凡人》和《羞耻》等，构成了一个较为完整的性爱书写系列。罗斯的性爱书写具有明显的当下性，他小说中人物的年龄总是和罗斯自己创作时的年龄相吻合，可以说罗斯用自己的创作记录了他不同时期性欲的感受，而小说中的人物也总是能够体现时代精神，尤其是美国社会性爱观的变迁。"在人类的喜剧中，罗斯是一个勇敢的徒步旅行者，他以令人敬佩的活力，探讨强烈的性欲造成的难题。换句话说，他是一个英雄。"[①]

　　老年的性爱书写更具有了终结的意味，将性爱置放在衰老、死亡等人生终极归宿的维度上书写，将理性之思与身体之欲并置，角逐较量中展现人生存的悖谬。这一时期的性爱书写体现了一种内敛式的自我反思，在这种心理空间里，男性主体能够反观自我，更具有批判精神和探究的意识。《垂死的肉身》《凡人》中的主人公都对自我的性爱追求作出了反思，他们从多方面多角度来考察自己的所作所为。凯普什面对年轻的康秀拉的真心邀请，主动退出了她的视线，把自己关闭在孤独的个人世界中，独自品味老年后独身的滋味。凡人怀着愧疚

---

　　① Heller Zoë, "The Ghost Rutter", Rev. of *The Dying Animal*, by Philip Roth, *New Republic*, 21 May, 2001: 41.

的心情面对自己的女儿，并且对前妻菲比表现出了真挚的情意，他也承认家庭和妻子以及女儿才是自己真正的财富，而那些年轻性感的尤物如过眼云烟，经不起生活中风雨的检验。但凡人也不曾后悔，他如此坦然、沉着地面对死亡。欲望主体的衰老，使他们对自己的欲望有了自我省察的能力，欲望的强迫性和冲动性减弱了，经验的自主性增强了，他们的内心也就更能开阔、豁达地面对各种矛盾冲突，既不责备自己，也不埋怨别人。

二 死亡的迫近

罗斯对性爱书写虽然兴趣不减，但是明显已经受到了死亡的压迫，罗斯近年来几乎所有作品的共同主题都是因为年迈而导致的死亡。布鲁克·艾伦在《罗斯的自恋之帘》一文中指出："它们的长度以及这样一个事实：就像罗斯所有的作品一样，它们有许多明显的自传成分。"① 罗斯老年的作品几乎都涉及衰老、疾病、死亡。有评论家认为罗斯的后期作品中"浸透着死亡和疾病，一种终结的逼近"②。在《垂死的肉身》中明显突出了死亡的主题，也就是"年龄的伤痕"越发清晰，无论身处哪个年龄阶段，在此之后的那个阶段总是难以想象的。作品中比照了两种死亡方式，一种是老年凯普什面对的自然死亡，由于衰老导致的死亡，凯普什的妻子、老友的死亡让老年凯普什看到了自己即将面对的现实，而另一种死亡则是疾病造成的非正常的死亡威胁，年轻貌美性感的康秀拉正拥有韶华可以挥霍的青春，但是却要面对死亡的考验。通过年轻的康秀拉拥有的无限未来和年过六旬的老年凯普什拥有的有限未来的对比，让我们清晰地感知到年华老去带给人挥之不去的绝望；那么，罹患乳腺癌的康秀拉，濒临死亡的残缺身体以及随之而来对死亡的所有恐惧，让我们明白，无论你是否模糊时间对躯体留下的印记，肉身终究难以逃脱垂死的命运。关于"年

① 佘军：《羞辱之后，菲利普神话何在？》，《中国图书评论》2012 年第 4 期。
② Cowley Jason, "The Nihilist", Rev. of *The Dying Animal*, by Philip Roth, *Atlantic Monthly*, May 2001：118.

龄的伤痕"，不仅是那些正在变老之人的心病，也是那些不幸开始倒计时之生命的悲鸣。《凡人》的故事从主人公凡人的葬礼写起，作品中出现了多次死亡的场景，早在凡人9岁住院切除疝气时，就已经有了死亡的印迹，临床的男孩不见了，而自己50岁之后又面临一次又一次手术，自己在手术后的虚弱状态中参加了父亲的葬礼，死亡更加迫近，每次参加葬礼，主人公都再一次真实地感受到死亡的压迫，"往往最普通的东西最折磨人，再一次意识并听回到死亡的真实更让人痛心"，① 凡人从童年到逐渐步入老年，死亡的阴影笼罩着他，死亡是无法逃避的存在；《鬼魂退场》中祖克曼因为前列腺炎离开纽约搬到了乡下居住，衰老使他的创作力减退，他走在街上甚至出现幻听，"你马上就要死了，老头，你身上有死亡的味道"，② 而他自己也悲哀地说，"我太老了，什么都无法做了，我太老了，什么也无法阻止了""我已经不想在戏剧中担当任何角色了"；③《愤怒》中虽然马科斯较为年轻，但是却因为20世纪50年代的朝鲜战争，死在了朝鲜战场上；《复仇女神》中横行纽瓦克的传染病夺去了很多犹太儿童的生命，主人公坎特自认为能够拯救儿童，自己却也不幸染病，落下终身残疾。

死亡是每个自然人必须要面对的，死亡意味着生命的终结，任何的永恒和坚强在面对死亡时都显示了它的短暂和脆弱，罗斯笔下波特诺、塔诺波尔、凯普什、祖克曼都是反抗的英雄，罗斯本人也被认为是"犹太浪子"，他们不畏惧任何社会伦理规范，高调炫耀自己的性爱欲望，虽有短暂的自我怀疑，却都被性爱欲望所遮掩。在死亡面前，没有叛逆的英雄，只有平凡的老人，只有没有名字的普通人。罗斯最早关注死亡是从记录父亲死亡的《遗产》开始的，作品中写了罗斯自己的心脏手术以及父亲的癌症和最后的去世，这部作品可以说是罗斯书写死亡和疾病的开始，当时作品中的死亡虽然具有浓浓的悲

① ［美］菲利普·罗斯：《凡人》，彭伦译，人民文学出版社2009年版，第14页。
② Philip Roth, *Exit Ghost*, New York：Houghton Mifflin Company, 2007：104.
③ Ibid. , 276－280.

伤，但是不至于绝望无助，或者说还有更加复杂的文化寓意。在罗斯晚年作品中的死亡却成为主线，所有的故事情节和所有的人物塑造都与死亡密切相连，死亡成为无法回避的人生终点，凯普什通过患病的康秀拉和好友多恩的死看到了自己的垂死挣扎，祖克曼、凡人饱受疾病的摧残，死亡成为真正的主题，再绚烂的生命都躲不过具象的死亡。

面临死亡逼迫的老年人们的性爱欲望呈现出矛盾的状态，一方面身体生理机能的衰老意味着欲望不能被满足，另一方面欲望又代表着生的力量和希望，对老年人来说意味着生命的继续和活力的再现，并能暂时回避必然来临的死亡威胁。《垂死的肉身》中年老的凯普什感到"那些不显眼的人体器官开始变得显眼，最惹人注目的器官开始毫无用处"，[①] 而康秀拉女性的身体饱满丰盈，美丽的乳房，摇曳的身姿，时刻刺激着老年凯普什男性的性爱欲望。在《凡人》中凡人与身材火辣的模特在法国巴黎暗度陈仓，与办公室新来的女秘书在办公室里眉目传情，甚至公开偷情。这种不被社会道德规范所接受的性爱行为带给了他们生活的动力和勇气，使他们脱离了沉闷的现实生活的压抑，然而这种短暂的逃离却带来了长久的不安，不但没有摆脱死亡的威胁，反倒又陷入了害怕失去的恐惧中，加剧了对死亡的畏惧。当凯普什逐步沉迷于依恋康秀拉时，他发现了"我是她主宰我的作者"，[②] 他被欲望对象所控制，最终不得不承认，"即便在你得到你想要的东西的时候，你其实并没有得到你想要的东西"。[③] 死亡的宿命终结了抵抗命运的性爱英雄们，使罗斯笔下的人物都陷入了深深的反思之中。一种内敛式的自我反思，在这种心理空间里，男性主体能够反观自我，更具有批判精神和探究的意识。

----

① ［美］菲利普·罗斯：《垂死的肉身》，吴其尧译，上海译文出版社 2004 年版，第 34 页。

② 同上书，第 32 页。

③ 同上书，第 39 页。

三　鬼魂退场

凯普什和祖克曼都是罗斯重要的文学代言人，其中祖克曼更是出现在罗斯多数作品之中，或是主人公或是重要的叙述者，本是虚构的人物，却和罗斯成了莫逆之交。他们似乎都具有了生命，成为与罗斯一同面对死亡和疾病困扰的老年人。尤其是祖克曼系列，罗斯专门在《鬼魂退场》中作出了告别，似乎也是对自己即将谢幕的告别。罗斯作品中包含有内森·祖克曼人物的小说共有 11 部，祖克曼诞生于1974 年《我作为男人的一生》中，本是作品中塔诺波尔作家创作的小说人物，之后祖克曼自立门户，成为"祖克曼三部曲"中的主人公，也是叙述者，2007 年的《鬼魂退场》一书中，罗斯给出了祖克曼的结局，让祖克曼自己宣布了退场。

《鬼魂退场》与之前的"美国三部曲"和《反美阴谋》受到的高度肯定和赞扬不同，并没有能够引起足够的热捧，但是祖克曼作为美国人人皆知的文学人物，他的退场似乎成了唯一引人关注之处。祖克曼出生在纽瓦克的中产阶级犹太家庭，年轻时出版了描写性爱的小说成为美国知名作家，成为社交界名人，却背叛了犹太家庭和犹太社区，引起了周围亲友的愤怒。祖克曼的性格具有一致性，但是也并非静止不变，而是随着罗斯自身的年龄以及美国社会和时代的变迁而变迁。在作品中祖克曼已经 70 岁高龄，疾病缠身，他不再去扩展生活的丰富性，而是不断地内缩、回卷。老年的祖克曼没有任何创作的激情，多次婚姻又都离婚，因患了前列腺炎，放弃了纽约的大都市生活，一个人离群索居在乡村。祖克曼偶尔重回纽约出版小说，遇到了文学导师洛诺夫的学生和妻子艾米，还结识了青年作家吉米以及她的情人作家克里曼，克里曼正在对洛诺夫所谓的乱伦事件穷追不舍，年老的祖克曼在见到吉米的第一眼就陷入了热恋，但是对于丧失了性能力的他来说这只能是一场白日梦，最后祖克曼决定再次隐居。

这部小说似乎重复着罗斯老年作品性爱、衰老、疾病和死亡的主题，与《垂死的肉身》《凡人》等作品有些重复，并且还有罗斯之前众多作品的影子，与之前的作品构成了明显的互文性对照，尽管组织结构比较巧妙，但是读多了仍会有种重复感。这样的作品似乎非常不匹配罗斯美国文学传奇作家的地位，但是对于已经 70 多岁的老人来说，或许只有这样的作品才能凸显老年人的心境。有人直言："《鬼魂退场》不是伟大之作……它虽非罗斯之佳作，但是这总比读逊于罗斯之作家的作品更值得。"① 罗斯本人也坦言："祖克曼在小说里谈到了这一点——担心自己忘了前一页到底写了什么。我认为，大体而言，一个作家晚期作品不如其创作中期或者早期之作品，只有少数人例外。"② 罗斯真切地指出了老年写作不得不面临的问题，如同作品中祖克曼一样，不得不面对衰老的身体、枯竭的灵感等，"我已经不想在戏剧中担当任何角色"。③

相较其他晚年的作品，《鬼魂退场》具有一定的历史感，作品的背景设置以及对都市反思的书写都有深刻之处。作品中祖克曼在"9·11"事件之后为了躲避恐怖分子的恐吓，离开纽约，隐居于新英格兰山区的小屋，"我已经有 11 年没有涉足纽约了……我在那 11 年中几乎没有离开过贝克舍尔的那条乡村山路，而且，自从 3 年前的'9·11'事件以来我没有看过一张报纸或听过新闻……我不仅没有居住在纽约那个大世界，而且对目前的社会状况一无所知"，④ 他仅以写作打发时间，然而与这种返璞归真的归隐生活相对的却是纽约繁忙浮夸的都市化生活，都市生活中的种种诱惑，大众文化的碎屑与无聊以及青年人政治上的无端狂热。祖克曼已经不再阅读报纸，不愿意看电视，对于时政宁愿做一个旁观者和局外人，表现出了对都市生活普遍的厌倦感以及对未来的不确定。后来，祖克曼在纽约街头发现了

---

① 朴玉：《简评菲利普·罗斯新作——〈退场的鬼魂〉》，《外国文学动态》2008 年第 5 期。

② 同上。

③ Philip Roth, *Exit Ghost*, New York: Houghton Mifflin Company, 2007: 280.

④ Ibid., 1.

手机的滥用、短裤外穿的流行趋势以及私人豪华俱乐部的奢靡等，他观察到周围人尤其是很多年轻人在看到 2004 年布什再次当选总统时表现得悲痛欲绝，却没有任何自我反思。对当今手机的普及，祖克曼认为"如果一个人一半醒着的时候都在对着手机讲话，我不明白他还怎么能够继续人的生活。不能，这些小设备并不能提高普遍民众的反思能力"。① "9·11"事件沉重打击了美国民众普遍的安全感，他们纷纷搬离城市。布什政府的安全政策并不能保障他们的安全，民众心理上的安全感已经无法再寻。普通民众只能在流行文化的纸醉金迷中追逐着青春，人们更多地希望生活在当下，淡忘，甚至失去了历史感。与此同时，读书的人却越来越少，书本似乎走向了末路，"看书写作的人们啊，我们已经到头了。我们是鬼魂在世，我们正见证文学时代的终结"。② 虽然有些悲观，但是却道出了我们时代的症结，罗斯在接受采访的时候不止一次表示过，读书越来越成为少数人的膜拜行为，人们闲暇时间几乎都浪费在电视、电脑和手机屏幕上，这听起来虽然悲观，但却道出了文学在视觉媒体等众多的娱乐化时代的命运。

四　历史书写的尾声

在《凡人》《鬼魂退场》之后，罗斯又推出了《愤怒》《羞耻》《复仇女神》等作品，就主题来说依然主要围绕着性爱、疾病、衰老和死亡，晚年的罗斯关注的视野似乎缩小了，也缩减了句子的词汇量，简洁，内敛，却直指个人的灵魂。也许是因为老年体力不支，精神不济，这个时期的作品篇幅都不是很长，例如《羞耻》仅有 140 页。罗斯曾坦言："通常讲，小说家在其晚年创作的作品没有以前那样有力度……那就是记忆力在衰退。不是记不得往昔事情，而是对自己正写作品的遗忘。"③ 罗斯曾在《遗产》中塑造了一位把大便弄得

---

① Philip Roth, *Exit Ghost*, New York：Houghton Mifflin Company，2007：65.

② Ibid.，186.

③ 朴玉：《简评菲利普·罗斯新作——〈退场的鬼魂〉》，《外国文学动态》2008 年第 5 期。

遍地都是的老父亲形象，而今作家本人也成了老人。可以说作家本人的心境势必在作品中有某种投射，衰老和死亡成了他晚期作品的主题。罗斯在接受德国《明镜》周刊采访时曾说，"老年是一场大屠杀"①，这种屠杀每个人都需要经历，因此异常残忍也异常真实。罗斯敢于以这样的高龄书写病痛、衰老和死亡，仅此一点，罗斯就是一位勇敢的作家。

《愤怒》通过青年马科斯回忆自己短暂而波折的一生，与父亲两代犹太人之间的矛盾，人生中的一系列错误选择，最终战死于朝鲜战场；《羞耻》讲述了戏剧演员西蒙·艾克斯勒 65 岁丧失了所有的表演才华，妻子离他而去，自己住进了精神疗养院，之后与老友的女儿同性恋者佩吉恩陷入热恋，并企图改造佩吉恩的性取向，最终佩吉恩离他而去，西蒙彻底跌落为失败者，开枪自杀；《复仇女神》以回忆的口吻讲述了纽瓦克地区流行的小儿麻痹症，体育教师坎特带领学生与疾病抗争，但后来他自己也感染上了病毒，并传染给了更多的孩子，坎特的自我英雄主义受到极大的打击，从此一蹶不振，退出了人们的视线，这部作品也成为罗斯的封笔之作。在 2012 年 11 月，罗斯在接受访谈时说到，他将不再进行小说创作，他说："我已经将拥有的天赋发挥到了极致。"② 罗斯一生都没有离开过小说，他写小说、教小说，在 79 岁的高龄他退场了。

罗斯力图冲破老年人逐渐萎缩的视界，试图在历史背景的设置上凸显主题的深刻，老年的罗斯仍将个人安置在宏大的历史语境之中，无论是作为故事展开的背景还是作为主题，换句话说，罗斯审视的是历史中的个人以及个人与历史的关系。《愤怒》和《复仇女神》的背景都设置在美国某一阶段的历史之中，《愤怒》主要是美国发动朝鲜战争的 50 年代，《复仇女神》则是美国爆发脊髓灰质炎的 40 年代。《愤怒》中展现了 20 世纪 50 年代朝鲜战争期间美国国内沉默一代的

---

① ［美］菲利普·罗斯访谈：《老年是一场大屠杀》，新浪文化，2014 年 9 月 25 日。
② 《作家菲利普·罗斯宣布封笔》，国际在线，2012 年 11 月 28 日。

青年人，如何在历史洪流中追求、抗争、愤怒，并最终走向毁灭，表达了对战争的愤怒，讨论在战争背景下个人，尤其是年轻人的无助，虽然小说的背景是半个世纪之前的朝鲜战争，但是却与当下美国所要面对的伊拉克战争发生共鸣，影射了当下战争的残酷和不合理。《复仇女神》展开的背景是 20 世纪 40 年代，具体时间主要是 1944 年前后。作品中的事件时间都有明显的节点，并有确实可查的历史事件，如日本偷袭珍珠港事件，美国与日本在太平洋的交火，诺曼底登陆，美国国内则爆发小儿麻痹症。小说围绕着"二战"时期美国的参战以及国内的瘟疫这两个事件展现纽瓦克的犹太人所遭受的双重打击，罗斯在访谈中说："我选择了纽瓦克为战场，在这里小儿麻痹症流行，我非常了解。而从另一个角度看，我想象我们受到前所未有的威胁。我只是想象我们的邻里街坊受到这种威胁的打击后会怎么样。"① 与罗斯 90 年代"美国三部曲"中宏大而连续的历史事件和线索不同，作品中历史书写的切口更小，也更为精致。

老年罗斯试图冲破年龄的樊篱，关注年轻生命的消亡，罗斯曾在《萨巴斯的剧院》一书中写过一个非正常死亡的人物——萨巴斯的哥哥，一名飞行员，"二战"时死于太平洋战争，年仅 20 岁。罗斯曾说自己看到报纸上报道的那些死在伊拉克的年轻士兵的名字和年龄，都是 19 岁到 22 岁可怕的年龄。正是这种可怕的年轻人的死亡引起了罗斯的注意。可见罗斯对周围时事仍十分关注，他并没有把自己封闭起来，也并没有完全沉沦在死亡阴影之中，而是思考在非正常死亡背后的原因。本不该消失的鲜活生命与死亡的结缘更多地来自强大历史车轮的碾压，凸显了历史的强力以及个体生命的脆弱和无奈。

罗斯老年作品中人物的族裔属性似乎不那么典型，然而细读起来，都仍有犹太标签。《愤怒》的叙述者年仅 19 岁的犹太青年马科斯，属于"沉默一代"中遭受到政治局势威胁和族裔身份双重夹击

---

① "Book Review: Philip Roth's 'Nemesis'", All Things Considered 5 Oct. 2010, Opposing Viewpoints Resource Center, Web. 10 Dec. 2010.

的更加边缘更加失声的群体。马科斯生活的环境是："到处是鲜血、油脂、磨刀石、切割机以及父辈们的残缺的手指。"① 马科斯想逃脱族裔身份的标签，成为律师，他学科成绩优秀，大学一入学却仍被安排进犹太学生寝室，他无奈地发现自己难以抹去犹太身份的烙印，想要逃离战争的他最终也被送往战争前线。罗斯指出"将犹太人的形象描绘成爱国者、勇士、带着伤疤的好战分子会令多数美国公众满意"。② 在这里他却塑造了一个竭力逃避战争的普通犹太青年形象，罗斯有意避免了美国主流社会对犹太族裔身份想象的形象，是想证明犹太青年与普通美国人一样，他们也是战争的受害者，他们甚至遭受到更多的族裔政治的迫害，"他们在朝鲜战争时期的社会地位与有色人种相差无几"。③《复仇女神》则是亲历脊髓灰质炎的犹太体育老师坎特，他因自己强壮的身体和精湛的体育技能被犹太孩子们视为英雄，当瘟疫来临时，他试图用自己的信念保护孩子，最终自己却感染了病毒，并且传染给了孩子们，从此一蹶不振并心怀愧疚地离开了人们的视野。坎特过分地自省和自责使他成为大屠杀幸存者。在这里罗斯坚持了他一贯的独立、务实的立场，重申了美国犹太人应该摆脱历史的包袱，摆脱受难者形象，不应该生活在大屠杀的阴影之下。

细读罗斯老年的作品会发现作品主题间的联系就是人与命运的抗争与失败，老年罗斯对人生的种种疑问有了更加清醒的认识，他将个体置于历史的旋涡和偶然事件构成的长河中，凸显出个体不仅是历史中的主体，而且也是历史所塑造的主体，表面上看有一定的宿命意味，让人读后有一种力透纸背的深深悲凉，但更可见罗斯直面人生的勇气和胆量。罗斯从美国多元文化中少数族裔身份探寻出发，揭示美国犹太族群融入美国主流文化过程中复杂的心态、痛苦的同化经验，并寻入历史长河去探究集合在人肉身之上复杂文化的基因。老年作品

---

① Philip Roth, *Indignation*, New York: Houghton Mifflin Company, 2008: 37.

② Philip Roth, *Reading Myself and Others*, Farrar, Straus and Giroux, 1975: 184.

③ 罗小云:《沉默的悲剧——罗斯在〈愤怒〉中的历史重建》,《当代外国文学》2013年第1期。

中表面上看似缺少了急切的身份探寻，却又无处不在书写迷茫的现代人在历史重压下的脆弱和困境；看似缺少了宏大的历史景观展现，却更关心当下被战争、恐怖袭击、科技、种族、政治、性问题等困扰的现代人，他是"心灵的猎手"①。罗斯长达半个世纪的写作展现了充满冲突、对立的现代世界中，现代人敏感、焦虑的内心世界，并揭示了历史对人的塑造。因此无论他的笔调有多么沉重和晦暗，他身份探寻的终极目的都是营造更好的人类生存的社会环境，提醒个体保持对塑造身份的历史文化语境的充分认知。

---

① 洪春梅：《菲利普·罗斯小说创伤叙事研究》，博士学位论文，天津师范大学，2014 年，第 1 页。

第五章

罗斯历史书写的多重文学意蕴

　　罗斯总是被认为是美国文坛的常青树，活着的文学神话、传奇等，在长达半个世纪的创作过程中，他总是能够给读者带来新鲜感，几乎每十年都会更新一次整体的创作风格，20 世纪 50 年代出道的时候被认为是具有鲜明的现实主义特点的新兴小说家；六七十年代被认为是擅长心理描写的现代主义作家；八九十年代被认为是不稳定的后现代主义作家、新现实主义作家等，因此我们总是无法将罗斯归类，而罗斯自己也从来不把自己归属于哪个流派，这当然与罗斯创作周期相对较长有关，更重要的是罗斯热忱地投入社会历史的时代潮流，他的关注视野、艺术追求不断更新、不断超越。难怪乔治·斯坦（George Steiner）称赞罗斯道："他的作品直抵美国人思想和行为的机理，其程度之深，以致未来的历史学家和社会学家都将为之兴奋。"[①]罗斯的历史书写具有一个嬗变的过程，虽然他的历史书写所发生的整体语境是后现代主义的，但是每个阶段又都有每个阶段的特点，因此并不能被各种主义所涵盖或者用何种主义去分析，例如历史编纂元小说、新历史主义小说等，虽然这些与历史有关的后现代语境的理论或者批评方法似乎也都与罗斯的历史书写有交集，表达了相同的历史观念，但是却不能涵盖罗斯所有的历史书写。罗斯的历史书写无论呈现

---

　　① Searle George J. , *The Fiction of Philip Roth and John Updike*, Carbondale：Southern Illinois University Press, 1985：172.

出何种姿态都开阔了作品的视野，拉伸了作品的时间维度，扩展了作品的地域广度，使罗斯的整体创作体现出既有对当下现实热点的关注和时代的共振，又有历史事件的回放和时间的沉淀，因此罗斯的创作不仅具有前瞻性，还具有历史厚重感。

第一节　罗斯历史书写之于个人创作的意义

罗斯的历史书写对他的整体创作具有非常重要的意义，一方面服务于罗斯身份探寻的必然逻辑，赋予身份探寻以更加深沉的意义追求，另一方面历史书写也打开了罗斯创作的新领域，成为罗斯创作的新契机。同时，罗斯的历史书写呈现出了多重文学意蕴，有现实主义的历史探寻，也有后现代历史编纂元小说的历史想象，一方面与罗斯小说艺术追求完美匹配，是罗斯对立生活艺术观念的实践；另一方面也可见罗斯不断深化的历史观念，特别是在文化批判视野下，反思罗斯文学中的历史书写能够让我们对历史有更为多元的认识，同时赋予文学以更深刻的历史承载。

首先，罗斯历史书写的深层动因和连续驱动力是罗斯对身份的探寻，同时历史书写也扩展了罗斯身份探寻的深度和广度，使身份探寻之路不断深入。罗斯早期的作品虽然已经具有了历史书写的成分，例如在《再见，哥伦布》和《疯狂者艾利》等都或多或少地蕴含着欧洲的部分历史，尤其是犹太大屠杀，但是只是作为背景点缀，没有作为素材使用，从主题上更多地关注美国犹太移民在美国的生活与境遇，主要是在家庭、传统、社区、社会的限制与禁锢之下产生的抵触、逆反的心理以及由此激发出来的反抗，更倾向于内心的有声呐喊和身体上的无声行动，反映的是美国犹太人身份的困惑与挣扎。但随着罗斯年龄的增长和创作视域的不断开阔，其文学创作的聚焦也在不断地发生着变化，开始反思早期作品中人物之间的代际冲突、文化冲突，开始把目光投向新的目标，也就是历史书写的展开，对多重历史空间的想象、重塑，罗斯从80年代开始将犹太民族历史、美国的国家历史以及个人历史融合在一起，通过个体经验对历史进行了解构和重构，并对历史进行了艺术化的想象和创造，在对犹太民族历史的探寻中，他书写了历史中犹太民族所遭遇的重大历史事件，犹太大屠杀、以色列建国、审判纳粹战犯、巴以战争、铁幕背后的东欧、反犹主义等，在历史语境中考察典型的犹太民族心理和身份困惑，在广阔的国际舞台上看犹太民族的历史与当下；在对美国国家历史的书写中，罗斯几乎涵盖了"二战"之后美国的所有重要历史时期，冷战、朝鲜战争、麦卡锡主义、越南战争、性解放运动、民权运动、"政治正确"、"9·11"事件等，而这些事件都以"美国梦"为核心，将个人的发展融入历史演进中，折射出美国少数族裔、普通人的困惑、彷徨和焦虑，反映了罗斯对美国社会、时代以及人类命运的深刻思考；在对个人历史的书写中，罗斯通过对自传性书写的戏仿以及伦理性的反思，深入探讨了现实与历史、真实与虚构等的界限和混淆，形成了罗斯独具特色的个人性书写特征。罗斯探寻身份困惑的源头，造成当下问题的线性源头——历史，历史对身份起了什么作用，罗斯的历史书写揭示了现状是如何造成的，历史是如何以微妙的姿态影响着，甚至决定着当下乃至未来。可以说伴随着历史书写的展开，罗斯的身份观念悄然发生了改变，从强调身份的困惑，转为探究造成当下状态的原因。

其次，罗斯的历史书写开拓了作家整个的创作视野，甚至是拯救了陷入困顿与迷茫中的罗斯。罗斯创作危机显现在 20 世纪 60 年代末，罗斯的《波特诺的怨诉》在 1968 年 2 月出版后，几周内就名列小说畅销榜的首位，并成为广泛讨论的一种文化现象。但是罗斯还来不及享受成功的欢愉便陷入了精神危机，突如其来的商业上成功的代价使罗斯遭到了更多的指责，甚至威胁，尤其是来自犹太读者，犹太社区的批评之声几乎淹没了还未来得及品尝成功喜悦的罗斯，就连在罗斯创作初期对他大加赞赏的犹太批评家欧文·豪现在也转向严厉地批评"任何人能够给予《波特诺的怨诉》最严酷的对待就是把这本书读上两遍""源于作家本人单薄的个人文化，而没有从犹太传统中汲取养分";① 也有人认为："罗斯所写的作品成为了所有反犹太分子长期以来想要得到的东西。"② 罗斯从公众视野里消失了几个月，他去了位于纽约的亚都艺术村，在伍德斯托克租住到1972年。这个阶段中罗斯迈出了探索的脚步，他去了泰国、缅甸、柬埔寨，还有中国香港等，也开始创作《我作为男人的一生》《我们这一伙》《乳房》《伟大的美国小说》等作品，但是整体评价都不太高，现实的观察还没有能够融入文学创作中，无疑这个时期对罗斯来说是非常重要的酝酿、储备期，之后罗斯朝向更加具有历史厚重感的历史书写迈进。1972年开始罗斯真正地"走出去"和"向外看"，在行动上迈向历史书写，他走到欧洲，第一次去了欧洲犹太人聚居地布拉格，同是犹太作家卡夫卡故乡的布拉格，之后多次来往于美国与布拉格之间，这在当时冷战的背景下，可以说罗斯开拓了美国与东欧文化交流的序幕。罗斯结识了许多极权政治下流亡的作家，并都成为了朋友，罗斯把这些作家都介绍到美国，例如许多当时不为美国读者所熟悉的东欧作家，如米兰·昆德拉、伊凡·克里玛、布鲁诺·舒尔茨等，罗斯在1973年作为编辑还策划了"来自另一个欧洲的作家"系列丛书，由美国的企鹅出版社出版，罗斯负责选择篇目、撰写序言等。这些丰富的社交活动，让罗斯对犹太民族身份的探寻和历史书写有了更加具体和真切的体验，尤其是这些来自欧洲的作家大部分都是犹太人，这为罗斯的身份探寻提供了欧洲参照系统，也成为罗斯八九十年代历史书写高潮的现实积淀，80年代罗斯的《鬼作家》《布拉格缦宴》《反生活》等作品可以说就是从这段经历中提取的素材。

再次，罗斯历史书写的艺术表现形式和技巧也顺应着历史书写的拓展不断变化，历史书写的高潮阶段也是其小说艺术空前复杂的阶段，历史书写最密集的阶段也正是罗斯艺术技巧最成熟的阶段，罗斯的历

---

① ［美］萨克文·博克维奇：《剑桥美国文学史》，孙宏译，中央编译出版社2005年版，第318页。

② Ranen Omer-Sherman, *Dispora and Zionism in Jewish American Literature*, London：Brandeis University Press, 2002：199.

史书写与艺术再现相得益彰，可以说正是历史书写的复杂性激发了作家艺术创造的激情，尤其是八九十年代的历史书写更具有后现代历史编纂元小说的特征。从《鬼作家》（1979）开始罗斯逐步进入对犹太民族历史事件大屠杀的关注，他的文学表现方法逐渐向后现代的改写考虑，作品中以破坏老师家庭第三者的艾米（安妮）颠覆了美国主流社会所接纳的《安妮日记》中悲情的安妮形象；进入《反生活》之后的创作高峰无论是主题还是艺术方法都更加具有后现代意味，迈入了后现代作家的行列。罗斯对历史事件的书写更加具有历史编纂元小说的特点，展现了碎片化的历史观，指出了无法摆脱的身份经验。最为明显的就是在《夏洛克行动》中对以色列审判纳粹战犯事件想象性的改写呈现以及《反美阴谋》中对美国历史的改写，罗斯将"二战"之后美国历史、族裔身份、"美国梦"、以色列问题、大屠杀等历史文化问题融入文学叙事的疆域之中，借用后现代性的叙述手法和策略表达现代人对历史的反思和对人性的叩问。这种创作风格的转变在一定程度上也反映了第二次世界大战之后美国文学和批评界流派的转向。值得注意的是罗斯历史书写的呈现过程凸显了罗斯艺术主张中特别强调的"反生活"（counterlives）的观念，罗斯曾这样解释这个词的含义："假如的、可能的生活，每一种假如的生活，都存在可能的对立的另一面。"罗斯曾说："我的一生是一本书，书中充满了各种不同的声音……生活的规律就是起伏波动的。每个想法都有一个对立的想法，每一个原因之外都有另一个相反的原因。"[1] 这体现了罗斯对世界的认识和对生活的理解，罗斯将这种观念自觉地运用在创作之中，从而使他的作品之间产生一种对立存在的关系。对美国犹太人来说，美国生活与欧洲、以色列的生活就是一种对立。通过返回一系列对立的文本，作家可以测试、重新组合和重新思考他表达主题的方式。罗斯强迫症式的反驳和对立的想象驱使每种叙述都具有对立面，也使作品内部具

---

① Searle George J., ed. *Conversation with Philip Roth*, Jackson: University Press of Mississippi, 1992: 198.

有了对立、并置的关系，如他告诉记者："我创作的冲动是问题化材料……我喜欢当问题出现对立面时，或者用其他观点来看问题。"①《反生活》就是这种对立观念的具体运用，作品中美国与欧洲、以色列与英国、犹太复国主义与反犹主义等历史观念对立又交叉，罗斯拒绝用简单的二元格局思考，而是用对话将问题的方方面面展现出来，不作评判，让事实说话，让读者自行判断。

最后，从罗斯历史书写的嬗变中可见罗斯多元而复杂的历史观的形成过程，罗斯的历史观并非停滞不变的，在长达半个世纪的创作过程中，伴随着历史书写的不断丰富和复杂，罗斯自身的历史观念也在不断地修正、补充，甚至发生逆转。在创作初期罗斯发现了身份与历史的关联，在60年代的作品《再见，哥伦布》《波特诺的怨诉》中都出现了标志犹太人身份的大鼻子，都想通过整形将明显的犹太人身份标识的大鼻子改变，这显示了犹太青年想要把自我的犹太性掩埋在美国现实之中，对于美国犹太人来说，根据祖先的经验已经无法界定当下具有差异性的自我，他们的部分自我已经与美国历史联系在一起；从60年代到80年代，罗斯逐渐发觉身份的建构与历史之间相互作用的功能，主要是通过精神分析学的方法聚焦于精神、性欲的分析而实现，如大学教授大卫·凯普什、作家皮特·塔诺波尔和内森·祖克曼，他们都是同化的、受过教育的美国中产阶级犹太人，在20世纪中叶的美国社会经受着持续的生活压力和机会的考验，使他们更专注于身份的挣扎，相对脱离了具体的社会语境。80年代之后罗斯发现身份难逃历史的陷阱和历史塑造的方式，从《鬼作家》到《反生活》，再到《夏洛克行动》，从身份自我创造的角度来看更加确信身份的流动性和可能性，《反生活》终止了大屠杀造就的犹太自我，增殖了在以色列和美国生活的现代犹太人身份的可能性，认为身份具有可选择的历史，内森和亨利就对自我的身份作出了不同的历史选择，

---

① Searle George J., ed. *Conversation with Philip Roth*, Jackson: University Press of Mississippi, 1992: 228.

一个留在美国继续做流散的犹太人，一个返回以色列要做本质上的犹太人，表明不同的环境和选择的后果可能改变他们的身份。小说展现了美国犹太移民身份与以色列皮皮克的流散理论、斯米尔伯格的历史决定论的复杂并置，更多强调了身份的"和/和/和/和/和的可能性"。在"美国三部曲"中，罗斯开始转向身份在美国历史语境之下不可预测的决定因素，三部曲共同的前提是美国人意味着什么，主要探讨历史和叙述对身份的建构，祖克曼离开自己的位置去倾听和创造三部曲中的人物故事，三部曲中的主人公代表着局外人进入美国文化的原型叙述者，他们完美地实现了自我的再造，从少数族裔跻身美国主流社会，但最终他们的命运却又回到了起点，在这里罗斯明显强调了历史不能消除，不能摆脱，历史决定了个人的命运。罗斯从身份自我创造的观点出发，又回到了较为保守的历史决定论，罗斯展现了自我不仅是历史中的主体，而且是历史塑造的主体。在美国多元文化语境之中，罗斯的历史决定论似乎是一种反拨，虽然多元文化的包容性强大，同时更需要注意历史意识缺失所带来的威胁。正如同时代的黑人女作家托尼·莫里森所说："我们生活的土地总是抹杀过去，移民们来到美国这个有着清白无辜的未来的地方并重新开始生活，其历史记录总是清清爽爽的。过去已经不存在或被浪漫化处理。这种文化不鼓励老是想着过去，更不会与过去妥协。"① 同时也需要注意罗斯绝不是文化保守主义者或者文化守成主义者，他超越了冷战思维的模式，改变了自我，在书写犹太民族、美国国家历史的同时，将之加入全球化世界体系之中，不同文化之间的对话，体现出他的历史观念更加多元开放。

第二节　罗斯历史书写之于美国文学的意义

2010 年罗斯宣布封笔，写了半个世纪，发表了 30 多部作品的罗斯

---

① Morrison Toni, "Living Memory", *City Limits*, 31 March-7 April, 1988: 10 – 11.

终于可以不必再每天面对写作带来的挫败感了。罗斯早已经不再关注外部世界的荣誉，尽管很多评论家都说世界欠他一个诺贝尔文学奖，至少在当代美国文坛他的地位无法被撼动，早已经被认为是美国文学活着的神话。罗斯并非是天资聪慧的作家，尽管他二十五六岁就已经出名，他羡慕约翰·厄普代克和索尔·贝娄，这些作家下笔可以肆意奔放，而罗斯却只能"为每一段话、每一个句子而战斗"，可以说罗斯正是凭借着自己的勤奋和笔耕不辍登上文坛巅峰的，而他的问鼎之作都是他的历史书写极为精彩之作，例如2005年年底，《纽约时报书评周刊》主编山姆·塔纳豪斯（Sam Tanenhaus）给两百位知名作家、评论家、编辑等文坛首要人物寄来一封短信，请他们推选"过去二十五年来出版的美国最优秀的一部小说"。最终公布的结果显示得票数最高的是托尼·莫里森的《宠儿》（*Beloved*，1987），而得票最多的前二十部小说中，罗斯的作品最多，独占了六部：《美国牧歌》《反生活》《夏洛克行动》《萨巴斯的剧院》《人性的污秽》《反美阴谋》。罗斯是这次调查中不同头衔都有得票的真正的"赢家"，因此换句话讲，罗斯是1980年以来美国影响力最大的小说家。产生这种影响力最重要的一个因素就是罗斯作品中的历史书写。《美国牧歌》是对美国20世纪六七十年代反叛历史的记录；《反生活》《夏洛克行动》是对美国、以色列、欧洲历史的并置以及对犹太大屠杀的多方位反思；《萨巴斯的剧院》是对美国20世纪90年代历史的展示；《反美阴谋》是对美国"二战"时历史的改写。这6部作品无不积淀并散发着历史意蕴，罗斯对美国社会生活、犹太民族历史以及作家个人生涯的生动描写和深刻反思让他在当代美国文坛占据重要的地位，美国文学的常青树、美国文学的活神话等都是对他的肯定。

首先，罗斯的历史书写具有多元文化色彩，是美国社会所具有的多元文化的产物，也是在多元文化语境中美国文学新变革、新趋势的写照和反映，罗斯成为美国当代历史和当代文学的见证者和参与者。很多评论者都指出了"二战"之后美国文学五彩缤纷，呈现出多元化、多样性的特征和势态。多元化和多样性包含两个层面的意蕴，第一层含义是指"二战"后美国文化的内核发生了裂变，边缘种族、边缘群体的社会地位、宗教信仰、生活习俗和他们创造的精神及文化财富等受到重视，美国文化呈现出多元文化的价值观，体现在文学上就是少数族裔文学的迅速崛起，如犹太文学、黑人文学、妇女文学等；第二层含义是指文学流派、创作主题、形式和方法的多元化、多样性，现实主义的，现代主义的，后现代主义的，这些文学流派或是并行不悖地发展，或是相互交融，产生新鲜的文学形式。如郭继德先生所指出的"二战"后美国文学"现实主义文学走下坡路，后现代主义盛行，文学沿多元化方向发展，新现实主义倾向日趋明显等"。[①]在文学上的多元化、多样性的开放态势体现了美国文学在内容上的丰富性、在思想内涵上的深层性和在艺术表达上的兼容性。罗斯出生于30年代，是"二战"之后成长起来的美国犹太作家，与他同时代的作家包括厄普代克、麦卡锡、德里罗等，这些美国作家中罗斯更突出了他的犹太性，虽然罗斯不止一次地辩解自己对做犹太人不感兴趣，但是正如莫里斯坦所说："最好的创作来自心灵的深处以及早期生活的影响。作家们总是渴望逃离形成他们的城镇和家庭，最后却发现这是他们最好的材料（有时是唯一的材料）。"[②] 罗斯对犹太民族历史的独特改写，相比辛格、贝娄、马拉默德等美国犹太作家而言，其视角、姿态又更加美国化。同时罗斯在持续半个世纪的创作中，尝试了多种文学创作手法，从现实主义、现代主义到后现代主义，罗斯没有完全放弃现实主义写实的传统，他与那些纯粹的后现代主义小说的实验派作家们不完全相同，他彻底的游戏态度仍具有现实主义模仿的基础。伴随着现实已经越来越难掌控，真实越来越非真实，罗斯修改了传统现实主义的路线，在后现代主义风起云涌时，罗斯吸收了以元小说、游戏、迷宫、镜子、分身等一些后现代小说的艺术手法，创作了一些具有后现代小说风格的小说，例如《反生活》《夏洛克行动》

---

① 郭继德：《对当代美国文学发展历程的回顾与展望》，《山东师大外国语学院学报》1999 年第 1 期。

② ［美］简·斯迈利：《25 年以来的美国小说》，李红侠译，《译林》2006 年第 6 期。

等。但是整体来看罗斯仍然选择坚持写实的路线，由此说明他关切的重点不是对本体的质疑，而是对具有现实语境的美国犹太人伦理困局的探索。因此当后现代主义迷宫小说逐渐沉寂，甚至被遗忘时，没有追逐潮流或者说更加善变的罗斯顶住了压力，坚持了自己的路线。可以说罗斯在当代美国文坛尽显风流，他既是犹太作家中举足轻重的一位，更是叱咤美国文坛的重要作家。

其次，罗斯的历史书写将严肃的意义追求和喜剧幽默的艺术手法结合起来，这种整体风格继承了美国文学中的两派传统，一是严肃的历史态度，从亨利·詹姆士那里继承而来，二是嬉笑的风格，从马克·吐温等下里巴人那里而来，罗斯形成了美国式的独特观念：严肃的历史态度，嬉笑的表现方式。1974 年罗斯接受同为作家的卡罗尔·欧茨的采访，欧茨问到如何处理喜剧的喧闹性和从詹姆斯那里继承的严肃性的关系时，罗斯的表达极具个性，他答道："彻底的游戏态度和致命的严肃关怀是我最好的朋友；我同样也友好地对待致命的游戏态度，游戏的游戏态度，严肃的游戏态度，严肃的严肃关怀，彻底的彻底性。最终，我什么都没占有；他拧干了我的心，使我无话可说。"① 罗斯的作品总是以一种外表滑稽可笑甚至是荒诞不羁的面目出现，例如《波特诺的怨诉》中波特诺一个人自言自语、絮絮叨叨，《反生活》中内森的兄弟亨利死而复生，《萨巴斯的剧院》中萨巴斯歇斯底里地对着坟墓撒尿等。在这种游戏文本之下是罗斯对历史书写意义的严肃追求，如波特诺展示的当代美国犹太家庭道德伦理的困境，内森、亨利兄弟对当今犹太民族身份的对立呈现，萨巴斯发现的是不能割除的美国历史对自我身份的塑造等。罗斯·博斯诺克（Ross Posnock）在《罗斯的粗鲁话语》（*Philip Roth's Rude Truth*）中指出罗斯的整个创作都在努力维持一种"不成熟"的状态，这种不成熟是"不正经、轻浮、不负责"，而这也是美国精神之父艾默生所强调的

---

① Searle George J. , ed. *Conversation with Philip Roth*, Mississipi：University Press of Missississipi，1992：98.

"应该说粗鲁真话"的观点。① 罗斯在访谈中谈到美国批评家菲利普·拉夫（Philip Rahv）在 1939 年用"苍白脸"（pale-faces）和"红皮肤"（red-skins）两个词区分美国文学在创作传统上存在的对立，指出"波士顿和康考德的贫瘠、庄严、半教会式的文化"与"边远地区和大城市的下层生活的世界"之间的差异，使美国作家也形成了两种类型，詹姆斯和 T. S. 艾略特是"苍白脸"，"苍白脸渴望宗教的关怀，倾向于从现实世界中提炼一个举止优雅的世界……他们的最高追求是精致的道德氛围，最低层次是有教养的、自命不凡的、学究式的"；惠特曼和马克·吐温以及之后的安德森、沃尔夫等是"红皮肤"，他们"完全靠感性行事，天真直率，缺少个人的文化……表达普通人的生命力和激情是他们最出色之处，但他们粗俗得没文化，结合了挑衅与庸俗，返回到最为原始的心理领域"。② 罗斯认为，"二战"后的美国作家发生了变化，尤其是"红皮肤"的生活处境发生了变化，没有了小木屋，而是进入了现代社会，受到了英国文学的影响，越来越亲近"苍白脸"了。所有文化上的背叛、转变、困惑、启蒙、种族混合、寄生状态、转换、战斗都发生了变化。从个人和社会条件来看，英国文学和美国文学都发生了变化，城市中的犹太作家和"红皮肤"的作家一样，他们经历了同化的过程，发现自己变成了混杂的文学。"二战"加速了社会等级的松动，文化转变导致了许多作家调和了拉夫所讲的"美国创作思想的不统一性"，这种协调是双方面的。简而言之，不管是"红皮肤"的天真日子，还是"苍白脸"的悠久历史，罗斯把这两个曾经对立的特质结合起来，创立了第三个范畴"红脸"，所谓"红脸"强调用"红皮肤"的滑稽、嬉闹的创作技法，达到"苍白脸"严肃的道德追求的目的。罗斯是美国文化传统的继承者，他开始试图从基本的主题和观察视域角度表现自己的独特性和原创性，无论是他的游戏态度和严肃追求，还是"红脸"

---

① Posnock Ross, *Philip Roth's Rude Truth*: *The Art of Immaturity*, Princeton: Princeton UP, 2006.

② Philip Roth, *Reading Myself and Others*, Farrar, Straus and Giroux, 1975: 82 – 83.

的美学范畴，罗斯赋予了美国当代文学以新的意义内涵，他以更加敏锐的观察力，将美国社会历史的重大事件融入自己的写作中，用喜剧形式去挑战美国社会中被简单化的概念，家庭、宗教、人性等，揭示了被神话的"美国梦"的破灭。

再次，罗斯历史书写的空间破碎性和多样性体现了美国犹太人身份的多样性、多重性以及身份的可选择性和流动性，具有后现代性的观念，他对身份的讨论加入美国"二战"后对身份的哲学讨论之中。罗斯作品的历史书写是碎片化的叠加，犹太历史从来不是单独出现的，总是有美国背景，美国历史也并非独立存在，总有犹太民族成分映照其中。在对犹太民族历史进行书写时，罗斯并没有试图提供大屠杀的受害者证词，而是努力让故事叙述远离苦难悲剧的中心，并且罗斯无意迎合美国主流文化对犹太民族历史的想象，也不想依附于美国大众文化对大屠杀的热切消费，他认识到大屠杀与犹太民族的当代身份认知具有密切联系，在严肃的意义诉求和政治关切中将历史审美化，将悲剧的核心置换为喜剧的滑稽喧嚣。在美国多元文化中，少数族裔作家要想获得美国主流文化的认可，往往是充当信息的提供者，通过追求真实的记录式的书写讲述自身种族的历史，以此吸引主流文化的关注。作为弱势的少数族裔本意是通过诉说个人以及民族的苦难来争取平等地位，但文学创作实际上却沦落为强调以真实面目呈现的社会学或人类学的素材。由于犹太民族在欧洲的流散、大屠杀迫害等特殊的历史遭遇以及以色列在欧洲的尴尬处境，使美国犹太民族长期囚禁在被规定的真实性中：美国犹太人气质收敛、宗教情结重、行事谨小慎微等。然而罗斯作品中却总是塑造背离这种被规定性的犹太浪子，他们个性张扬、宗教意识淡薄、大胆抗争等都迥异于规定性的犹太人形象。这导致了读者和评论家看到的不是罗斯小说的艺术造诣，而是他所提供的美国犹太人的"真实"生活图景，这导致了截然不同的两种后果：一是非犹太读者怀着猎奇的心态看罗斯提供的美国犹太人形象，使罗斯的小说获得了巨大的商业成功；二是犹太读者却被这种完全不符合"规定性真实"的犹太人形象激怒，认为罗斯这是在给犹太人抹黑，甚至是在文学中对犹太人的屠杀，对罗斯展开了猛烈的批评和人身攻击。罗斯通过自己的文学实践改变了在多元文化遮蔽下造成的少数族裔的刻板形象、标志性身份，凸显了"二战"后美国少数族裔的个体真实诉求。

最后，罗斯的历史书写表明他具有敏锐的历史感知力和时代触感，并积极参与到美国当代历史的进程中。在美国"二战"后社会文化经历巨大变迁的语境之中，罗斯的历史书写不断地调整，从历史书写的迷茫，到自觉地寻找到三条明显的探寻之路，即探寻自我、族裔、国家。在历史书写过程中，罗斯的历史意识不断明晰、修正，也印证了美国社会文化的需求。尽管罗斯的文学实践与社会回应之间总是出现矛盾，但是罗斯总能够按照自己的艺术追求、自己的写作方式和历史观念去回应时代所需，也是对当代敏感问题的文学回应。但罗斯并非历史学家和社会学家，不是直接见证记录历史，而是通过对这些宏大历史事件微观化的解读展现"美国梦"生成、演进的机制，从而解构"美国梦"的神话。经历过60年代动乱的罗斯和许多其他美国作家一样，重新认识以标榜自由、平等、民主著称的"美国梦"，他们从幻想中幡然醒悟过来，认为"在美国本质内坚不可摧不能改变的品质瞬间破碎倒塌了"。[1] 难怪乔治·斯坦（George Steiner）称赞罗斯道："他的作品直抵美国人思想和行为的机理，其程度之深，以致未来的历史学家和社会学家都将为之兴奋。"[2] 罗斯在艺术形式上较有规律的变化和更新以及他不断转换的视角和多变的创作风格也体现了美国人民尚新和创新的精神，反映了美国社会快节奏的变化，可以说罗斯本身就是半个多世纪以来美国文坛文学流派和创作方法嬗变的缩影。"二战"后的美国文学经历了从现实主义到现代主义、后现代主义以及新现实主义的发展历程，罗斯的创作历程恰恰暗合了这样的潮流。罗斯的早期作品以现实主义的手法描写了当代犹太人在美

---

[1] Lee H., *Philip Roth*, New York: Methuen, 1982: 81.

[2] Searle George J., *The Fiction of Philip Roth and John Updike*, Carbondale: Southern Illinois University Press, 1985: 172.

国社会中的真实生活，有线性有序的叙事风格、冷峻客观的视角、精确细腻的环境与人物的刻画。当面对动荡多变的美国现实时，传统的写作方法已经不能完整地再现光怪陆离、犹如梦魇的现实生活，因此罗斯又尝试用各种新奇的手法来书写现实生活中的不合理、混乱、荒诞、畸形等现象，《波特诺的怨诉》中出现了海勒和冯内古特式的黑色幽默特征，《乳房》与《欲望教授》又尝试了现代主义技巧，尤其是对卡夫卡的学习和模仿。进入 80 年代以后，罗斯又从较为传统的现实主义迎头赶上，与这些后现代派作家会合。这种转折标志着"罗斯从传统现实主义作家迈入了约翰·巴思、唐纳德·巴塞尔姆、罗伯特·库弗、托马斯·品钦等后现代实验小说家的行列"。① 罗斯实现了个人创作的突破，显示出罗斯勇于学习和实践的一面，同时也应和了时代氛围，体现了当代美国文坛各种文学流派互相交流、吸收和结合的趋势。把罗斯视为一个"与时俱进"的作家甚为确切，纵观罗斯半个世纪的创作历程，可以很明显地看出每十年一个阶段，正如罗斯研究专家莫里斯·迪克斯坦所说："罗斯能做到每十年就让自己有所创新。"② 虽然对罗斯创作历程的时间节点划分不是以年限来界定的，因为作家书写社会的变化和对自己文学观念的更新有一个内化过程，但是罗斯的作品却极为工整地体现出每十年都会有一个突破，罗斯创作发展变化的历程符合美国文学发展的几个趋势和大致的脉络。

第三节　新泽西的卡夫卡——罗斯历史书写对犹太文学的贡献

犹太民族独特的经历、生活方式以及信仰等都使这个民族与众不同，反映犹太民族以及犹太人个体生活经验和审美追求的犹太文学也散发着同样的光辉，因此在世界文坛有众多获得诺贝尔文学奖的犹太

---

① ［美］萨克文·博克维奇：《剑桥美国文学史》，孙宏译，中央编译出版社 2005 年版，第 321 页。

② 同上书，第 323 页。

作家，他们跨越了国家的限制，虽然绝大多数犹太作家包括罗斯在内都拒绝民族作家这样具有限定性、局限性的标签，因犹太作家的封号会抹杀他们作品的普适性，但是毋庸置疑，他们是犹太人，正如希伯来大学教授谢克德（Gershon Shaked）所说："犹太文学包括在不同时代用不同语言创作的所有作品——这些作品的创作者知道他们是犹太人，作家的犹太身份和犹太体验。"① 不管是流散于古老欧洲，还是在美国继续漂泊，还是已经在以色列建国，他们都是犹太人，这也正是罗斯的历史书写所展现的当代犹太民族身份的多样性。美国犹太人是一个特殊的犹太群体，特别是在"一战""二战"期间，他们躲避了古老欧洲的反犹主义的屠杀，尤其是德国纳粹的大屠杀，同时也避免了犹太人建立以色列国带来的与周边不断战争的困扰，因此绝大多数生活于美国的犹太人处于较为安全和平的环境，出于历史和现实的考量重返以色列生活的美国犹太人并不占主流，虽然在支持以色列建国以及保护以色列等方面，美国犹太人的意见基本一致，但是他们更愿意继续生活在美国。因此美国犹太人的生活更加接近传统犹太人离散的生活方式。而且美国犹太作家群体着力于以文学审美的方式去表现美国犹太人在美国的生活方式以及困境，美国犹太作家辛格、马拉默德、贝娄和罗斯都在美国文化背景下对悠远独特的犹太文化资源进行整合或消解，刘洪一认为这些作家的"作品亦未专注于犹太生活的再现，且往往表现出某种突出的非犹太性创作倾向，但其中的犹太因素并未消泯，而是以各种特定的方式被消解为文学的构因，从而呈现出若干犹太痕迹或犹太气质"。② 学界普遍认为罗斯是通过一种逆向认知的与众不同的方式呈现自身身份，也是犹太文学的一种特殊构成，但是通过罗斯的历史书写能够看出罗斯对犹太民族历史和传统的

---

① Shaked Gershon, *Shadows of identity*: *A comparative study of German jewish and American jewish literature*, in *What is Jewish literature*? ed. Wirth-Nesher, Hana. Philadelphia, Jerusalem: the Jewish publication society, 1994: 167.

② 刘洪一：《犹太文学的阈限界定——兼论非族语犹太文学的意象化品性》，《东方丛刊》1992 年第 3 期。

反思，而其历史书写的表达方式又是通过一种极度隐藏和精髓的犹太思维方式表达的，因此可以说罗斯是极度叛逆犹太文化，同时又是极度认知犹太文化传统的。

首先，罗斯传承了犹太文学的精神传统，尤其是欧洲犹太文学传统，他与犹太文学或者说欧洲传统犹太精神的链接主要体现在罗斯对卡夫卡的异常痴迷上，在罗斯看来，他与卡夫卡的困境同源，他们的人生相互对立，布拉格和新泽西之间的距离也许并不遥远。罗斯运用新的语言转化卡夫卡的相关符号，探索新犹太民族身份的可能性，不是老欧洲的犹太人，也不是返回巴勒斯坦建国的犹太人，而是在美国新泽西纽瓦克挣扎寻找新出路的犹太人。在现实中他不仅作为文学教授在课堂上教授卡夫卡的文学作品，甚至要求学生模仿卡夫卡的《致父亲》写给自己的父母。为了更切身地体会卡夫卡，罗斯专门奔赴欧洲，去探访卡夫卡的足迹，包括寻访卡夫卡的后人，收集卡夫卡的遗迹等。纵观罗斯的整个文学创作几乎都能看到罗斯对卡夫卡的学习和继承，可见罗斯对卡夫卡异常着迷。罗斯可以被称为美国新泽西的卡夫卡，卡夫卡引导着罗斯的文学审美，是罗斯的文学之父，是连接犹太性和西方现代主义的桥梁。罗斯自己承认他从卡夫卡那里学到的，他写道，"当我非常失望地发现自己渐行渐远，而不是迈向，我把我的目标设定为作家和男人。我异常敏感地发现卡夫卡故事中的精神错乱和阻碍的能量"①。罗斯早期小说中凸显的父子矛盾是犹太文学的传统主题，罗斯效仿学习的对象就是卡夫卡，卡夫卡小说中处于困境之中软弱的犹太之子与强权的父亲之间的紧张结构基本都内化在儿子身上，这也正是罗斯在《波特诺的怨诉》中所体现的，表面上看罗斯笔下絮絮叨叨的人物与卡夫卡笔下异常沉默的人物有天壤之别，实际上他们的精神气质是如此接近。波特诺和《变形记》中与家人疏离变成甲壳虫的萨姆撒一样，他们道出了众多犹太男孩的困境，波特诺是变形的孩子，是当代美国版的《致父亲的信》，他们道出的不仅

① Philip Roth, *Reading Myself and Others*, Farrar, Straus and Giroux, 1975: 256.

仅是父子矛盾的困境，更具有强烈的犹太意味，是犹太家庭内部的爱恨情仇，罗斯的作品中时不时地蹦出意第绪语则更加强调了他的犹太性。在严肃和滑稽的想象力方面罗斯也明显继承了卡夫卡的气质，罗斯的随笔《我总是想让你欣赏我的饥饿艺术（寻找卡夫卡）》甚至模仿并改写了卡夫卡的《饥饿艺术家》，可以说是一种混合文本。其中罗斯结合卡夫卡的传记和小说漫画式地创造了卡夫卡的对立人生（counter-life）。罗斯幻想如果卡夫卡没有死于肺病，而是活着，卡夫卡通过他的好友马克斯·布洛德（Max Brod）将小说发表，成为知名的现代主义作家，移民到美国，逃离了纳粹的攻击。卡夫卡来到美国后成为罗斯在希伯来文学校的老师，但是他的姐姐们却在纳粹攻击中去世。作品反转了卡夫卡的家庭模式："其他人被父亲的批评粉碎——我发现自己被他高度的评价压迫着！"①

罗斯的《乳房》《我作为男人的一生》和《欲望教授》都是卡夫卡故事的"变形"，《乳房》中罗斯煞费苦心地让凯普什变成了一个乳房，并和整个世界对抗。他的目标是说服读者接受"真实的世界有时候（希望）也会恐怖地成为故事之中的"②。他"飞跃……让这个词充满新鲜感比卡夫卡还要卡夫卡……（out-Kafkaed）"③。《欲望教授》中年轻的凯普什去卡夫卡的墓地朝圣，去布拉格老城广场寻找犹太遗产，"卡夫卡和布洛德经常晚上在这里散步……我独自坐着……看着教堂，教堂的幽静让犹太作家能够观察他的秘密"④。在这个地点上准备去布鲁日的凯普什发表了论文"卡夫卡职业的饥饿精神"⑤，同时，卡夫卡的作品具有很强的自传性，而罗斯的作品虽然不断变化着叙述者，但是他们分明都是自我的写照，他甚至利用元自传的形式探讨小说与自传、虚构与真实的关系。罗斯继承了卡夫卡所代表的犹

---

① Philip Roth, *Reading Myself and Others*, Farrar, Straus and Giroux, 1975：268.

② ［美］菲利普·罗斯：《乳房》，吴其尧译，上海译文出版社 2010 年版，第 67 页。

③ 同上书，第 82 页。

④ ［美］菲利普·罗斯：《欲望教授》，张廷全译，上海译文出版社 2011 年版，第 180 页。

⑤ 同上书，第 165 页。

太作家的文学气质，与古老的欧洲犹太人在精神气质上达成遥远的呼应，在犹太人的新大陆美国遥望犹太人的欧洲并找到了直达的精神通道。

其次，罗斯的犹太历史书写扩展了犹太书写的范围，具有了更加广泛的国际视野和开放性。罗斯无论是从身体还是从精神上都走出了封闭的美国精神，也突破了犹太民族的狭窄心灵，到了古老与现代的欧洲，到了希望与战争的以色列。罗斯在1972年冷战正酣时进行了欧洲之旅，并创作了《布拉格缢宴》《反生活》《夏洛克行动》等作品，开拓了他对犹太历史书写的新格局。值得注意的是罗斯通过生活在这些犹太历史相关空间的代表人物，例如古老欧洲的卡夫卡、冷战铁幕背后的东欧作家、大屠杀中的安妮·弗兰克以及作为大屠杀幸存者和以色列作家的阿佩费尔德等这些与犹太历史相关的犹太人作为"引路人"把作品中的人物带入犹太历史，从而展现出历史与现实双重语境之中不同的生活方式、文化意识形态和价值观念。作品中的"引路人"都直接遭受过反犹主义的迫害，而反犹主义的核心就是纳粹大屠杀，这些"引路人"或者是大屠杀到来之前的犹太人（卡夫卡），或者是大屠杀的遇难者（安妮），或者是大屠杀的幸存者（阿佩费尔德）。美国犹太人的"引路人"在罗斯的小说中是犹太作家和经历过大屠杀、在以色列生活的人物。在早期的小说中这些人物通常单独出现，在中后期更为复杂的作品中，他们偶尔同时出现。罗斯小说的主人公都是美国主角，都是世俗化的犹太人，有的在大学里教文学课，并已经成为作家。出于对自身犹太民族身份探寻的兴趣，他们对政治问题非常敏感，如反犹太主义、大屠杀遗产和表征、东欧共产主义压迫、阿以冲突等，同时社会、审美和政治选择的伦理在他们个人内心造成巨大的骚动。祖克曼就是这样的人物，他是作家，是犹太人，他的小说抓住了现代犹太人的身份困惑，他最要感谢的就是那些经历过大屠杀灾难和20世纪犹太历史锻造的欧洲和以色列人，正是在这些"引路人"的带领下罗斯才进入了那已经消失的难以触摸的犹太历史之中，将犹太身份问题化，例如《反生活》中罗斯将"引路人"的角色劈开，一位是舒吉，大学讲师，以色列报纸的专栏作家，支持与阿拉伯妥协；另一位是舒吉的对手，李普曼，拉比，以色列犹太人的激进支持者，主张用实力和拳头与阿拉伯人谈判。这种双重"引路人"表达了后大屠杀时代流散的可能性和以色列自我定义的矛盾话语谱系。《夏洛克行动》中生活在以色列的犹太作家阿佩费尔德可以说是美国犹太作家菲利普的"引路人"，但是他们之间又是对立的存在，这既显示了进入犹太欧洲历史的具体途径，又凸显了发生在欧洲的大屠杀悲剧与美国犹太人安全的生活之间的距离。需要注意的是罗斯对犹太身份的探寻是从美国犹太人的立足点出发的，欧洲犹太传统是他的对立历史（counter-history），是他自身美国历史的佐证，更多的是一种想象性的书写，重点突出大屠杀事件、卡夫卡的欧洲以及冷战铁幕背后的欧洲，其目的是"民间传说、幻想和神奇现实主义设备"作为一种评判自己的"时间和文化距离"的大屠杀；① 而90 年代的美国历史书写，是一种螺旋式的上升，美国历史已经进入美国犹太人的身份塑造中，美国已经成为与犹太历史进行谈判的至关重要的现场，也就是说美国犹太人的所在之地、所属之国是美国，而并非以色列或者古老的欧洲。美国既是犹太人当年的逃亡之地，更是充满创造力和希望之地，拥有自由宽容的社会环境。

再次，罗斯的历史书写丰富了大屠杀书写的可能性。犹太大屠杀的记忆方式逐渐从民族化向个体化转换，体现了大屠杀记忆的多元化趋势，使多角度去探讨犹太民族历史成为可能，这具有非常重要的当代意义。在罗斯笔下，大屠杀并非以色列确定的官方政治形态，也非美国主流社会的普遍人道主义，而是交织着不同认知和立场的多元化理解。"二战"之后，美国的好莱坞、电视、报纸、杂志和书籍出版等媒体广泛传播大屠杀，例如 1959 年改编了大屠杀受害者日记《安妮日记》并由 20 世纪福克斯公司拍成电影发行；1978 年根据美国著

---

① Behlman Lee, "The Escapist: Fantasy, Folklore, and the Pleasures of the Comic Book in Recent Jewish American Holocaust Fiction", *Shofar*, Vol. 22, No. 3, 2004: 60 - 61.

名作家、电影制作人杰拉德·格林（Gerald Green）的小说（原著小说曾列为当年平装本小说畅销书之一）改编的长达 7 小时的电视影集《大屠杀》播出；在美国许多公立学校，讲授大屠杀成为法定必修课；华盛顿特区、波士顿地区等还陆续修建了大屠杀纪念馆等。渐渐地大屠杀的记忆超越犹太种族的局限，成为全世界人们共同的文化创伤记忆。20 世纪 70 年代大屠杀的幸存者和亲历者即将不久于人世时，美国耶鲁大学发起了记录保存大屠杀惨痛记忆的研究，促进了大屠杀叙事，特别是大屠杀见证叙事的兴起。所有这些都加速了大屠杀成为美国犹太人"犹太意识"的重要组成部分，并且得以进入"美国记忆"。罗斯的历史书写改写了"历史中不能承受之重"，将悲怆、无法言说、不可言说的大屠杀事件以及灾难的见证者、幸存者所承受的心理和身体上的巨大痛苦转化为"喜剧"。《鬼作家》中对安妮的改写，从神圣的大屠杀无辜受难者转化为色情的破坏伦理的第三者；《布拉格缞宴》中将寻访大屠杀幸存者的手稿转变为色情小说等，这可以说是冒天下之大不韪。巴赫（Gerha Bach）曾指出，在 20 世纪80 年代，"第二、第三代犹太作家虽然触及大屠杀历史，但很少深入下去"，① 认为这些作家的历史意识有待提高。需要端正认识书写大屠杀等灾难、创伤事件并非对民族历史的好奇，而是坚持对历史意义的探索；并非对历史的还原，而是探寻历史的当代意义，"在这个生活中，欧洲历史是相关背景，但历史本身不是主要关注内容"②，罗斯想要表达的是逝者已去，生者需要未来，未来不能总是沉浸在悲伤中故步自封，犹太民族的身份也不能被禁锢在受难者的外衣之下故步自封。罗斯从美国犹太人的立场出发，这种身份使罗斯在书写大屠杀事件时缺少直接的认知，但是也没有受害者在表述创伤记忆时的心理

---

① Bach Gerhard, "Memory and Collective Identity: Narrative Strategies Against Forgetting in Contemporary Literary Responses to the Holocaust", *Jewish American and Holocaust Literature.* eds. Alan L. Berger and Gloria L. Cronin, New York: State U of New York P, 2004: 89.

② Kramer Miehael P. and Hana Wirth-Nesher, *The Cambridge Companion to Jewish American Literature*, Cambridge: Cambridge UP, 2003: 217.

重负，从而能够以更加自由的姿态来审视犹太人的历史。同时，更重要的是罗斯力图通过这一书写方式凸显大屠杀在犹太民族认同和凝聚中所发挥的历史悲情和道德资本作用，瓦解大屠杀的严肃性、神圣性，质疑大屠杀作为当代美国犹太人认知民族身份的核心地位，从而突破西方世界单纯以大屠杀来定义犹太人的思维定式。尽管罗斯也承认大屠杀是犹太民族历史进程中的一个重要部分，并且这一事件也已经内化为犹太民族的集体记忆，但是他更想表达的是在犹太民族沉重的历史文化记忆中，还有比大屠杀更为重要的内容，而当代犹太人的命运与文化身份的内涵也要远远超越大屠杀的遭遇，例如《旧约》中记载的关于圣教史的记忆、两千多年犹太大流散的记忆等，这些历史记忆对当代犹太人来说或许更有意义。并且即使是大屠杀恐怕也不能仅仅着眼于德国纳粹主义，纳粹主义只是西方基督教文化两千多年来排犹历史的一个极端化的表现，大屠杀不能替代或者遮蔽犹太民族的其他历史记忆。

最后，罗斯在历史书写的艺术表达方式上具有深刻的犹太文化传统基因，体现了明显的犹太性，当然这种犹太性更加深刻，也更加隐蔽，是对犹太文化传统和精神的内化继承。与其说是犹太文化，不如说是犹太人的生活方式、犹太人的日常言行，如果不了解其中的犹太痕迹及其特定的文化语义，便会削弱，甚至误解罗斯对犹太文学的贡献。正如乔国强所指出的，"犹太作家在其作品所表达出来的某种与犹太文化与宗教相关联的一种思想观念……体现在某犹太作家本人与其作品中人物的思维方式，心理机制，以及任何能表现犹太人的生活、性格、语言、行为、场景等特点的东西"。① 虽然罗斯被认为是美国犹太作家中美国性比较强的犹太作家，但是他的小说在内里却更加具有犹太性精髓，更具有犹太人思维认知的特点，他把难言的犹太气质和情绪加以艺术化的表征："我的作品中的犹太气质……更多的是一种情绪上的东西……那种敏感、兴奋、急于辩驳，那种戏剧性、

---

① 乔国强：《美国犹太文学》，商务出版社 2008 年版，第 17 页。

愤慨、迷恋、易怒、表演性——当然，首当其冲的是犹太人的絮叨。
那种絮叨和叫嚷，你知道的，没完没了的絮叨。"① 例如被誉为美国
60 年代性解放运动先锋人物的波特诺，在美国文化语境中更多被认
为是犹太传统的叛逆者，然而从罗斯的书写特征来说却更加具有犹太
意味，尤其是波特诺自始至终一个人在不停地絮叨着，只在作品结束
时心理医生才发出几个简单的音节，采用心理分析的问答法治疗方式
也是犹太人弗洛伊德根据犹太人应对创伤的研究所采用的现代疗法，
具有很强的犹太性；《夏洛克行动》中回到以色列对大屠杀战犯审判
的现场，虚构的人物罗斯分化出另一个自我，出现了另一个对立的想
法及对立的选择，还有以色列的对立作家阿佩费尔德，无不展现了犹
太人戏剧化的思维方式，说明了他们自我意识的多重性，这是罗斯小
说一贯的艺术特色——对立性。罗斯将犹太民族的思维特点具象化、
戏剧化表达出来，并且外观化为他自身的艺术特色，正如他作品中所
说"每个犹太人身上都有一群犹太人"，强调了犹太民族与生俱来的
怀疑精神和自省能力，说明了犹太人思维的活跃以及自我身份认知的
多重多样性。对立性在《反生活》《夏洛克行动》中应用最为明显，
强调了犹太自我在不同环境、不同文化语境中所生成的多重版本，他
曾写道"我就是戏剧（我就是剧场）"②，一方面凸显了在后现代语境
中身份的流动和可塑性，同时也反思了身份所承担的历史重负和限
制。罗斯曾描述"自我意识和慎重的曲折前行是我的事业采用的，后
一本书对前一本书是急剧的顺转"。③ 访谈表明作者和自己对话，一
个是被采访者，一个是采访者——罗斯认为小说创作是多维和多声部
的对话。作者和自己对话，通过许多虚构的化身人物，探听在他身上
栖居和包含的众多自我，概述大量对立的生活。这些书之间对话，一

---

① Searles George J. , ed. *Conversations with Philip Roth* , Mississippi：Mississippi UP, 1992：
181.

② ［美］菲利普·罗斯：《反生活》，楚大至译，湖南人民出版社 1988 年版，第 401
页。

③ Philip Roth, *Reading Myself and Others* , Farrar, Straus and Giroux, 1975：84.

个是另一个的对立语境，并且不断地对话和互相启发，从一种呈现自我的方式曲折地转移到另一种，常常用对立的构思和疏离的视角来表述——态度，信仰，角色的类型，种类或者声音。这种对话、平行的表达方式正是犹太人平行逻辑与细化逻辑的文学表达。犹太民族对塔木德等经典的学习都是通过问答教学方法进行的，这种问答教学方法最大限度地激发了辩论者从不同角度进行思考，多角度地思考现实的存在。罗斯的文学世界中正展现了这种犹太性的思维方式，他拒绝在众多的角度中选取一个，而采用戏剧化的方式最大限度地展示这个世界的丰富性和多样性。

结　　语

　　人总是追问："我从哪里来？要到哪里去？"可以说我们从历史中走来，从过去走向未来，每个个体的背后都托带着历史之影。身份与历史的联系就像孩子之于母亲的关系，孩子总是要从母体那里汲取营养，长大成人，而身份也是在历史中孕育，逐渐成形，更新嬗变。同时，身份具有自我塑造的可能性，个体可以在不同的历史语境中呈现不同的身份，但是任何自由都要遵从历史的决定性，遗忘历史、抛弃历史都会造成身份的迷失。

　　罗斯就是这样一位深入历史之中去探寻身份的书写者，身份探寻贯穿于他的整个创作之中，罗斯身份的探寻经历了分裂、修正、和解的过程，伴随着焦虑、自觉、反思的叙述基调；罗斯的身份探寻与当今重返历史、重构历史的趋势相呼应，其历史书写是通过个体经验对历史的解构和重构，是对历史进行艺术化的想象和创作，是他探寻文化身份认同多空间、多层次的尝试。罗斯认为身份与多重历史文化记忆紧密相关，因此罗斯在作品中提供了一种新的思路，即开放的、不确定的文化身份取向。伴随历史书写的不断深入，罗斯的身份观念不断地修正，逐步强调身份与历史的密切关系，身份不仅是在历史中生成，同样也被历史所塑造，身份始终带有深深的保守性，体现出罗斯对美国犹太人身份探寻的动态发展和思辨性。直面历史、审视历史是身份确立和探寻的重要途径，回避历史、忘记过去就等于背叛，造成"不能承受生命之轻"。罗斯具有深厚的历史意识，他不断回归犹太族裔的历史、美国国家历史以及个人成长的历史，去发现被权力遮蔽的真实。

罗斯尤其关注对美国犹太人身份认知具有重大影响的大屠杀事件和以色列建国，"大屠杀的美国化"使得大屠杀话语在全球无障碍地传播，但却消解了大屠杀之于犹太民族的民族独特性，虽然使犹太民族占据道义上的制高点，但是也限制他们享受更为人性和世俗的现代人的自由，不利于犹太民族的发展。而以色列正是建立在大屠杀遗产上的犹太人的畸形家园，虽然以色列的建立寄托着犹太民族的家园梦想，但却迷失在现实政治纷争与炮火战乱中。罗斯不赞成以以色列这一地域界限去界定犹太民族身份，而是将美国、以色列和东欧叠加在一起，为多元社会状态中的犹太民族身份提供更为全面和多维的参照系。由于课题构架以及资料收集等方面的原因，大屠杀书写与以色列书写只作为罗斯对犹太历史深入的一个方面，研究还处于较为宏观的阶段，没能从创伤记忆与身份的关系继续深入。然而从 2016 年国家社科的立项中笔者惊喜地看到有后大屠杀时代以罗斯为案例的犹太创伤小说的研究，期待对罗斯的研究有更加系统、更为深入的研究成果出现。

罗斯绝不仅仅是当代美国作家中最具犹太性的犹太作家，他更是美国犹太作家中最具美国气质的美国作家。在对美国身份的探寻中，罗斯对自我的身份观念进行了修正和提升，他对身份的自塑性持有更为审慎的态度，认为人生下来就是有污点的，纷繁复杂的社会关系强加在人身上的种族、信仰等，并非个体可以选择的，也就是"人性的污秽"。任何想要超越它、漠视它、毁灭它的都是妄想，因此在"美国三部曲"中那些试图净化自我的个体都以悲剧收场，这也是罗斯对当代美国人普遍生存境遇的解释。

罗斯的艺术表现方式是最具后现代意识和后现代叙事技巧的，尤其是他的自传性书写采用了"元—自传"的形式，将自我指涉的元小说与自传性书写结合起来，暴露出传记中的虚构，展现出自传与小说等虚构文体具有的同构关系，颠覆了自传的传统认知。"元—自传"

表层是对自传这一文类进行评判和理论性的阐释，深层是对美国少数族裔自传传统的质疑。罗斯认为在美国多元文化中，少数族裔作家本意是通过诉说个人以及民族的苦难来争取平等地位，但在主流文化的认知中少数族裔的文学创作实际上沦落为强调以真实面目呈现的社会学或人类学的素材，从而失去了小说的艺术性。罗斯通过"元—自传"的形式无奈而后又自觉地探寻在这场争端背后隐藏的权利结构，进而参与到了美国社会身份政治的讨论中。

　　罗斯对自我身份探寻的路径非常清晰，犹太民族史、美国国家史和个人生活写作史构成了罗斯身份探寻中的三重历史空间，罗斯对这三重历史的书写构成了他写作的三条主要脉络。罗斯身份探寻的三重历史并不是决然割裂的，而是互相纠结、穿插、交织的，其中穿针引线的主体就是作家罗斯，从具体的历史语境出发去追问"我"如何成为现在的"我"。历史书写的展开表明了罗斯自觉的历史意识和螺旋演进中的历史观，罗斯从心理学的追随者成为"一位社会细节的敏锐观察者，一位人类动机的深刻探究者"①。罗斯踌躇于历史和现实之间，寻找历史与当下的结合点，多角度反思历史，展现历史的多面性，赋予当下多元生活的多重思考，可见罗斯对历史的痴迷、尊重和主动地追问。同时，罗斯的历史书写开阔了作品的视野，拉伸了作品的时间维度，扩展了作品的地域广度，使罗斯的整体创作体现出既有对当下现实热点的关注和时代的共振，又有历史事件的回放和时间的沉淀，罗斯的创作不仅具有前瞻性，还具有历史厚重感。可以说罗斯是当代美国作家中最具犹太意味和美国气质的作家，他的身份探寻反映了美国少数族裔作家对自我多元文化身份的珍视，他的历史书写表明了严肃作家所具有的自觉的历史意识和使命。

———————

① Searles George J., ed. *Conversations with Philip Roth*, Mississippi: Mississippi UP, 1992: IX.

参考文献

一　中文文献

［以色列］阿巴·埃班：《犹太史》，阎瑞松译，中国社会科学出版社 1986 年版。

［英］安东尼·吉登斯：《现代社会中的性——爱和爱欲》，陈永国、汪民安译，社会科学文献出版社 2001 年版。

程锡麟、王晓路：《当代美国小说理论》，外语教学与研究出版社 2001 年版。

陈广兴：《身体的变形与戏仿：论菲利普·罗斯的〈乳房〉》，《外国文学》2009 年第 2 期。

［美］查姆·伯曼特：《犹太人》，冯玮译，上海三联书社 1995 年版。

董衡巽：《美国文学简史》（修订本），人民文学出版社 2003 年版。

［美］丹尼尔·霍夫曼：《当代美国文学》，世界文学编辑部译，中国文艺联合出版公司 1984 年版。

邓蜀生：《世代悲欢“美国梦”——美国的移民历程和种族矛盾》，中国社会科学出版社 2001 年版。

［美］戴维·斯泰格沃德：《六十年代与现代美国的终结》，周郎译，商务出版社 2002 年版。

杜芳：《杜鲁门·卡波特的黑夜小说》，《上海师范大学学报》2015 年第 2 期。

杜芳：《杜鲁门·卡波特小说研究》，中国社会科学出版社 2018

年版。

傅有德：《犹太哲学与宗教研究》，中国社会科学出版社2007年版。

［法］菲利浦·勒热讷：《自传契约》，杨国政译，三联书店2001年版。

高婷：《超越犹太性：新现实主义视域下的菲利普·罗斯近期小说研究》，光明日报出版社2011年版。

黄铁池：《当代美国小说研究》，学林出版社2012年版。

［美］海登·怀特：《后现代历史叙事学》，陈永国、张万娟译，中国社会科学出版社2003年版。

胡志明：《卡夫卡现象学》，文化艺术出版社2007年版。

金万峰：《菲利普·罗斯后期小说越界书写研究》，博士学位论文，东北师范大学，2012年。

姜振华：《神圣的污秽——用斯宾诺莎磨制的镜片看"情色"作家菲利普·罗斯》，博士学位论文，武汉大学，2011年。

［美］卡罗尔·卡尔金斯：《美国文学艺术史话》，张金言等译，人民出版社1984年版。

林斌：《"大屠杀后叙事"与美国后现代身份政治》，《外国文学》2009年第1期。

刘璐：《历史的解构与重构——后现代主义历史编纂元小说研究》，博士学位论文，南开大学，2012年。

［法］米歇尔·德塞尔托：《历史书写》，倪复生译，中国人民大学出版社2012年版。

孟宪华：《追寻、僭越与迷失——菲利普·罗斯后期小说中犹太人生存状态研究》，博士学位论文，中央民族大学，2011年。

［法］莫里斯·哈布瓦赫：《论集体记忆》，毕然等译，上海人民出版社2002年版。

聂珍钊：《文学伦理学批评导论》，北京大学出版社2014年版。

［美］欧文·豪：《父辈的世界》，王海良、赵立行译，三联书店1995年版。

［英］齐格蒙·鲍曼：《现代性与大屠杀》，杨渝东等译，译林出版社 2006 年版。

［美］乔治·瑞泽尔：《后现代社会理论》，谢立中等译，华夏出版社 2003 年版。

乔国强：《美国犹太文学》，商务出版社 2008 年版。

［美］萨克文·博克维奇：《剑桥美国文学史》，孙宏译，中央编译出版社 2005 年版。

［英］塞西尔·罗斯：《简明犹太民族史》，黄福武等译，山东大学出版社 1997 年版。

苏鑫：《当代美国犹太作家菲利普·罗斯创作流变研究》，上海三联出版社 2015 年版。

［挪］托利弗·伯曼：《希伯来与希腊思想比较》，吴贵立译，上海书店 2007 年版。

王守仁：《新编美国文学史》，上海外语教育出版社 2000 年版。

魏啸飞：《美国犹太文学与犹太特性》，广西大学出版社 2009 年版。

徐新：《犹太文化史》，北京大学出版社 2006 年版。

徐贲：《走向后现代与后殖民》，中国社会科学出版社 1996 年版。

薛春霞：《永不消逝的犹太人：当代经典作家菲利普·罗斯作品中犹太性的演变》，浙江大学出版社 2015 年版。

［美］雅各布·马库斯：《美国犹太人，1885—1990 年》，杨波等译，人民出版社 2004 年版。

朱维之：《希伯来文化》，浙江人民出版社 1988 年版。

张倩红：《以色列史》，人民出版社 2008 年版。

张生庭：《冲突的自我和身份的建构》，博士学位论文，上海外国语大学，2004 年。

二 外文文献

Aarons Victoria, ed. Philip Roth and Bernard Malamud, Spec, issue of

Philip Roth Studies 4. 1 (2008).

Banmgarten Murray and Bathara Gotteried, *Understanding Philip Roth*, Columbia: University of South Carolina Press, 1990.

Bloom Harold, ed. *Philip Roth*, New York: Chelsea House Publishers, 1986.

Bloom Claire, *Leaving a Doll's House: a Memoir*, Boston: Little, Brown and Co. , 1996.

Brauner D. , *Philip Roth*, Manchester: Manchester University Press, 2007.

Budick Emily Miller, ed. *Ideology and Jewish Identity in Israeli and American Literature*, New York: The State University of New York, 2001.

Cooper Alan, *Philip Roth and the Jews*, New York: The State University of New York, 1996.

Coetzee J. M. , What Philip Know (review of *The Plot Against America*). *The New York Review of Books*, 18 November, 2004: 6.

Dickstein Morris, *Leopards in the Temple: The Transformation of American Fiction 1945 – 1970*, Cambridge, Massachusetts: Harvard University Press, 2002.

Girgus Sam B. , *The New Covenant: Jewsih Writers and the American Idea*, Chapel Hill and London: The University of North Carolina Press, 1984.

Green Jeremy, *Late Postmodernism: American Fiction at the Millennium*, New York: Palgrave Macmillan, 2005.

Gooblar David, *The Major Phrases of Philip Roth*, New York: Continuum International Publishing Group, 2011.

Guttmann Allen, *The Jewish Writer in Ameirca: Assimilation and the Crisis of Identity*, New York: Oxford University Press, 1971.

Halio Jay L. and Siegel Ben, *Turning up the Flame—Philip Roth's Later Novels*, Newark: University of Delaware Press, 2005.

Hassan Ihab, *The Postmodern Turn: Essays in Postmodern Theory and Cul-*

ture, The Ohio State University Press, 1987.

Jones J. P. and Nance G. A. , *Philip Roth*, New York: Ungar 1981.

Kramer M. P. and Hana W-N, eds. *The Cambridge Companion to Jewish American Literature*, Cambridge, UK: Cambridge UP, 2003.

Krupnick Mark, *Jewish Writing and the Deep Places of the Imagination*, eds. Jean K. Carney and Mark Shechner, Winsconsin: U of Wisconsin P, 2005.

Lee H. , *Philip Roth*, New York: Methuen, 1982.

Leavey Ann, Philip Roth: A Bibliographic Essay (1984 – 1988), Studies in *American Jewish Literature* 8, 1989.

Marcus Greil, Lindbergh at America's Helm (review of *The Plot Against America*), *Los Angeles Times* (Book Review), 22 September, 2004: 1.

Mark Currie, ed. *Metafiction*, London and New York: Longman, 1995.

McDaniel, John N. , *The Fiction of Philip Roth*, Haddonfield, NJ: Haddonfield House, 1974.

Milowitz Steven, *Philp Roth Considered: The Concentrationary Universe of the American Writer*, New York: Garland Press, 2000.

Milton M. Gordon, *Assimilation in American Life*, New York: Oxford University Press, 1964.

Novick Peter, *The Holocaust in American Life*, Boston: Houghton Mifflin, 1999.

O' Hagan, Sean, One Angry Man (review of *The Plot against America*), *The Observer*, 26 September, 2004.

Parrish Timothy, ed. *The Cambridge Companion to Philip Roth*, Cambridge, UK & New York: Cambridge University Press, 2007.

Posnock R. , *Philip Roth's Rude Truth: The Art of Immaturity*, Princeton: Princeton UP, 2006.

Ravvin N. , *A House of Words: Jewish Writing, Identity and Memory*, Montreal: McGill-Queen University Press, 1997.

Philip Roth's America: The Later Novels, Spec. issue of Studies in *American Jewish Literature* 23 (2004): 1 – 181.

Shostak Debra, *Philip Roth—Countertexts, Counterlives*, Columbia, S. C.: U of South Carolina Press, 2004.

Solinger Jason D. , *Philip Roth: An Annotated Bibliography of Uncollected Criticism*, 1989 – 1994, Studies in American Jewish Literature, 1996 (15) .

Wade S. , *Imagination in Transit: The Fiction of Philip Roth*, Sheffield: Sheffield Academic P, 1996.

Wood James, America Berserk (review of American Pastoral), *The Guardian* (Review), 5 June, 1997: 9.

Wirth-Nesher Hana, "Facing the Fictions: Henry Roth's and Philip Roth's Meta-Memoirs", *Prooftexts*, 1998 (18): 259 – 75.

"Roth's Autobiographical Writings", *The Cambridge Companion to Philip Roth*, ed. Timothy Parrish, Cambridge: Cambridge UP, 2007.

附　录

菲利普·罗斯作品中、英文目录

一　中文版（按出版时间顺序排列）

数量	书名	译者	出版时间	出版社
1	《鬼作家》	董乐山	1987	四川人民出版社
2	《再见，哥伦布》（中短篇集）	俞理明	1987	中国社科出版社
3	《反生活》	楚大至	1988	湖南人民出版社
4	《再见，哥伦布》	张蓉燕	1988	北方文艺出版社
5	《我作为男人的一生》	周国珍	1992	湖南文艺出版社
6	《人性的污秽》	刘珠还	2003	译林出版社
7	《美国牧歌》	罗小云	2004	译林出版社
8	《垂死的肉身》	吴其尧	2004	上海译文出版社
9	《遗产：一个真实故事》	彭伦	2006	上海译文出版社
10	《凡人》	彭伦	2009	人民文学出版社
11	《再见，哥伦布》	俞理明、张迪	2009	人民文学出版社
12	《行话：与名作家论文艺》	蒋道超	2010	译林出版社
13	《乳房》	姜向明	2010	上海译文出版社
14	《我嫁给了共产党人》	魏立红	2011	译林出版社
15	《欲望教授》	张廷全	2011	上海译文出版社
16	《退场的鬼魂》	姜向明	2011	上海译文出版社
17	《波特诺伊的怨诉》	邹海仑、陈婉蓉	2012	书林出版社
18	《解剖课》	郭国良	2013	上海译文出版社
19	《被释放的祖克曼》	郭国良	2013	上海译文出版社

二 英文版（按出版时间顺序排列）

数量	书名	出版时间	出版社
1	*Goodbye, Columbus and Five Short Stories*	1959	Houghton Mifflin
2	*Letting Go*	1962	Random House
3	*When She was Good*	1967	Random House
4	*Portnoy's Complaint*	1969	Random House
5	*Our Gang（Starring Tricky and His Friends）*	1971	Random House
6	*The Breast.*	1972	Holt，Rinehart and Winston
7	*The Great American Novel*	1973	Holt，Rinehart and Winston
8	*My Life as a Man*	1974	Holt，Rinehart and Winston
9	*Reading Myself and Others*	1975	Farrar，Straus and Giroux
10	*The Professor of Desire*	1977	Farrar，Straus and Giroux
11	*The Ghost Writer*	1979	Farrar，Straus and Giroux
12	*A Philip Roth Reader*	1980	Farrar，Straus and Giroux
13	*Zuckerman Unbound*	1981	Farrar，Straus and Giroux
14	*The Anatomy Lesson*	1983	Farrar，Straus and Giroux
15	*Zuckerman Bound：A Trilogy and Epilogue*	1985	Farrar，Straus and Giroux
16	*The Counterlife*	1986	Farrar，Straus and Giroux
17	*The Facts：A Novelist's Autobiography*	1988	Farrar，Straus and Giroux
18	*Deception：A Novel*	1990	Simon and Schuster
19	*Patrimony：A True Story*	1991	Simon and Schuster
20	*Operation Shylock：A Confession*	1993	Simon and Schuster
21	*Sabbath's Theater.*	1995	Houghton Mifflin
22	*The Prague Orgy*	1996	Houghton Mifflin
23	*American Pastoral*	1997	Houghton Mifflin
24	*I Married a Communist*	1998	Houghton Mifflin
25	*The Human Stain*	2000	Houghton Mifflin
26	*The Dying Animal*	2001	Houghton Mifflin
27	*Shop Talk*	2002	Houghton Mifflin

续表

数量	书名	出版时间	出版社
28	*The Plot Against America：A Novel*	2004	Houghton Mifflin
29	*Everyman*	2006	Houghton Mifflin
30	*Exit Ghost*	2007	Houghton Mifflin
31	*Indignation*	2008	Houghton Mifflin
32	*The Humbling*	2009	Houghton Mifflin
33	*Nemesis*	2010	Houghton Mifflin

后　记

　　我想我还是应该写个后记，作为4年的一个总结，给时间一个标记，给自己一个交代，收拾好心情再继续前行。

　　这已经是我的第二本罗斯研究的书了。第一本是我的博士学位论文《当代美国犹太作家菲利普·罗斯创作流变研究》，毕业之后没有来得及出版，再出版的时候已经时隔4年，心境已与当时写后记时大不相同，便把后记拿了下来。现在看来第一本书是不完整的，不仅是书中没有后记，更重要的是对菲利普·罗斯又有了新的认识。当年的博士学位论文自己虽然已很努力，但是对罗斯的认识还是有些表层化，有很多遗憾。虽然这是我的第二本罗斯研究的专著，但是感觉依然还在路上，因任何作家作品的研究都不可能穷尽，越是经典的作家和经典的作品越值得深入研究和一读再读，并从多角度去分析研究。

　　记得我的一位启蒙老师山东大学仵从巨教授说过，一个人能力有高低，就像有些人可以不费力气建造高楼大厦，而有些人只能做一些桌椅板凳的小物件。不用羡慕那些建造高楼大厦的，也不用鄙视那些制作桌椅板凳的，高楼大厦有可能成烂尾楼，桌椅板凳小物件也可以做得很精致。我想我就是只会也只能做小物件的笨拙的人，学东西比较慢，一条路走到底。我始终坚信文学研究的主体是以作家作品为根本的，罗斯正是我遇到的值得去深读、细读、精读的作家。

　　与罗斯的"相遇"要感谢我的博士生导师上海师范大学黄铁池教授，2008年投入黄师门下，当时还在执着于 V. S. 奈保尔，黄师说：

· 237 ·

"既然你的硕士学位论文已经让你认识了一个作家，不妨在博士阶段多认识一下其他的作家，当代美国犹太作家菲利普·罗斯就很不错，你可以去读读他的作品。"就这样在老师看似简单的指引下我阅读起了罗斯的作品，收集了国内外相关的研究资料。

在博士学位论文开题和写作过程中我遭遇了前所未有的困惑和挫折，我的硕士导师山东大学胡志明教授四两拨千斤地指出："第一，你要认真阅读他的作品，捕捉住你对他的作品最直接的感觉，记录下来；第二，好好读有关他的研究资料，真正地了解作家；第三，注意一般研究者把他归到什么群体或流派，然后运用相应的理论去解读他。尤其是前两点虽然烦琐，但是对于你能否真正做好非常重要，是打基础的事。"就这样，在求学路上愚笨的我得到了老师前辈们无私的帮助和指点，让我能够打造属于自己的"小物件"。

就在我主持的国家社科课题研究刚刚结束之际，2017年的7月12日惊闻恩师黄铁池教授已驾鹤西去，听师母说老师走得很安详，老师终于摆脱了病魔的纠缠，"像一片闲云，一只小鸟，消失在茫茫苍穹"，老师在生命的最后时刻依然这样说，依然是那么洒脱，一如老师一石斋的那片翠竹，清雅澹泊，谦谦君子。

在这里要感谢国家社科基金委的评审老师们给了我这样一个珍贵的机会，让我能够在刚入职就获得这样高层次的课题，资助我继续做自己喜欢的研究。伴随着项目的立项、研究、完成的过程，也实现了我从独身一人到结婚生子的人生的重要转折。还记得当初在撰写项目申请书的时候，在顶楼的出租房中，幽静、陌生，整个人紧紧地蜷缩起来只为一次次自我否定，又一次次欣喜发现，如同孕育一个小的生命那样紧张与兴奋。伴随项目的立项和研究，另外一个活生生的小生命就这样自然而然地诞生了。回想孕育"两个生命"的过程是那样甜蜜，把自己酝酿已久的想法落在笔端，同时肚子里小宝宝健康生长，这种精神和生理的双重孕育，让我更加成熟与坚强。感谢我的儿子林锐泽，让我更加勇敢；感谢我的父母，给我和我的家庭全方位的照顾，让我能无任何后顾之忧，全心投入写作；感谢我的先生，充当起义务校对员，甚至突发奇想要去兼职做校勘工作。

但问耕耘，莫问收获。于此研究暂告一个阶段的时刻，借以勉励自己。

2018 年 5 月 19 日周六于沂河畔

补记：就在我把书稿修订好交给编辑的第三天，也就是 5 月 22 日，罗斯永远地离开了，罗斯晚年作品中一直关心并不断书写的死亡终于带走了作家，作家也许早已用这一挚爱的写作方式克服了对死亡的恐惧。罗斯先生，一路走好！

苏　鑫

2018 年 5 月 29 日周二于黄昏后